U0109820

《聯合報》
企業文化的形成與傳承
（1963-2005） 上冊

習賢德◎著

目　　　錄

圖表目錄

A-1：被《聯合報》老一輩同仁珍視為逐步茁壯及「聯合報精神」萌芽寶地的臺北市康定路舊址，民國五十五年九月為慶祝創刊十五週年時的外觀。本書封面設計係以此棟建物與王惕吾、王必成父子合成，寓有長子繼承父業與其企業文化薪火相傳之意。

A-2：軍人出身的王惕吾十分重視員工忠誠與工作表現，此幀由其落款送給筆者的玉照攝於陽明山寓所，頗類似軍中高級首長以簽名照嘉勉部屬的作風。

聯合報
經濟日報
民生報

常務董事會會議紀錄

（66～70年）

聯合報
經濟日報
民生報

常務董事會會議紀錄

（71～73年）

聯合報
經濟日報
民生報

常務董事會會議紀錄

（74～76年）

聯合報
經濟日報
民生報
聯合晚報

常務董事會會議紀錄

（77～82年）

A-3：聯合報系珍視自身發展歷史的程度，除了可從民國五十二年元月起定期
發行的社刊內容加以觀察，亦可自王惕吾親自指示輯印的常董會會議紀錄得
到印證。這四冊紀錄為檢視民國六十六年至八十二年間報系經營路線，與企
業文化相關素材的重要文獻。

A-4：民國七十年九月十六日《聯合報》總社第二大樓落成啟用，不僅具體展現了業務成長績效，新廈前方升起的各單位全新旗幟，更意味著報系組織壯大與其發揚企業文化的用心。

A-5：《聯合報》三十週年社慶當天上午，王惕吾伉儷為第二大樓剪綵後，率其家族成員與報系重要幹部合影留念。前排右起第八位穿著西裝的小男孩，即廿年後躍居《聯合報》社長的王氏家族事業第三代傳人王文杉。

3

A-6：民國九十年九月《聯合報》歡慶創刊五十週年時的全新識別系統。王必成(右一)─王效蘭(左二)與王惕吾夫人趙玉仙共同切蛋糕慶祝，被員工尊為「皇叔」的老臣劉昌平(左一)在旁含笑觀禮。

A-7：浙江省東陽縣北江鎮王村光的王氏宗祠為王惕吾所捐建，平日為村民集會休憩之處，前方有三株年代不一的柏樹。

A-8：王惕吾為家族重修的祖墓，正中上方為其父母王芾南、徐夏琴的墓碑，右側為兄長王瑞芳之墓，左側為其弟王瑞芬之墓。

A-9：王惕吾雙親墓碑以仿漢白玉雕成，所刻名諱為王公苗南、徐太
夫人夏琴；左右各有龍鳳圖紋，寓有光裕後人，子孫成龍成鳳之意。

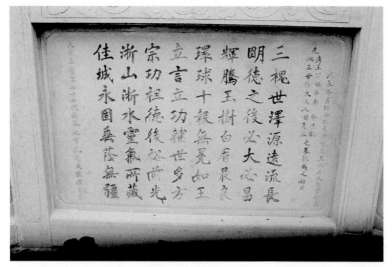

A-10：由孔德成撰寫的墓誌銘稱頌王惕吾是「環球十報，無冕如
王」，其中「必大必昌」與「立言立功」的「必立」共四字均予漆
紅，頗為特殊，「必立」為王惕吾次子之名。

A-11：王惕吾於民國三十八年十月十六日參加中國國民黨革命實踐研究院第一期受訓時的檔案照片，彼時年僅三十六歲。

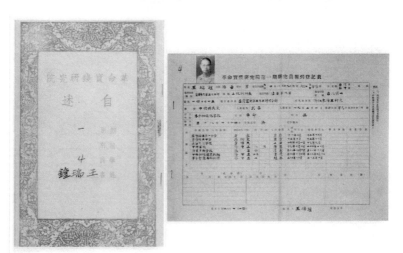

A-12：在革命實踐研究院第一期受訓時，王惕吾用其本名「王瑞鍾」所撰寫的自述及學員報到登記表。

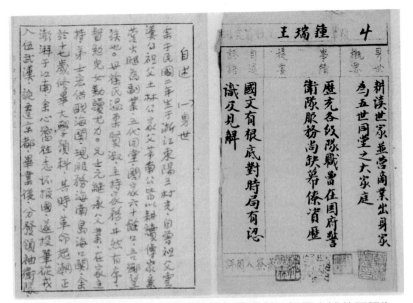

A-13：革命實踐研究院主任萬耀煌等評閱人對王惕吾自述的評語為：「國文有根柢，對時局有認識及見解。」王惕吾於自述中提及父祖輩皆以耕讀傳家，並兼營火腿為副業。

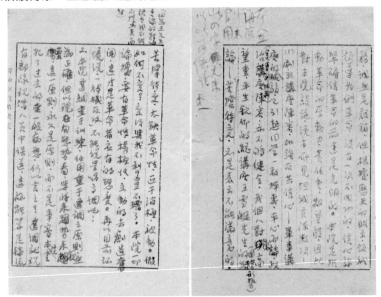

A-14：王惕吾於受訓心得報告中抨擊講座王世杰以「苦撐待變」來總結國際形勢，「太缺革命性，近於消極、被動」；迫使王世杰以紅筆加註回應：「本人在演講中未曾用此四字，尤未以此為結論。」

A-15：由臺灣省農林廳林務局農林航空測量所攝新竹縣新埔鄉《聯合報》「南園」員工休假中心空照圖顯示，「南園」位於一片青翠的保育林地間。

A-16：聯合報系為創辦人王惕吾舉行隆重的追思會時，臺塑集團董事長王永慶除銜哀緬懷故友，並直陳當年他自《聯合報》退股時沒有吃虧，亦無暗盤。

A-17：王惕吾(前排坐者左一)於報界功成名就之後，對參與社會公益及促進國民外交等活動，極具使命感。此為民國七十六年十一月初，「世界中文報業協會」第廿屆年會於菲律賓馬尼拉召開時，與會代表赴馬拉坎南宮晉見菲國總統艾奎諾夫人(前排正中)後合影。擔任王惕吾傳譯者為後排左起第五人高惠宇。

A-18：王惕吾(右二)早年留著小平頭，戴著茶色眼鏡，憑藉治事之果斷，兼以恩威並濟等手腕，打造了「聯合報王國」及其企業文化的核心。王效蘭(左一)偏愛旗袍的造型，樂與基層交談溝通的親切，及劉昌平(右一)溫文儒雅的風範中所展現的精明、公正，同樣贏得眾多員工的愛戴。此為筆者於民國六十七年九月社慶獲獎後之合影。

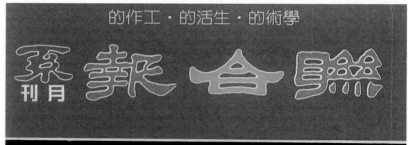

A-19：《聯合報系月刊》封面是重要訊息的看板和報社幹部行情的溫度計。此為民國八十三年十一月號封面：王惕吾將手杖交給地方新聞中心任張昆山，大步走路以示健康不錯的情景。

A-20：民國八十八年十二月號系刊封面為王效蘭在報系為優退、優離同仁舉辦歡送餐會上不禁哽咽的情景。王效蘭為《聯合報》與《民生報》的發行人。

A-21：王惕吾與余紀忠在臺灣報界互爭雄長的「瑜亮情結」一直是文化圈的熱門話題。此為《新新聞周刊》民國八十一年三月底以二人為封面人物所作的兩報系進軍香港專題。

（感謝《新新聞》周天瑞先生同意授權使用封面）

A-22：《傳記文學》雜誌民國九十三年二月刊出筆者相關作品時，亦以余紀忠、王惕吾二人的晚年照片作為封面賣點。

（感謝《傳記文學》成露茜女士同意授權使用封面）

A-23：《聯合報》創辦人王惕吾與《中國時報》創辦人余紀忠，在領導風格方面各有特點，但對報系重要人事安排，均不輕易假手他人。此為余紀忠於民國八十九年十月十七日親擬之人事調動，還指定人事處當天下午五時前公布。

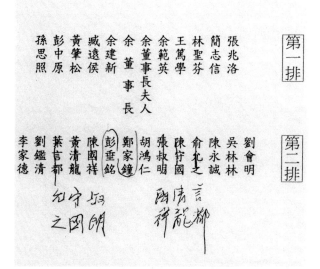

A-24：余紀忠於對日抗戰末期即具文職中將軍銜，亦頗重視與核心部屬的合影。此為《中國時報》為慶祝創刊五十年的合影名單，余紀忠親筆調動了第二排八個人的位置，反映了報老闆都有心思細膩的一面。

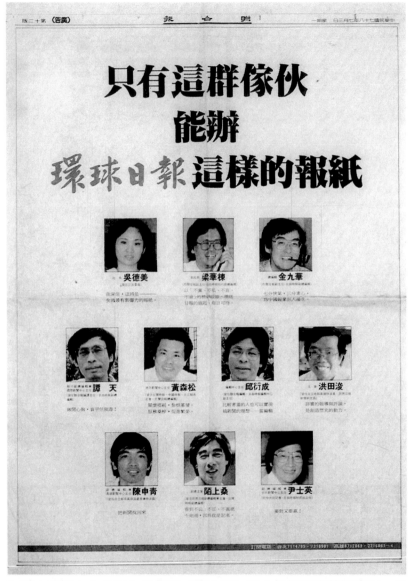

A-25：民國七十八年七月三日《聯合報》第十二版刊出整版廣告，係前高雄市籍立委吳德美家族籌辦南部《環球日報》的暖身告示，其中梁華棟、金九華、譚天、邱衍成等四人均係甫自《聯合報》出走未久的菁英，故引起若干要求檢討的雜音。

B-1：民國四十年九月十六日《全民日報》、《民族報》、《經濟時報》三報共同發行的第一號聯合版。當天頭條新聞即與韓戰有關，記錄了彼時東北亞戰雲密布的氣氛。

具有歷史性的本報副刊創刊號和復刊號

B-2：王惕吾新聞事業的起點是《民族報》。此為該報於民國三十八年五月四日創刊與其短暫停刊後又復刊的版面。

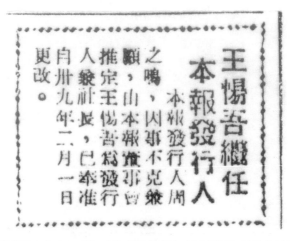

B-3：民國三十九年二月一日《民族報》首任發行人周之鳴請辭，改由王惕吾出任發行人兼社長的小啟。

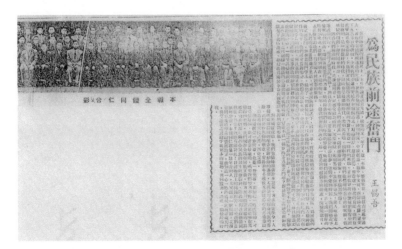

B-4：《民族報》創刊一週年，王惕吾特撰〈為民族前途奮鬥〉一文，強調同仁都有一股傻勁，從未因生活困苦而抱怨。其左上角為全體同仁合影。

B-5：《民族報》創刊初期的首任社長何敢(中)、副社長李漢儀(左)，及三報發行聯合版時林頂立指定的駐社代表鄭拯人(右)。

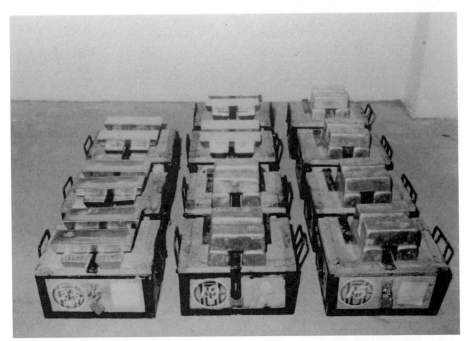

B-6：《民族報》草創初期有部份資金直接來自上海央行運來的國庫金條，資金調度亦多賴軍需官出身的王逸芬(即王永濤)解決。此為早年央行儲備之金磚。

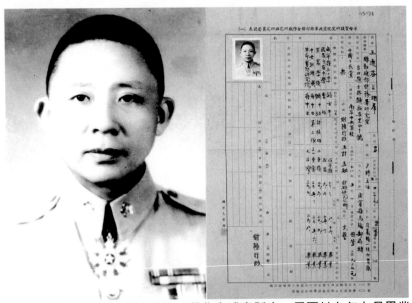

B-7：王永濤原名逸芬，別號翊群，湖北省咸寧縣人，民國廿九年九月畢業於重慶軍需學校第三期，三十七年八月來臺擔任聯勤總部臺灣收支處主任，為王惕吾接辦《民族報》初期的財務調度提供諸多支援。王永濤與《民族報》首任社長何敢、副總編輯王繼樸等幹部同為湖北同鄉。此為王永濤參加革命實踐研究院第五期「黨政軍幹部聯合作戰研究班」研究員登記表及其照片。

B-8：《民族報》起步時王惕吾(右一)、關潔民(中)、王謙明(中立者)與李漢儀(左)在編輯部處理公務的情形。

B-9：《聯合報》創刊七週年時的合影包括：王惕吾(右三)、曾憲宦(右二)、賀楚強(右四)、關潔民(右五)、黃紹祖(左四)、楊選堂(左三，站在後排者)。

B-10：《聯合報》逐漸步上軌道時的重要成員合影。右起：總編輯劉昌平、發行人王惕吾、社長范鶴言、總經理吳來興、總主筆關潔民。

B-11：王惕吾(左二站立者)與新聞界友人餐敘。王惕吾右下方為李漢儀，左上依次為：關潔民、李費蒙(即漫畫家「牛哥」)、沈宗琳；右側兩位背對鏡頭者，上方舉箸者即為王小痴(漫畫家)，其旁左手拿菸者為宋仰高。

B-12：《民族報》創刊時的重要成員合影。前排右起：關潔民、王逸芬、李漢儀、王謙明。後排右起：王潛石、南曉村、呂季陶、宋文明等人。

B-13：王惕吾(前左一)與范鶴言(前右一)接待來賓合影。後排右起為：吳鑄曾、吳來興、曾憲宦、劉昌平、關潔民，及馬克任(後左二)、史習枚(後左一)。

發行人　王惕吾
Publisher
Mr. Tih-wu Wang

社　長　范鶴言
President
Mr. Hawk-yee Fan

監察人　林頂立
Supervisor
Mr. Ting-Li Lin

副社長　劉昌平
Vice President
Mr. Champion Liu

總編輯　馬克任
Editor-in-Chief
Mr. Ke-jen Ma

總主筆　關潔民
Chief Editorial-writer
Mr. Chieh-min Kuan

總經理　吳來興
General Manager
Mr. Lai-hsing Wu

B-14：《聯合報》於「康定路時代」的決策階層。其中副社長劉
昌平英文名字取其諧音為Champion，與王惕吾凡事追求第一的理
念，實相契合。

B-15：《聯合報》「康定路時代」編輯部記者、編輯於晚間忙碌工作的情形。

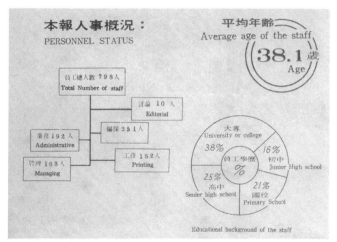

B-16：《聯合報》創刊十五週年簡介資料顯示：彼時員工總數798人，平均年齡為38.1歲，具大專學歷者達38%。

B-17：臺灣光復初期擔任軍統局臺北站站長的林頂立，對三報發行聯合版時期的貢獻極大，其後因違反黨紀競選而觸怒層峰而獲罪。

B-18：國民黨革命實踐研究院因林頂立判刑確定，乃於民國四十五年六月廿四日依規定註銷其學籍。

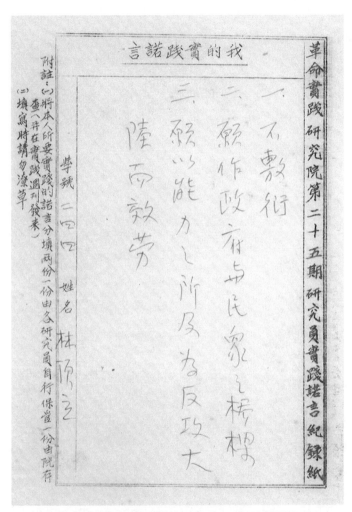

B-19：林頂立參加革命實踐研究院第廿五期講習時學號為244。此為其結業前自書之離院後的「實踐諾言」。

B-20：雖然王惕吾、余紀忠為業務競爭而時見紛爭，但無損於旗下菁英的交流。此為于衡(右)與對手報的大將之一歐陽醇(左)同赴臺北松山機場，為即將返回香港的《新聞天地》發行人卜少夫送行。

B-21：民國五十五年五月廿三日臺北市編輯人協會首次組團訪日，《聯合報》編輯部菁英於松山機場為通訊組主任劉潔(正中戴花環者)送行。合影左起三人為：黃慶祥、羅璜、馬克任；右起三人為：王潛石、丁文治、于衡。

B-22：臺北報界普遍認為：《聯合報》團隊戰力長期領先同業，其關鍵即在內部經常開會協調、檢討成敗，並傳承各種經驗。此為早年編輯部某項會議留影，與會者自左上方順時鐘方向依次為：查仞千、石敏、馬克任、丘為莊。

B-23：形形色色的會議、頒獎與餐敘交流，是《聯合報》逐步形成企業文化與強化「聯合報精神」的重要儀式。此為民國七十六年元月總主筆楊選堂(右)答謝《聯合報》全省各地方版「地方公論」主筆時，與長期擔任各項重要會議記錄的阮肇彬舉杯互敬。

B-24：三報聯合版曾於嘉義發行南版，並於其後改制更名為《臺灣日報》。此為該報刊於其他雜誌中的廣告。

B-25：《聯合報》與《中國時報》前身《徵信新聞報》均以追蹤報導社會新聞聳動內幕起家。民國五十年二月底，臺灣首度發生分屍案後，遭新聞界恣意影射為主嫌者多達十一人，其中尤以抗日空戰英雄柳哲生將軍個人形象受創最深，其後被迫黯然退役轉業。此為《法律評論》於實際破案前籲請新聞界戒慎檢討的社論，及柳哲生將軍早年於革命實踐研究院受訓時的照片。

C-1：王惕吾捐贈的東陽人
民醫院急救中心，建築與設
備均佳，造福桑梓，極獲鄉
親讚譽。

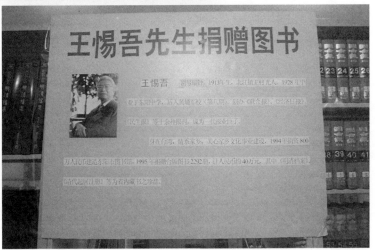

C-2：王惕吾除了捐建位於市中心的東陽圖書館大樓，另再贈送
兩套各兩千多本由聯經公司印行的珍貴圖書，其中一套歸其母校
東陽中學珍藏。

C-3：王惕吾最為信賴倚重的《聯合報》第二任總編輯劉昌平，與
夫人黃順華早年在臺北松山機場的留影。

C-4：王惕吾(左三)於臺北市仁愛路自宅與重要幹部合影留念。左
起第四人為《聯合報》第三任總編輯馬克任，右起第二人為第二
任採訪主任于衡。

C-5：《聯合報社務月刊》是塑造與宣揚「聯合報精神」及其企業文化的重要平臺，此為民國五十四年《聯合報》發行人王惕吾(左)至松山機場迎接返國的社長范鶴言。

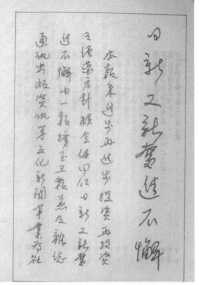

C-6：民國七十二年元月社務月刊改制為《聯合報系月刊》，標舉「學術的、工作的、生活的」三大宗旨；王惕吾特以〈日新又新奮進不懈〉一文重申「進步再進步，投資再投資」，強調應以企業化制度與軍事管理精神，倍加奮勵。

C-7：劉昌平為每一期系刊的內容及文字謹慎把關，以維護報系良好形象。此為劉昌平對系刊主編下的首要指示：「要求真實。」，圖左。

C-8：王惕吾最重視編採部門的競爭力與工作士氣，經常以餐會形式對同仁發表重要講話，再交由系刊發表，此為提示同仁「勝不驕，滿招損！」的紀錄，圖右。

人事室通知

聯合報社八十九年四月份人事異動名單

區分	姓名	新任職務	原任職務	生效日期	備註
免	黃素娟		編輯部企劃組副總編輯	89.4.5	另由經濟日報聘
辭	顏嘉宏		編輯中心助理編輯	89.5.1	
辭	李志德		探訪中心政治新聞組記者	89.4.1	
調	張甄薇	探訪中心經濟新聞組記者	編輯中心編輯	89.4.20	
辭	沈長祿		市政新聞中心新聞組記者	89.6.18	
屆齡退休	吳穎童		地方新聞中心記者	89.6.2	
屆齡退休	寶智華		地方新聞中心新竹縣記者	89.4.11	
聘	徐富葵	地方新聞中心新竹縣駐在記者	夜間輸入分廠印務技術員	89.4.11	
聘	楊燕君	地方新聞中心苗栗縣駐在記者	地方新聞中心苗栗縣培訓人員	89.4.1	
改任	洪民澤	人事室人事管理組三等專員	人事室資料處理股長	89.4.5	
調	陳銘元	文書組辦事員	夜間輸入分廠印務技術員	89.4.16	
調	周淑芬	文書組辦事員	夜間輸入分廠印務技術員	89.4.16	
調	李志良	醫衛組安全管理員	夜間輸入分廠印務技術員	89.4.16	

聯合報社八十九年四月份獎懲人員名單

單位	職稱	姓名	獎懲類別	事由
發行部中彰投服務組	三等業務專員	黃瑞年	申誡一次	未按規定作業，違反工作規則。
業務管理部收軟組	三等業務專員	趙奇申	大過一次	未落實執行收帳作業，違反相關規定，嚴重失職。
電訊中心	技士	黃進發	嘉獎壹次	主動延後下班，積極處理電腦異常狀況。
台北印刷廠	印務技術員	鄭宗杰	申誡壹次	操作海一機，連續三個月開機報品質不合格率偏高。
台北印刷廠	印務技術員	許世勳	記過壹次	操作海三機，開機報品質一直未達標準，且屬嚴重累犯。

C-9：《聯合報》是臺灣新聞史上最講制度的媒體，各月人事異動與獎懲紀錄都依例於系刊中公布，成為檢索報史相關變化極重要的座標。

C-10：《聯合報》編輯部常以傳閱方式轉達內部重要訊息，此為三報常董會民國七十年五月的會議紀錄，由主管註明傳閱名單後交下，供相關同仁及時遵辦。

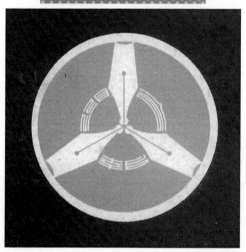

C-11：《聯合報》最早的社徽以三支傳統的鋼筆尖為主要構圖，標示了新聞事業必須以寫作與言論為主，並保留報社源自《民族報》、《全民日報》與《經濟時報》共同發行「聯合版」的歷史特色。

C-12：發行與廣告業務是否樂觀決定新聞事業興衰，因此外界極難取
得第一手資料加以檢核。此為民國六十九年九月的「聯合報股份有公司
報份印刷發行統計表」，其上詳列《聯合報》、《經濟日報》、《民生
報》及《聯合報》航空版每天「有費報」及「免費報」的印量統計。

聯合報社　函

受文者：

主旨：為增進貴校相關新聞科系學生對本屆進一步了解，自即日起每月寄贈「聯合報系年刊」乙本，請參照。

說明：一、「聯合報系年刊」是一本綜合「學術的、工作的、生活的」本報系內部刊物，其中對聯合報系企業文化、編輯、採訪、發行、廣告業務及報系人事物均有詳盡介紹。

二、貴校新聞相關科系同學，素為聯合報系求才對象，誠望同學們從多閱讀本報系年刊，以增進對本報的瞭解與認識。

三、敬請協助陳列於閱覽室。

聯合報業務管理部　敬啟

C-13：為增進大學新聞科系學生對報系業務及企業文化的了解，《聯合報》業務管理部曾長期贈閱系刊。

家嚴正派辦報理念，為時賢所關注，因亦多願知其心路歷程。天下文化出版公司乃梓行王麗美小姐所撰「報人王惕吾——聯合報的故事」，對聯合報創新報業經營的風格，及其為國家現代化所作的努力，都予以平允而中肯的詮釋。爰謹奉贈一冊，敬請審覽。

王必成　敬贈

83年7月　日

C-14：王必成於民國八十三年七月大量贈送《報人王惕吾——聯合報的故事》一書供各界指教，以宣揚《聯合報》不斷創新及其為國家現代化所作的努力。

C-15：李登輝於《聯合報》四十週年社慶時以總統身分親往祝賀，並與報系重要成員合影留念。其後李即與《聯合報》漸行漸遠，終至反目成仇。

C-16：報系月刊自民國九十二年十月號起再次改版，開本放大，刊名簡化為《聯合系刊》，封面、內容及編排風格均較前生動活潑。此為董事長王必成扮成耶誕老人與兩個女兒合影。

C-17：民國七十二年六月號系刊封面為英國前首相柴契爾夫人手持《歐洲日報》，為該報作了極佳的宣傳。

C-18：自民國九十三年八月三十日起，《聯合報》以策略聯盟方式，與美國《紐約時報》合作，每週增印中英對照《紐約時報週刊》。此為王必成與紐時副總裁葛洛莉雅‧安德森女士簽署協議後合影。

C-19：為淡化與民進黨獨派勢力的緊張關係，由王文杉主持的菁英對談系列亦將綠色系人馬納為貴賓。此為《聯合系刊》封面刊登臺灣高鐵董事長殷琪受訪時神情，其右下角即為王文杉。

C-20：被陳水扁倚為左右手的青年才俊之一的羅文嘉，亦躍上系刊封面，代表著《聯合報》企業文化正朝務實的方向修正。

D-1：王惕吾極重視獨家消息帶來的報譽，此為民國七十四年八月
《聯合報》高級主管開香檳慶賀接連兩則重大獨家戰果：一為中
共軍機投奔南韓迫降事件，一為蔣經國嚴正宣告：中華民國元首
依憲法產生，從未考慮由蔣氏家屬接班。

D-2：王惕吾為獎賞駐漢城記者朱立熙搶得全球獨家，特頒贈中文
報業獨家消息有史以來的最高獎金新臺幣四十萬元。左為刊於報
系月刊的王惕吾親筆批示。

D-3：朱立熙欣獲四十萬元獎勵後，自漢城傳真的答謝函，希望今
後能以「條條精彩權威」來報答董事長的獎勉。

D-4：《聯合報》於民國六十七年六月廿六日凌晨，透過香港《東方日報》口頭轉述電視轉播實況的方式，首度臨時換版，以第三版全版報導第十一屆世界盃足球決賽阿根廷以三比一擊敗荷蘭勇奪冠軍。

D-5：《聯合報》重視編採人員每天和每年的工作整體績效，尤以社慶日頒發「模範記者獎」最為隆重。此為筆者於民國六十七年九月受獎時所攝。

D-6：《聯合報》採取「獎多懲少」的管理策略，頗能激發員工凡事自律與力求表現的意識。右方小紅包是編輯部每天由各級主管授權即可核給之「每日立即獎」；左方為民國六十六年六月一日為紀念發行突破六十萬份，王惕吾贈送員工的紅包賞金。

D-7：有人認為《聯合報》頗似公家機關，「證據」即如人事異動必有正式文件為憑。此為筆者民國六十五年九月十六日獲聘為編輯部採訪組助理記者的聘函。

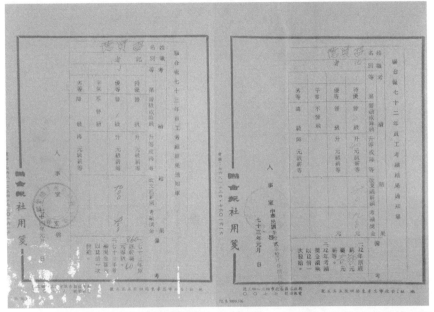

D-8：《聯合報》極似公家機關的另項「證據」，為員工的年度考績結果通知單。此為筆者民國七十二及七十三年的考績，前者為特優，後者為優等。

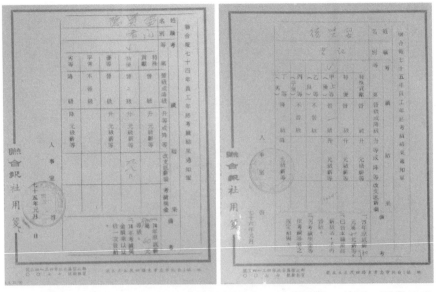

D-9：民國七十四及七十五年的考績分類增為：特殊貢獻、特優、平常及劣等；以及甲上、乙等、丙等、丁等。

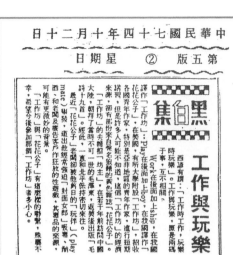

D-10：右為由主筆鍾鼎文撰寫的「黑白集」〈工作與玩樂〉一文，影射美國詩人安格爾夫婦主持的工作坊涉及不法，引起軒然大波。下方為民國八十年三月「聯合副刊」所載聶華苓懷念夫婿的訪問稿〈永遠活在安格爾家園〉及其夫婦合影。

D-11：一九八五年十一月十一日由安格爾與聶華苓夫婦親筆簽名，向《聯合報》董事長王惕吾提出的強烈抗議函影本。

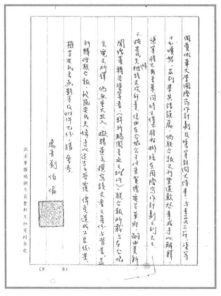

D-12：中華民國外交部轄下北美事務協調會駐芝加哥辦事處處長劉伯倫，請外交部處理安格爾夫婦可能遭《聯合報》惡意中傷一事，並請函轉《聯合報》處理的函文影本。

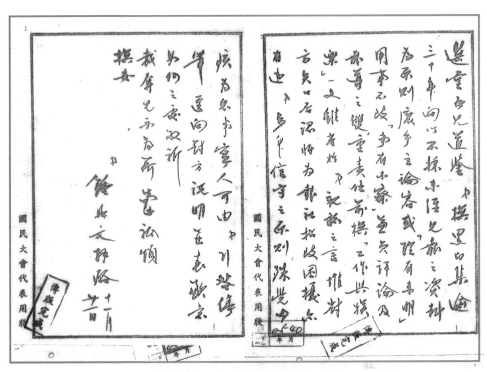

D-13：鍾鼎文寫給《聯合報》總主筆楊選堂的信函，聲稱筆下所
言並非杜撰，但仍願引咎停筆，以解決報社困擾。

E-1：《中時》緊咬《聯合》的戰局極少收手。此為臺灣解嚴未
久，中時方面宣稱自己「樣樣得第一」的巨幅宣傳海報。

E-2：兩家大報為爭第一的戰火，尤以發行份數方面最為慘烈。民國七十四年二月間《聯合報》內部散發的業務通訊上，整版報導「揭穿臺北某時報發行量騙術」。

E-3：前《聯合報》印務部技術員莊忠為抗議王氏家族企圖以低價收回員工酬勞股的作法，於民國八十二年社慶時，自費印發抗議傳單，要求各界再發起第二波退報運動。

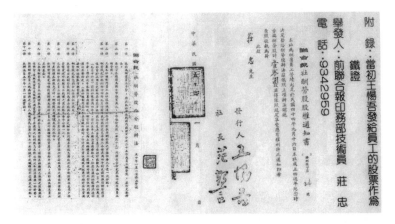

E-4：民國五十四年一月由王惕吾和范鶴言具名發給莊忠的酬勞股股權通知書，載明僅有一百零八股，但莊忠堅持不賣，用以突顯資方強令此一制度變質的教訓。

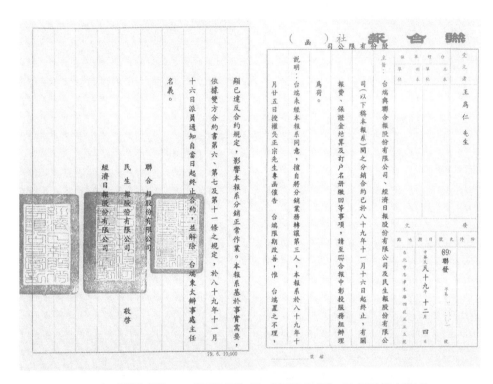

E-5：由《聯合報》、《民生報》及《經濟日報》三家股份有限公司合蓋三方圖記寄達的終止分銷合約通知，激起王為仁自設網站的反制決心，另組虛擬的「聯合報改革同盟」延續抗爭火種。

E-6：以偏高待遇和完善福利著稱的聯合報系，似乎潛存著某些
危機。例如民國七十年十一月十五日《民生報》第二版報眉遭人
更換國號為「中共國民」四字，究竟何人如此膽大妄為，迄無解
答。

既然慶祝四十年　何能飲水不思源
王惕吾巧取豪奪醜聞大曝光
聯合報真正創始人周之鳴撰文揭秘

周之鳴近照

E-7：與王惕吾具有同鄉和同學關係的周之鳴，於民國八十年三月在李敖辦的《求是報》連載他和王老闆難解的恩怨情仇，揭開了王家許多不為人知的內幕。
（感謝李敖先生同意授權使用《求是報》標題及內容）

E-8：一九七七年九月十一日及一九七八年九月廿日的香港《快
報》，均以頭版報導《東方日報》負責人馬惜如、馬奕盛兄弟等
人先後棄保逃往臺灣的消息。

E-9：馬奕盛又名馬惜珍，雖早已了結偷渡來臺的刑責，卻仍舊無法返港。因雙方長期保持合作關係，故王惕吾待「小馬」如上賓，不少《聯合報》高級主管亦與其互動良好。此為香港《快報》刊載馬惜珍在港被控藏有毒品被捕的模樣。

E-10：依據中時產業工會提供的漫畫，其中「友報」領先的身影，突顯了聯合報系的員工待遇和福利在同業心目中，還是居於領先的。

E-11：中時產業工會提供的漫畫顯示：報社作業大量採取自動化後，各家報社傳統貼版師傅和組版員的身價就大不如前了。

E-12：臺灣解除戒嚴後看似一切鬆綁了，但回歸法制後，勞方依舊落居下風。中時工會提供的漫畫深刻描繪了「工作規則」仍為資方恣意揮舞的大刀。

E-13：如果沒有聯合報產業工會幹部及其《聯工月刊》認真監督資方行事，報系之內將獨存讚頌國王新衣的拍馬之聲。此為該刊一向敢於提出異議的選樣。

61

E-14：民國八十八年《聯工月刊》三次鎖定「小王子」王文杉談話的頭版標題，其中尤以四月三十日：把「《聯合報》第一」找回來！的標題最撼動人心。

E-15：民國九十年九月十七日的納莉風災竟使臺北市忠孝東路成
了罕見的「忠孝大河」，雖然造成《聯合報》重大損失，但員工
依舊準時投入工作，展現勞資一體的深情。

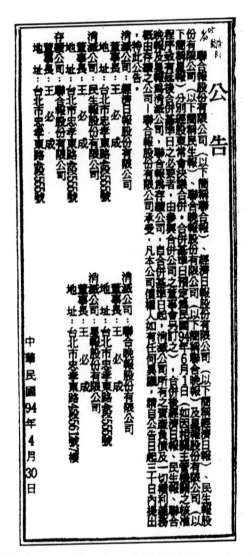

公告

聯合報股份有限公司（以下簡稱聯合報）、經濟日報股份有限公司（以下簡稱經濟日報）、民生報股份有限公司（以下簡稱民生報）、星報股份有限公司（以下簡稱星報）及聯合晚報股份有限公司（以下簡稱聯合晚報）分別經股東常會決議，合併案之合併基準日預定為民國94年6月1日（如因相關主管機關之核准程序致延後合併基準日之必要者，由各與合併基準日之董事會另行決定），自合併基準日起，消滅公司所有之資產負債及一切權利義務概由存續之公司—聯合報股份有限公司承受，凡本公司債權人如有任何異議，請自公告日起三十日內提出，特此公告。

存續公司：
聯合報股份有限公司
董事長：王必成
地址：台北市忠孝東路4段555號

消滅公司：
經濟日報股份有限公司
董事長：王必成
地址：台北市忠孝東路4段555號

消滅公司：
民生報股份有限公司
董事長：王必成
地址：台北市忠孝東路4段555號

消滅公司：
星報股份有限公司
董事長：王必成
地址：台北市忠孝東路4段555號7樓

消滅公司：
聯合晚報股份有限公司
董事長：王必成
地址：台北市忠孝東路4段561號7樓

中華民國94年4月30日

E-16：民國九十四年四月三十日《經濟日報》一則自六月一日起「五報合一」的公司合併公告，雖未引起各方注意，卻是《聯合報》決心啟動企業再造工程極為關鍵的一步。

作者自序

　　如果捫心自問：此生尚未實現的夢想是什麼？答案大概會列成長串清單，但若縮小範圍以志趣為核心的話，顯然，新聞事業與新聞工作，依舊是至今難捨的最大失落。筆者自民國六十九年九月起，先後在輔大、臺大、清大、政大等校兼任教職，復於民國八十三年八月應聘至輔大新聞傳播學系專任，愧為人師之年資已逾廿五年矣，但究竟有多少子弟確因課堂上的激勵言詞，而矢志成為新聞尖兵，恐怕只有全能的上帝才能解答。

　　臺灣早年靠著朝野同心，苦幹實做的不斷努力，成為備受國際社會欽崇的堅強島嶼，新聞媒體在特殊時空環境的壓縮下，勉力完成了階段性的任務。但自政府宣布解除戒嚴並開放報禁至今十八年來，舊思維的鬆綁退潮和新機制登場後的軟弱失智，引發了諸多重組效應與衝擊，商業掛帥的傳播事業亦隨之浮沉搖擺，平面媒體長期坐享的廣告收益和言論影響地位，遭到廿四小時運作的電子媒體和網際網路免費資訊的聯手夾殺。

　　新聞從業人員站在蛻變巨浪的頂端，理應視野寬宏，為民前鋒，但為了基本尊嚴和三餐飽肚，同業間只能埋首現實，拼戰廝殺如故，絕難暫停腳步進行深刻的省思，於是，傳播學界有了無可旁貸的使命。奈何絕大多數學術研究者有如岸邊觀戰，對弄潮者恣意批判，頗為輕鬆自在，至於論文實際效用如何，則甚少通得過業界檢證。

　　學與術的拔河難決勝負，關鍵即在學與術的對話，常如雞同鴨講。

實務界為了市場生存競爭，只好自溺於成王敗寇之說；學術界明知研究方法和目標應取法乎上，更應止於至善，但受限於諸多條件，試圖建構讓人虛心領受的理論或發現，真是談何容易。社會科學單憑定格切割的手法進行研究，已無異削足適履；如何抓住與時俱進的變遷現象，祭出可供下一波浪頭湧現前值得採擇的戰略，幾乎成了不可能的任務。

民國六十五年八月筆者通過公開招考成為《聯合報》記者，迄至民國八十三年八月轉任輔大專任教職，經內政部勞保局認可的年資僅十四年又兩百天。此一平凡紀錄，如與眾多資深前輩先生相比，真乃小巫而已。所幸，多年來為兼顧教學研究的挑戰，無論被指派的是內勤還是外勤任務，一路走來，都抱定凡走過必留下成績的嚴肅心情，但憑堅定向學的信念做好份內工作，並隨手留存資料，總算累積不少日後撰寫相關論文時的佐證，並自信均能符合王惕吾先生要求的「字字有根據，語語有來歷」與「筆下有自由，心中有責任」的大原則。

解嚴初期臺灣地區報社總數曾多如牛毛，新聞職場蓬勃而混亂。筆者先後在《聯合報》、《自由時報》、《中國鏡報》、《大成報》、《自立早報》、《中央日報》等六家報社編輯部任職，各報政治立場及編輯政策落差甚大，可謂左右兩極，統獨對立，但並無礙於筆者正常發揮，離職從未以翻臉方式走人，更未拿過任何一文資遣費。如今回首前塵，容或有悔，但絕無愧色。

王惕吾先生領導同仁共同建立的《聯合報》及其龐大報系近年業務雖呈衰退下滑之勢，但五十多年來締造的各種文化事業早已樹立了中文報業可敬的紀錄。外界宜如何瞭解其興衰變化，固各有角度和心

情，但其成功關鍵，不折不扣地源自創辦人王惕吾先生追求必勝必成的「聯合報精神」，以及在此精神基礎上奮力向前打造之競爭力強大、向心力鞏固、勞資和諧安定的獨特企業文化。

為研究《聯合報》企業文化的形成與傳承，近六年來除廣泛蒐集研讀與聯合報系有關的資料，並由四代學生助理協助統計歷年社刊、系刊相關內容，用以佐證相關論述。另為避免過度依賴社刊、系刊而衍生「以經解經」的困擾，乃於民國九十四年八月專程赴浙江東陽走訪王惕吾先生故鄉，並在王詳先生指引下，實地了解惕老生前回饋故里的紀錄和東陽鄉親對他的評價。

儘管研究過程設定了諸多理應達成的目標，但屢遭重重阻力，其中甚且有聲言曾被筆者「冒犯」而堅拒訪談者。所幸，近六年來亦獲頗多激勵，離開《聯合報》畢竟已經長達十八年了，在人情薄如紙的今天，若無昔日同仁們的友情力挺，絕難完成這項難以討喜的學術工程。

筆者堅信：《聯合報》企業文化所開展的事業，不僅僅是創辦人及其子孫的家族遺產，更是《聯合報》勞資雙方合力打造、代代珍視的家譜，與見證新聞事業發展的豐碑。

筆者任職《聯合報》期間，從新臺幣五千元的助理記者幹起，到派駐菲律賓馬尼拉月領兩千美元時辭離，有幸見證了《聯合報》最接近輝煌與永恆的時刻，也付出了敢於衝刺的青春歲月。平心而論，倘若昔日同僚能暢所欲言，則此書厚度勢必暴增三倍，因為堂堂聯合報系之內，筆者無緣與聞、無從理解的日常故事和決策內幕實在太多了。

慚愧的是，依據學術需求和規範，筆者即使了解該自何處著手，

也十分明白終極答案位置何在，但限於人微言輕，請託無門，只能運用較粗糙的方式尋求點的突破了，然後階段性的剔除空泛論述，務期言之有物，對吾國當代新聞傳播研究領域有所貢獻。

拙作引證的個案，昔日長官同仁或許不免驚訝，甚至懷疑筆者故意用學術光環來包裝找碴動機，衝撞了王惕老「正派辦報」的金字招牌。例如：「徐瑞希事件」和「南園土地問題」就很不給老東家面子。其實，筆者至今與徐瑞希女士還緣慳一面，居留北京期間，若非筆者鍥而不捨，一再以郵電與其懇談，勢難取得相關素材。又如環繞著「南園」的傳聞頗多，破解之道，僅是直接付費委託土地代書調卷查核虛實，並輔以當年負責設計者與施工者的回憶，如此而已。

對早已多元而開放的臺灣社會而言，無法令某些人愉悅面對的陳年問題，無一不是理當接受公評，或在學術上值得檢驗的個案。筆者寧可相信：王惕老本人與其可敬的家屬，應有雅量接受這樣的檢驗；拙作中尚有其他看似敏感的個案，如果當事人或任何人有所質疑，其答覆都是相同的。

為彌補臺灣地區較少探討企業文化的重大缺憾，民國九十四年十月筆者再赴北京大學圖書館研究月餘，廣泛蒐集大陸地區近年在企業文化方面的實踐與研究成果，稍盡知識份子「讀萬卷書，行萬里路」的責任。

赴北京之前，絕難料到：工商服務業剛起飛的大陸地區有不少公司行號，天天認真實踐著企業文化理論的每一環節。筆者親見比較像樣的餐廳、美容院員工在各時段舉行全員體操跑步、戶外列隊精神訓話、大聲齊呼口號等定時操練；供各界人士參加的專家、名嘴主持的

集訓研習活動，也是生意興隆；海淀中關村、東城王府井的各大書店有關企業文化的專著更是整櫃陳列，琳琅滿目，應有盡有，超乎想像。初見前述景象，容或覺得有些突兀，但在目睹大陸各地城市與交通建設快速達標的成就後，街頭此起彼落的宣示企業宗旨、誓言使命必達的口號聲浪，就更讓臺胞為之動容了。

大陸地區近年由上而下、積極落實企業文化建設的結果，不但使相關研究成為顯學，鑽研並力行如何建設個別的企業文化，如何提升單位績效產能並鼓舞工作士氣，幾與追求成功與財富劃上了等號。

《聯合報》同仁一向以「聯合報精神」為榮，也都肯定「聯合報精神」就是「王惕吾精神」的說法；而「聯合報精神」的形成與傳承最有效的傳播管道，即為民國五十二年元月創刊，至今定期發行的社務月刊與報系月刊。

大陸成功企業家郭梓林認為，企業家的思想本來就應成為一個企業的文化主導。一個企業家在其成長過程中，肯定需要不斷地修正自己的思想，企業家有了自信之後，才敢於拿出自己的思想。一旦他坐上了企業家的位置，就是社會對他的實踐活動和自信力量的一種認可，故有資格也應將其成功繼續推廣，把個人自信和未來的美好期望「灌輸」給員工。只有這樣的企業家，才可能成為企業驕子。於是，企業文化就是企業家們實現自身生命超越的一種途徑。

王惕吾先生辦報成功的經驗，及其領導聯合報系的風格與魄力，完全符合前述要件。郭梓林並強調，當企業家未想到為自己立德、立功、立言的時候，就犯不著花錢請人辦什麼企業內刊物，更不會想把刊物辦出特色和成績來。既然「繼承」、「創新」和「傳播」是企業內

刊物必須承擔的三個功能，當代中國企業內刊物的定位，實際上就是企業文化的內化和外化。

針對企業內刊物的質性，郭梓林比喻極為精妙：當企業家自己讀企業內刊物時，企業內刊物是兒子──親；外人讀的時候，企業內刊物是情人──倩；員工讀的時候，企業內刊物是元配──尊。以「像兒子般的親」、「似情人般的倩」與「如元配般的尊」來形容企業家、外人和員工展讀刊物的三種感受，頗為貼切地刻繪了讀者俯視、平視與仰視的三種姿態。

在臺灣，能如《聯合報》長期運用內部刊物發揚並傳承企業文化者似乎不多，但在大陸卻不乏同好。

一九九二年初中共領導人鄧小平南巡武昌、深圳、珠海、上海等地發表南巡講話，明言改革開放的膽子要大一點，看準了就大膽地試，大膽地闖，對九〇年代之經改與進步起了關鍵作用。同年十月，中共中央第十四屆全代會正式宣布建立社會主義市場經濟體制。

大陸頂級品牌如海爾、聯想、蒙牛等大型企業集團隨之興起，在官民聯手，黨政軍同聲應和之下，紛紛各自提出具有特色的建設企業文化的戰略，使得西方企業文化理念在神州大地的熱烈推廣，宛如一場似曾相識的政治運動，儼然成了具有中國社會主義特色的「走資派」獲利有道、賺錢有理的精神紅旗。

科瑞集團亦在此形勢下創建。科瑞經營理念主要集中在體現：一、創造一種新的利益機制：解決「票子」的問題；二、創立一個遠大事業目標：解決「位子」的問題；三、創造一種良好的文化氛圍，使大家心情愉快，感覺做人有味道，做人不苦惱：解決「面子」的問題。

二〇〇二年七月科瑞集團成立十週年，其企業內刊物《科瑞人》並非大陸新聞媒體的企業內刊，卻與《聯合報系月刊》、《聯合系刊》宗旨幾無二致，高度表現了對自身企業文化的尊崇與眷戀。

第三百期《科瑞人》卷首語寫道：「二〇〇二年八月號的《科瑞人》是這個普通的刊物的三百期，這同樣是一個值得紀念的數字——第三個一百，又是一個重要的里程碑！科瑞人不僅在時間的尺度上留下了自己的奮鬥足跡，而且還把成長的歷史印在了三百期《科瑞人》的每一個字裡行間。如果將流淌在我們頭腦中的思想比喻為飄蕩在空中的『氣體』，流露於人們互相交流時的語言則像是灑落在地上的『液體』；那麼，惟有將思想和語言變成文字之後，它才能成為跨越時空進行更廣泛交流的『固體』——正是本著這樣一種思考，《科瑞人》承擔起了『讓歷史告訴未來』的責任。」

筆者無意促銷彼岸鼓吹企業文化的正面成效，亦絕未忽略大陸經改之後社會貧富差距加大、公私機構不以貪瀆為恥、人心更為現實貪婪、個人基本誠信更為低落、重大人為災難層出不窮等等負面現象。但總的看來，大陸城市地區近年有了翻江倒海般的進步與巨變，其間所誘發的高度期待、衝勁、樂觀和自信，一如三十年前經濟起飛中的臺灣，的確令人耳目一新。

如果要問：究竟臺灣還有什麼是大陸絕難迎頭趕上的？筆者提供的答案是：新聞自由。中共如仍堅持封鎖網路，思想過度設限，必將付出相對代價，進步幅度頂多「翻兩番」而已。唯如北京當局改革開放幅度亦能擁抱新聞自由，容忍傳媒享有更多自主空間，二〇〇八年八月八日的奧運聖火必將更為燦爛。

　　無論可敬的讀者女士、先生們將以何種尺度審視本書，筆者都應特別感謝眾多新聞界先進、專業人士與海峽兩岸至友們的費心協助。臺北市秀威資訊科技公司總經理宋政坤先生、數位出版部協理李坤城先生所領導的工作團隊，為編印流程付出的心力，及昔日《聯合報》老長官楊士仁先生仔細為拙作考據審核的辛勞與恩情，尤令筆者感念。唯基於某些顧慮，部份義助者大名仍須保留在心。拙作如有任何謬誤不當，懇請海內方家不吝賜教，俾於再版時補正。茲按請益時序先後，臚列名單如下，以誌由衷之謝忱：

于　衡先生、劉紹唐先生、王愛生女士、閻沁恆先生、李子弋先生、
莊　忠先生、鍾鼎文先生、吳漫沙先生、鍾中培先生、鄭士鎔先生、
劉　潔先生、羊汝德先生、梁雪郎先生、高化臣先生、劉芳枝女士、
易　行先生、黃毅辛先生、朱正明先生、夏　穌女士、續伯雄先生、
阮肇彬先生、金九華先生、吳祥輝先生、秦正華先生、陳漢墀先生、
梁尚勇先生、張其祥先生、曾天賜先生、簡又新先生、吳　克先生、
王篤學先生、林松青先生、閻愈政先生、周天瑞先生、關振乾先生、
黃　年先生、蘇文流先生、駱　紳先生、丁昌援先生、黃天才先生、
黃　堅先生、關　中先生、陳大代先生、黃淑芳女士、陳小如先生、
張琦珍女士、楊克華女士、姚家遂先生、蔡念中先生、曾文昌先生、
左家榮先生、李文進先生、陳吉雄先生、蔡炳煌先生、羅一宇先生、
沈智慧女士、潘淑玲女士、陳春旭先生、楊藍田女士、汪子錫先生、
王煥琪先生、龔進福先生、陳漢墀先生、林如森先生、徐瑞希女士、
李效儒先生、游其昌先生、蔡宗英先生、陳祖華先生、楊士仁先生、
鍾榮吉先生、楊秀清女士、張潤書先生、陳揚琳女士、梁繁章先生、

秦慧珠女士、朱立熙先生、毛鑄倫先生、盧世祥先生、王賢舜先生、譚中興先生、高惠宇女士、黃政吉先生、李靜慧女士、蘇雅婷女士、楊仁烽先生、石　敏先生、李文雄先生、應升德先生、王　詳先生、韋國清先生、王為仁先生、高源流先生、賴春田先生、陳麗娥女士、紀　政女士、吳志成先生、鄭端文先生、簡正福先生、張友驊先生、董智森先生、漢寶德先生、陳朝平先生、江正治先生、卓亞雄先生、李桂芬女士、魏宏晉先生、陳　可女士、索麗婭女士、王　駿先生、高信疆先生、劉國基先生、劉幼琍女士、范于林先生、閆　琦女士、周佩玟女士。

　　最後，還應向先後協助統計資料的輔仁大學大眾傳播學研究所、新聞傳播學系及進修部大眾傳播學系的研究助理群一併致謝，名單包括：吳振邦、蔡姿蓉、洪佳莉、李蘭欣、楊惠琪、郭芷余、吳淑玲、龔淬平、林彥文等同學，還有兩個可愛的女兒習永韻、習永儀，沒有他們接力式的參與，許多數據勢必無從落實，願大家同享本書付梓的喜悅。

習賢德　謹識

民國 94 年 11 月 15 日
于北京大學圖書館

中文摘要

　　《聯合報》自民國四十年九月十六日起，以《全民日報》、《民族報》、《經濟時報》等三家民營報共同發行「聯合版」為起點，逐步超越公營與黨營報紙，更一度躍居世界華文報業的龍頭地位，其關鍵即在王惕吾制定的「投資再投資，進步再進步」經營方針，不斷創新管理制度、改善軟硬體設備、募集專業人才、提高員工福利所營造的高度團隊意識所形塑的企業文化。

　　自民國五十二年元月起，聯合報社開始逐月發行《聯合報社務月刊》，初期定位為「對外守密，閱後銷毀」的內部刊物。自民國七十二年元月起，復因報系業務擴大而改制為《聯合報系月刊》，並標舉「學術的、工作的、生活的」徵稿原則，逐期收錄了豐富的報系發展實錄；另由聯合報產業工會自民國七十七年六月發行的《聯工月刊》，均屬研究其企業文化成長變化的重要依據。

　　企業文化呈現之樣態及其成素頗多，檢視其具體政策指標及其執行狀況本屬不易，但應能適度反應並記錄於經營團隊在員工獎懲與人事異動的量化數據上。本論文逐期統計《聯合報》社務月刊與報系月刊相關內容，對照該報逐年苦壯軌跡，及外界所一般理解的《聯合報》企業文化內涵，再度檢視五十多年來，該報在激烈競爭下如何崛起成為「中文報業王國」，又如何在報禁開放及創辦人王惕吾逝世後的劇變浪潮中及時調整因應，試予學術性的分析與省思。

關鍵詞

王惕吾、《聯合報》、《聯合報社務月刊》、《聯合報系月刊》、《聯合系刊》、《聯工月刊》、企業文化、家族企業、員工獎懲、人事異動

第一章：緒　論

　　企業文化是組織之內共同的價值觀、信念、行為準則、工作規範及組織政策的指導哲學，對組織之運作型態、方向擬定有關鍵性之影響；而且企業文化一旦形成，將是相當持久，不會輕易改變的。[1] 企業文化的實際功能，表現在具有塑造組織願景、凝聚群體共識、整合團隊資源等作用，透過其驅動，激發人的價值創造力，進一步發展成組織核心能力，最後外顯為企業持續性的競爭優勢。[2]

　　企業文化其實並非舶來品，童叟無欺、別無分號、聞香下馬、近悅遠來等詞語，都是傳統老字號商家注重信譽和形象的實證。但是，企業文化的理論的確是從國外引進的。企業文化一詞與相關研究在臺灣出現的年代，與美國管理學界盛行研究企業文化的風潮相當，亦約略與臺灣本土若干代表性產業的組織規模、企業產值及其影響力，於民國七十年前後陸續達到巔峰時期同步，因此臺灣各大企業陸續出現學習、宣傳與研究企業文化的動作，掀起自我肯定、回顧創業歷程、總結自我定位，以及強化企業形象包裝的風尚。[3]

---

[1]　徐永昌：《企業願景、企業文化、員工生涯發展與組織承諾之關係研究：以臺灣製造業為例》，國立成功大學企業管理研究所碩士論文，民國 89 年 6 月，頁 13。

[2]　楊慧華：《企業文化、企業願景、經營策略與經營績效之關係研究：以臺灣國際觀光旅館為實證》，國立成功大學企業管理研究所碩士論文，民國 91 年 5 月，頁 21。

[3]　以「企業文化」為書名的中文相關譯作及著作，約略出現於民國七十年。

　　中國大陸地區對企業文化的研究學習，則表現得比臺灣方面積極。據中國企業文化研究會學術指導委員張大中研究，企業文化作為一種現代企業管理理論、管理思想和管理方法傳入大陸地區，至今走過廿年歷程，這廿年是從初期引起關注、廣受重視，到日益普及的廿年；是企業文化從不被認識甚至遭受質疑和冷落，到逐步被廣泛接受、認同和實踐，並在理論研究、實踐活動、教育培訓等方面取得豐碩成果的廿年；也是企業文化建設歷經曲折，然後蓬勃發展、不斷開拓前進的廿年。

　　張大中指出，前述過程可基本劃分為四個階段：一、認知階段（廿世紀八〇年代初至一九八八年）：企業文化理論於一九八四年前後在改革開放大潮中傳入大陸，引起企業界和學術界關注，從此至第一個在官方民政部登記，具有法人資格的中國企業文化研究會在薄一波、韓天石、張大中等倡導推動下成立的一九八八年間，均屬起步認知階段。二、徘徊階段（一九八九年至一九九一年）：由於企業文化一度被認為是外來理論和西化產物，不適用於中國而步入低谷，至一九九一年中國企業文化研究會在鞍山市大型研討會上，首次提出建設有中國特色社會主義企業文化的理論觀點，闡釋中國企業文化的基本定位而終使形勢為之改觀。三、普及階段（一九九二年至一九九九年）：企業文化在此階段得以蓬勃發展，根源於三個重要的歷史背景：1.鄧小平於一九九二年初發表南巡講話，及中共十四大確立了社會主義市場經濟改革目標。2.中共十四大、十四屆三中全會、十四屆五中全會的政治文

在崛起的本土代表性產業中，開始重視自身企業精神、企業願景，並向各界闡釋其企業文化者，尤以王永慶的臺塑公司與王惕吾的《聯合報》最為積極。

件中提出了企業文化建設的問題，使相關工作受到高度重視。3.廿世紀九〇年代中共提出建設有中國特色社會主義文化，實現有中國特色社會主義經濟、政治、文化全面發展的目標，為加強企業文化建設提供了宏觀的指導，促成了向全中國各省市、各企業組織縱深發展的良機。四、深入階段（二〇〇〇年至今）：此一時期典型特徵是外在環境的變化對企業文化提出了更新的課題和更高的要求，企業文化建設的深入，層次和水平的提升成為迫切的任務。[4]

廿世紀九〇年代初開始，以產權改革為核心的國有企業改革把企業真正推向了市場，更多民營和股份制公司的成立，標誌著市場經濟日新月盛的急速成長。一時間各種企業管理培訓班、研討班如火如荼地展開，真有「忽如一夜春風來，千樹萬樹梨花開」。[5]

大陸地區國營企業和民營企業同樣重視企業文化理論與實務的研究，是因為有三個主管機構長期負責倡導：一、中國企業文化研究會：側重於傳統的企業精神、企業道德等形式；二、中國企業文化推進委員會：側重 CIS 的相關建設；三、中國思想政治工作委員會：它與中國企業文化建設協會同屬一個組織，但以兩塊招牌對外運作，側重於思想政治工作。[6]

根據大陸學者強以華的研究，企業文化研究在國外崛起的時期，

[4]　張大中：《以人為本，以文化人》，收錄於：中國企業文化研究會編：《中國企業文化年鑒（2004）》，北京，中國大百科全書出版社，2004 年 10 月，頁 89,90。

[5]　王吉鵬主編：《企業文化理念體系構建實務》，北京，中央編譯出版社，2005 年 2 月，頁 18,19。

[6]　王吉鵬：《企業文化的 39 個細節》，北京，中國發展出版社，2005 年 7 月，頁 11。

正是中國闊步邁向市場經濟的時期。因此，中國企業發展自然而然地
與國外企業文化的發展接軌，並使企業文化的研究和倡導一直緊密地
與社會主義市場經濟體制共生共榮，而其能形成一股長期興盛的熱
潮，則可用兩大特徵及支撐因素加以解釋：

　　一、企業文化就是在倡導一種集體主義的奉獻精神：這種奉獻精
神不僅以直接倡導的形式表現出來，而且也以各種各樣的其他形式來
表現倡導，例如，它往往以英雄模範的形式高度凝聚起來，加以宣傳
和激勵，而「鐵人精神」、「三八紅旗手」、「革新能手」、「先進生產者」
等等形式就是如此；再如它也以某種活動的形式來宣揚理念，而「社
會主義勞動競賽」、「鼓足幹勁，力爭上游，多快好省建設社會主義」
等等形式也是如此。所有這一切，都在於要求企業職工為了集體的事
業無私奉獻。

　　二、企業文化實際上也是意識形態的一部份。在鄧小平決定改革
開放路線以前，中國社會主義計畫經濟體制下的企業都是其中一個細
胞，它們的一切行為，都是為了完成社會主義計畫經濟的總體內容中
的一個方面，為社會主義建設事業這個共同目標而存在著、工作著，
其存在的意義和價值也正在於此。於是，這些企業中的精神內容，都
可用能夠體現社會主義倫理價值精神的文化來統一代替，因而具有強
烈的社會主義意識形態的色彩，或者，毋寧說就是社會主義意識形態
的一個重要組成部份。[7]

　　筆者基於研究企業文化相關理論與實務的需要，專程前往北京蒐
集資料，雖未能掌握大陸新聞事業對自身企業文化的實踐概況，但即

---

[7]　強以華：《企業：文化與價值》，北京，中國社會科學出版社，2004 年 9
　　月，頁 24, 25。

便是一般性的針對商業組織管理運作及其企業文化的研究成果，就在
大型書店列有長排專櫃，其類別之多與理念不斷翻新的盛況，相對於
在此領域產出貧乏的臺灣學術市場而言，還是甚具參照價值的。

　　長期從事組織行為、企業文化實證研究與諮詢的專家：北京仁達
方略管理諮詢公司董事長王吉鵬，對大陸地區研究企業文化的某些著
作相互抄襲，乃至任憑並無實戰經驗者「歪理邪說橫行」，及理論建設
滯後於實踐和落後於國外等等現象頗為憂心。他指出，綜觀世界，優
秀的企業都有著卓越的企業文化，企業文化本應成為企業的核心競爭
力，成為企業差別化戰略的核心，但大陸地區的情況卻不是這樣。

　　王吉鵬強調，國家間文化的差異大多表現在價值觀方面，屬於實
踐方面的差異較少；企業間文化的差異則大多表現在實踐方面，表現
在價值觀方面的較少。大陸不少企業文化虛有其表，淪為「給人看的」，
而不是「自己用的」，以致公眾無法真切感受。[8]

　　中國大陸新聞事業近十年來雖有突飛猛進的改革與成長績效，亦
有求真求實的理想，同業間更有激烈競爭的事實，但畢竟仍以創收及
獲利為前提，且在政治框架下仍無法與世界先進標準相提並論。

　　中國人民大學新聞學院方漢奇教授指出，改革開放初期「有償新
聞」的問題十分嚴重，從「飯票新聞」到「支票新聞」，錢「指揮」新
聞猶如毒蛇游移，吞噬著新聞事業的健康肌體。彼時「一等記者搞承
包，二等記者炒股票，三等記者拿紅包，四等記者寫小報」。一九九八
年十月，中央電視臺節目「東方時空」報導上海復旦大學新聞學院發
起「綠色新聞」活動，此處「綠色新聞」非指環保或農業訊息，而是

---

[8]　王吉鵬：《企業文化的 39 個細節》，北京，中國發展出版社，2005 年 7
　　月，頁 11, 12。

強調新聞的公正、純潔、客觀；因此，「綠色新聞作為有償新聞的對立物出現時，也意味著中國新聞業對有償新聞的永遠放逐。」[9]

大陸報業集團發端於廿世紀九〇年代中期，以廣州日報報業集團於一九九六年五月廿九日正式掛牌為肇始，其後以省級黨報為主體的報業集團紛紛湧現，及至二〇〇四年十一月廿八日貴州日報報業集團成立後，全中國大陸經主管部門批准成立的報業集團已達 40 家；在 32 個省、直轄市、自治區行政區劃中，僅新疆、西藏、青海、寧夏、內蒙、陝西、廣西、江西等八個省區的黨報尚未成立報業集團。39 家報業集團共有報紙 271 種，平均每家報業集團旗下有七種報紙，廣州日報報業集團多達十四種居首，成都日報報業集團只有三種居末。[10]

清華大學新聞與傳播學院媒介經營與管理研究中心主任崔保國教授指出，二〇〇三年中國大陸共出版報紙 2,119 種，平均期印數為 19,072.42 萬份，總印數為 383.12 億張，總印張 1,235.59 億印張，折合用紙量 284.18 萬噸。但是，「目前我們缺乏經營的人才，既會辦報又懂得經營的複合型人才更是少之又少。而且中國傳媒界有中國自己的國情，不可能把國外的經驗照抄照搬；並且中國傳媒人才的培養受制於原來計劃經濟的體制，教育系統處於相對落後的狀況。」；「我們預計，2005 至 2006 年，將是中國傳媒職業經理人階層真正形成的時期，傳媒職業

---

[9] 方漢奇、陳昌鳳主編：《正在發生的歷史：中國當代新聞事業》上冊，福州，福建人民出版社，2002 年 7 月，頁 66, 83。

[10] 唐緒軍：〈中國報業集團：在探索中前進〉，收錄於：崔保國主編：《2004-2005 年：中國傳媒產業發展報告》，北京，社會科學文獻出版社，2005 年 7 月，頁 106, 107。

經理人在中國傳媒市場上所能發揮的動能作用，也將愈來愈大。」[11]

　　電視臺仍是大陸主要的電視節目生產體系，社會製片公司也逐步在電視市場中扮演起重要角色。電視臺作為傳統的電視節目製作和播出機構，其內部體制正逐漸朝計劃型事業單位向企業型單位過渡，但不可避免的，他們的節目生產機制中仍然存在濃厚的計劃體制色彩。《新周刊》曾以「弱智」來形容近年節目抄襲和濫製的現象，在節目更替缺乏新意、效益週期短的整體環境中，曾紅極一時的精品節目成為明日黃花，令人扼腕嘆息。[12]

　　綜言之，中國大陸傳媒競爭模式主要有三種：一、北京模式，即混合競爭模式，已成立的報團和未掛牌但具備實際報團實力的大報間存在的競爭，高質量和大眾化的報紙在北京均各有市場。二、上海模式，是典型的既壟斷又競爭的模式，在報紙和廣播電視領域都呈現兩兩競爭、捉對廝殺的態勢。集團競爭已成市場主體，其餘分散的競爭者很難對兩兩競爭者形成威脅。三、廣東模式，是全方位的開放型集團競爭模式，報團間的競爭已至水火不容的地步，寸土必爭，步步為營。有時仗都打到了報紙上，互相之間的攻擊，針鋒相對，再加上港、臺報紙的滲透，國際大媒的虎視眈眈，廣東的競爭只會更加殘酷。

　　但是，大陸報業集團依舊是「有中國特色的、社會主義的、現代化的報業集團，在產業屬性之外，還有國家屬性、政治屬性和時代屬

[11] 崔保國主編：《2004-2005 年：中國傳媒產業發展報告》，北京，社會科學文獻出版社，2005 年 7 月，頁 33, 85, 101。

[12] 黃升民、周艷、何晗冰主編：《中國電視媒體產業經營動向》，北京，中國傳媒大學，2005 年 10 月，頁 75。

性。」因此,「我們可以說:中國的報業集團是帶著鐐銬在跳舞。」[13]一
九八九年四月上海市《上海經濟導報》被查禁,與二〇〇四年三月廣
州市《南方都市報》被整頓的遭遇,顯示大陸改革開放雖然漸成氣候,
但管制傳媒、劃地自限的格局依舊。

　　創刊於一九八〇年的《上海經濟導報》,在創辦人兼總編輯欽本立
的「擦邊球」編輯政策下,不斷爭取講真話的新聞自由,亦頻遭上級
施壓檢討,最後因以頭版哀悼「反資產階級自由化不力」的胡耀邦,
其後不顧禁令再以五大版篇幅如實報導悼念胡耀邦座談會內容,於
是,欽本立於一九八九年四月廿八日遭到免職,該報亦於五月初封閉
停刊,隨即引發民間強烈反彈聲浪,並與其後爆發之六四風潮連成一
氣,遊行中出現了:「我們都是欽本立!」、「還我本立!」、「還我《導
報》!」、「不要逼記者造謠!」等抗議標語。一九九一年四月十五日
欽本立「留黨察看兩年」處分尚未期滿,就因癌症逝於上海,終年七
十三歲;其遺言為「《導報》精神不死」、「歷史將一報還一報」。[14]

　　因揭發黑幕與敢言作風,遭開除中共黨籍並解職的廣州《南方都
市報》前總編輯程益中,二〇〇四年三月十九日以涉嫌貪汙和私分國
有資產罪名被捕後,曾憤慨地表示:「無論將要發生什麼事情,我們
都不要放棄我們曾有的理想和信念。無論將要發生什麼,我們都不要
迷失《南方都市報》的價值觀。現在的問題就在於『幫忙』是天經地

---

[13]　方漢奇、陳昌鳳主編:《正在發生的歷史:中國當代新聞事業》下冊,
　　　福州,福建人民出版社,2002 年 7 月,頁 586, 598-600。

[14]　筆者任職於《大成報》時,於 1990 年 10 月下旬赴上海市華東醫院探視
　　　臥病中的欽本立先生,並請其簽名留念;惜稍後其妻返回病房,發現筆
　　　者身分敏感,恐遭人舉報而未能深談。

義，理所當然；而所謂『添亂』則要天誅地滅，趕盡殺絕。報社在中國，機關不像機關，事業不像事業，企業不像企業，人不人，鬼不鬼。當查稅的時候，報社就是企業；當投保的時候，報社是事業；當整人的時候，報社就是機關。各位同仁、戰友們！沒有熬不過的黑夜，沒有等不來的黎明。」[15]

中國大陸中央電視臺副總編輯孫玉勝於《十年：從改變電視的語態開始》一書指出，一九九三年三月三十一日舉行的「第十一屆全國廣播電視工作會議」標誌著電視作為一個獨立的媒體的起點，因為前十次會議會標上從無「電視」二字；也就是此次會議出臺了一項有深遠意義的重大舉措──四級辦電視，由此，各級電視臺風起雲湧。

孫玉勝在前書「後記」中指出，二〇〇三年一月中共中央政治局常委李長春提出的「宣傳工作要貼近實際、貼近生活、貼近群眾」，並強調：「要說群眾想說的話，講群眾能懂的話。」既是一個頗具戰略眼光的命題，也是一個很有專業見地的提醒。新聞媒體要反映群眾的真情實感和他們的所思所想，就應使用群眾自己的語言，如果媒體按照另一套語言習慣說話，那麼在傳播的起點上就已經與受眾產生了距

---

[15] 廣州市《南方都市報》是廣東省中共黨報《南方日報》集團屬下另一份報紙，近年以大膽敢言而聞名於中外。2004 年 8 月，廣州市檢察院以證據不足為由釋放程益中；同案被捕之《南方都市報》原總經理喻華峰及社務委員李英民，同年 3 月分別被判刑 12 年及 11 年，後經上訴獲減刑至 8 年及 6 年。2004 年 10 月程益中被開除黨籍並撤職。2005 年 4 月 7 日，「美國之音」報導：總部設在巴黎的聯合國教科文組織（UNESCO）宣布：將 2005 年吉利爾・莫卡諾世界新聞自由獎授予程益中，以表彰他對提高中國公眾知情度和改善中國新聞業的面貌，所做出的貢獻。參見：楊銀波：〈大陸民間輿論關於《南方都市報》「程喻李案」〉，轉引自網站「觀察」：2003 年 3 月 23 日，http://guancha.org

離。[16]孫玉勝筆下所指雖明顯偏向技術操作面，且其意識無涉抗爭受挫
的欽本立、程益中宣示的理想和立場，但若再仔細咀嚼玩味其深層可
能隱藏的某種遠程期待，則可謂雖不中，亦不遠矣。

　　本篇論文並非以「機關不像機關，事業不像事業，企業不像企業」
的大陸媒體為師，更非企圖以大陸傳媒企業文化的表現為師，僅局部
肯定一般企業界自改革開放以來，普遍重視建立及發揚其企業文化的
務實表現；而此一範圍，又恰非臺灣學界與企業界所長，因而有所借
重、參照、引申而已。

　　自清末民初以來，中文報業一直長期處於「文人辦報」的色彩下，
欠缺永續經營和企業責任的深刻認識。臺灣海峽兩岸的新聞傳媒所面
對的經營環境，在最深沉的結構中，更一直沿襲著集權文化，「人們多
少有些奴性，給點陽光就燦爛，一統就死，一放就亂。」[17]遑論欲自同
業你爭我奪的新聞採訪戰及辦報盈虧壓力中，靜悟出何謂企業文化及
其重要性了。

　　聯合報系創辦人王惕吾自承其投身新聞事業是「十足的半路出
家」，「是在不斷的摸索、學習、嘗試與挫折與記取教訓的過程中，慢
慢的塑造我的辦報方針與經營方式。」[18]而其「正派辦報」的理念幾
乎就是一生辦報最重要的心得，且其事業巔峰係在其創業後三十餘
年，可見第一代企業家所追求的企業文化內涵，絕非一句口號便能落

---

[16] 孫玉勝：《十年：從改變電視的語態開始》，北京，三聯書店，2003 年 8
　　月，頁 2, 522, 523。

[17] 王吉鵬，前引書，頁 17。

[18] 王惕吾：《我與新聞事業》，臺北，聯經出版公司，民國 80 年 9 月，頁
　　56。

實，必須經過長時間考驗與無數挫折鍛造，方能鑄成中規中矩、勞資同心、可久可大的企業目標與企業精神。

　　事實上，聯合報系是在規模粗奠之後，才有餘力回首彙整本身業務成長發展的紀錄。民國六十七年二月《民生報》創刊之前，社內最重要的事務性例會係以「關係企業主管聯合工作會報」名之，第一次「《聯合報》關係企業主管聯合工作會報」於民國六十六年九月十九日舉行，王惕吾除要求與會同仁勿對外作任何業務機密之洩露，並指示今後各關係企業請總管理處劉昌平總經理負起統一督導之權責。[19]至於「報系」一詞，要到聯合、經濟、民生三報並立才告定型確立。

　　民國七十年五月初，王惕吾發現各單位從未將過去發展歷程與重要事蹟做過有系統的整理，乃於常董會鄭重指示交辦。王惕吾表示：「《聯合報》自創辦以來之重要事蹟，至今仍未予詳細記載，茲決定由劉主任秘書（劉國瑞）與資料室兼梁主任（梁雪郎）整理編訂；今後之重要大事由秘書室會同資料室負責記載及整理。」[20]由此可見，企業創始人開始重視發展歷程，並主動探究自身企業文化內涵的動作，不但是企業主功成名就之後才有餘力顧及的項目，亦為企業組織及營運狀況日臻成熟後，方能日積月累衍生出此種以德服眾、推己及人的形象副產品。王惕吾指示彙編報系大事記，正是企業主自身需求浮現後才有的思維和動作。

　　民國七十三年九月王惕吾公開宣示：創造中華民國報業的新境界

---

[19] 編委會：〈聯合報關係企業主管聯合工作會報紀錄〉，《聯合報社務月刊》第 164 期，民國 66 年 11 月，頁 6。

[20] 聯合報董事會編：《聯合報、經濟日報、民生報常務董事會會議紀錄（66~70 年）》，臺北，聯合報社，民國 82 年 12 月，頁 296。

是自己努力的方向,「不管別人的作法如何,不管他是離經叛道,也不問是旁門左道、投機取巧,我們均所不取,而要採取的途徑,是在中華民國辦一份堂堂正正的正派報紙。」[21]至民國八十一、二年間,王惕吾決定退休前夕,開始總結報系經營成功的意義,其時點正與臺灣各重要產業躋身壯大行列的階段重疊。他在詮釋個人辦報心得和經營的理念時指出:「《聯合報》獲得的成就,就是臺灣成功經驗的縮影」;「《聯合報》辦報最大的宗旨和理想,就是將二千萬中國人在臺灣努力的成果,告訴所有的中國人」;「我們《聯合報》不是官報,而是民營報,這是報紙的基本立場。但是,我們不是左派,也不是右派,也不是中立派,而是正派的民營報紙。正派的報紙並無所謂前進或保守。我們是正道的、正直的、正確的、正當的、正義的、正中的、正誼的報紙。」[22]

王惕吾在《我與新聞事業》一書反覆闡明其辦報的理念,認為十多年的奮鬥能夠使聯合報系發展為環繞地球,環繞時鐘發行的大報團,無異為中華文化與中國報業作拓邊的奮鬥,「我不自量力,作了這拓邊的卒子,沐雨櫛風的步步前進,其中的艱辛,不足為外人道。」[23]

他一再重申:「我辦報的信念,是把報社的利益和國家的利益結

---

[21] 阮肇彬記錄:〈董事長在擴大編務座談會的講話:國家利益至上,大眾利益優先:創造中華民國報業的新境界〉,《聯合報系月刊》第 22 期,民國 73 年 10 月,頁 11。

[22] 編委會:〈用「同一把尺」來測量兩岸政治、社會制度;董事長:無我、無他,《聯合報》是正派辦報的民營報紙:對新進採人員的一席話〉,《聯合報系月刊》第 128 期,民國 82 年 8 月,頁 8。

[23] 王惕吾:《我與新聞事業》,臺北,聯經出版公司,民國 80 年 9 月,頁119。

合起來，以為報紙作為『社會公器』的功能評估；也把新聞言論自由與國家利益結合起來，以求得最佳平衡。這就是我把《聯合報》定位為『正派』報紙的信念。我由一個軍人，轉業為報人，我的軍人忠於國家的信念與我的報人維護新聞言論的信念，也就在這樣的情況下統合。當國家利益必須優先於報社與個人利益時，我常與聯合報系同仁強調，國家利益自應為先。」[24]

王惕吾認為，在報系管理上的權威，是產生於同仁與他在經營信念上的共識，因為「大家信賴我，而形成我為人人、人人為我的共同關係，我與同仁在工作上打成一片。」[25]他要《聯合報》的新聞報導不僅具有高度的「可讀性」，還要升高為「必讀性」，一定要使讀者即使讀了其他報紙，還要讀《聯合報》並以《聯合報》為準。亦即對讀者提出一種承諾與保證：「欲知天下事，請看《聯合報》，欲明天下理，請讀《聯合報》。」[26]

這是何等的豪氣與霸氣，在凡事追求利潤的當代企業中，這等唯我獨尊而又以天下為己任的情操成了《聯合報》最珍貴的資產。王惕吾奠立的聯合報系規模及發展基礎，並非學理的實踐，而是點點滴滴摸索及憑藉創業理想奮鬥出來的成功模式，而造成報系成功的企業精神及其企業文化，固以王惕吾為最重要的倡議者、掌舵者與領航者，全體員工服從號令，齊心划槳，衝破各種險阻難關，亦為後之來者不能忽略的一環。因此，《聯合報》企業文化的形成與傳承，的確有其深入探討的價值。

---

[24] 同前註，頁 9, 10。

[25] 同註23，頁 51。

[26] 同註23，頁 200。

　　企業文化是企業為適應外在環境，經內部整合所形成的全體從業人員的共同價值、觀念與行為模式。不同的企業有不同的文化，它是隨時存在並隨時發生影響的，所以每個企業對其員工灌輸價值觀念、形塑行為模式，均可藉由領導者的風格來引領薰陶，並讓每一位同仁隨時注意企業文化，一進公司就知道公司的精神所在。

　　企業文化的形成，可分為歷史性的要因與指導性的要因：一、歷史性的要因是由環境和經驗而來，是由企業追求的各種目標及其形象特色所決定。二、指導性要因就是競爭和策略，就是藉競爭和策略來型塑設定的企業文化內涵。企業文化並非一成不變，經過數十年後可能就會改變，而其對企業的價值可概分成兩部份：一、對外的 CIS 識別：包括行為識別、視覺識別、理念識別。二、對內的團隊綜效：有助於建立分工合作的共識，並用以掃除內部的官僚及本位主義。[27]

　　追溯企業界與學術界探討企業文化的起源，在管理科學與應用頗為領先的美國雖然是企業文化研究的先驅，但對於企業文化的建樹與應用是日本人。

　　廿世紀的美國自認是管理科學發展的領跑者，並在實踐中使自己成為效率的標誌和成功企業的典範。但是二戰結束後，美國的世界經濟霸主地位竟受到了戰敗國日本的挑戰，從而使美國不得不低下高傲的頭，認真研究日本經濟高速發展的奧秘，經過多年研究得出：日本企業是通過推翻以往的管理科學中強調以生產資料為管理中心的固有模式，創新出一種圍繞以人作為管理中心的「東方管理模式」而取得的成功。

---

[27] 于國欽記錄：〈南陽實業公司副董事長林進祥主講：南陽的企業文化〉，《聯合報社務月刊》第 129 期，民國 82 年 9 月，頁 31-33。

　　一九七四年全球工業國家因石油危機而發生嚴重的通貨膨脹，唯
獨日本一枝獨秀，汽車和電子產品湧入國際市場，在二次大戰後短短
三十年成了僅次於美國的經濟大國，引起美國朝野上下的普遍震驚。
一九七九年哈佛大學費正清東亞研究中心教授傅高義（Ezra Vogel）針
對日本經濟社會發展因素所撰寫的名著《日本第一》（Japan As Number
One）一書，頃刻間躍居美日兩國暢銷書。

　　一九八○年六月廿四日，美國三大廣播集團之一的全國廣播公司
（NBC）在夜間九點半至十一點黃金時段播出極富挑戰的節目「日本
能，為什麼我們不能？」從而揭開了美國向日本學習的帷幕。[28]

　　廿世紀八○年代經美國學者的概括和總結，一套叫做「企業文化
新潮四重奏」的企業文化著述面市，被稱為「管理理論史上的一次革
命」的企業文化學由此正式誕生。[29]

　　一九八一年至八二年間出版的四部著作全都成為全美的最暢銷書
籍，包括：一、威廉・大內（William G. Ouchi）教授編著的《Z 理論：
美國企業界怎樣迎接日本的挑戰》（Theory Z：How American
Management Can Meet the Japanese Challenge）；二、帕斯卡爾（Richard
T. Pascale）、阿索斯（Thomas G. Athos）兩位教授合著的《日本的管理
藝術》（The Art of Japanese Management）；三、泰倫斯・迪爾（Terrence
E. Deal）與艾倫・甘迺迪（Allen Kennedy）合著的《企業文化》（Corporate
Cultures）；四、彼得斯（Thomas J. Peters）與沃特曼（Robert H. Waterman）

---

[28]　石偉主編：《組織文化》，上海，復旦大學出版社，2004 年 8 月，頁 10, 70。
[29]　葉生、陳育輝、吳傲冰編著：《重塑：企業文化培訓手冊》，北京，機械
　　　工業出版社，2005 年 4 月，頁 7。

合著的《追求卓越》(In Search of Excellence)。[30]

威廉·大內是生於夏威夷的美籍日裔學者,現任美國加州大學洛杉磯分校(UCLA)教授,自一九七三年起著手研究日本企業的經營管理,其成名作是與美日企業界人士廣泛交往後得到啟發,再深入調查美日兩國企業管理現狀的基礎後撰成,大內首先提出美國為何要向日本學習的問題,他認為日本企業成功的秘訣是重視人的因素,美國企業應當吸取充滿於日本企業的信任、微妙的親密度;故於剖析美國盛行的「A(America)型組織」和日本賴以成功的「J(Japan)型組織」之後,提出了「Z型組織」理論模式,Z理論的Z字,源自zygote一字,係指接合子、受精卵;用以強調其觀點:日本和美國的成功經驗應當相互融合。[31]

一九八二年哈佛大學教授泰倫斯·迪爾(Terrence E. Deal)與麥肯錫管理顧問公司顧問艾倫·甘迺迪(Allen Kennedy)針對自美國八十家公司選出的十八家傑出企業,如美國國民商業機器公司(NCR)、奇異電器(GE)、國際商業機器公司(IBM)、寶鹼公司(Procter & Gamble)、三茂公司(3M)等,研究他們的創業精神和管理觀念之後,發現了一個共同信念:「人」是企業最重要的資源,而貫穿公司內「人」能產生生生不息的動力,則是上下一致、共同遵守的價值體系——企業文化。

企業文化不只是一個公司的共同大目標,也包含了一些小細節,

---

[30] 李曉濤譯:《企業文化與經營業績》,北京,中國人民大學出版社,2004年10月,頁9。

[31] 朱成全主編:《企業文化概論》,大連,東北財經大學出版社,2005年8月,頁24, 25。

譬如什麼樣的服裝才能代表公司？同事之間互稱時是否要冠上「先生」？什麼樣的人會升級？易言之，企業文化是一種員工都清楚的「行為準則」。這些「行為準則」告訴全體工作人員「我們是怎樣的公司」，也提出大家努力工作背後的真正意義與理想。

美國早期企業領袖都相信強而有力的企業文化，是企業成功的主要動力，公司創辦人的職責就是為公司創造一種工作環境，也就是一種文化，使員工能夠安身立命為公司工作，使公司成功。事實上這些成功的公司並無什麼仙丹或秘方，而是經過無數的嘗試和失誤，才終於摸到竅門，創立了公司的獨特的企業文化。

泰倫斯・迪爾與艾倫・甘迺迪在研究過程中，將一向成績斐然的公司，稱為企業文化強勁有力的公司，並根據一項假定：公司的信念與價值觀，對公司業績的確有重大的影響，因而再作深入追蹤研究，試圖找出這些公司價值觀的來龍去脈，看看它如何滲透到公司的每一個角落，結果就像撞入黃金窟似的發現了無數證據，自各大公司創始人及商界鉅子，他們的傳記、演講詞和文件，在在顯示出這些人對企業文化的瞭解與重視。

他們認為，企業文化要素可扼要分成五種成份：一、企業環境：是指每個公司因產品、競爭的對手、顧客、技術及政府的影響力等等的不同，而在市場面臨的不同情況。二、價值觀：係指一個組織的基本概念和信念，因此它們構成企業文化的核心，它用具體字眼向員工說明「成功」的定義，因而在公司內部立下成就的標準。三、英雄人物：這英雄把企業文化的價值觀具體表現出來，為其他員工樹立楷模，另外的則是日常企業生涯中時勢造就的英雄。四、儀式與慶典：係指公司日常生活中固定的例行活動，主管利用這些活動向員工灌輸公司的教條；在慶典盛會，主管更會明顯有力的例子，向員工昭示公司的

宗旨與意義。[32]

威廉·大內也許是較為明確、集中而完整地給出企業文化概念的第一人。他說：「一個公司的文化由其傳統和風氣所構成。此外，文化還包含一個公司的價值觀，如進取性、守勢、靈活性——即確定活動、意見和行動模式的價值觀。經理們從雇員們的事例中提煉出這種模式，並把它傳達給後代的工人。」[33]

培訓企業文化推廣人才的大陸學者華銳認為，企業文化結構的基礎部份，主要由企業文化中的企業哲學、企業價值觀、企業道德、企業精神等企業意識活動組成。其中，企業價值觀則為核心內容，它主導和支配著企業文化的其他要素。企業精神則是企業文化的高度濃縮，是企業文化的靈魂，具有強大的凝聚力、感召力和約束力，是企業員工對企業的信任感、自豪感和榮譽感的集中體現；是企業在經營管理過程中占統治地位的思想觀念、立場觀點和精神支柱。

不過，華銳亦承認企業文化在大陸地區存有十種誤區，造成推動阻力：一、認為企業文化是「舶來品」、「洋玩意兒」，帶有資本主義性質，不適合中國國情。二、認為企業文化是企業家的事，企業家精神就是企業文化。三、認為企業文化就是搞些卡啦 OK、職工文體娛樂活動，與企業經營管理無關。四、認為企業文化和精神文明建設、思想政治工作是一碼事，只是換個新名詞而已。五、認為企業文化是用來裝飾企業門面的虛東西，靠短期突擊就可應付上級檢查。六、認為

---

[32] 江玲譯：《塑造企業文化》，臺北，經濟與生活出版公司，1984 年 1 月，頁 3-10, 18-20。

[33] 羅長海：《企業文化學》，北京，中國人民大學出版社，1991 年 6 月，頁 21。

企業文化大同小異，把別人的東西拿來就可以了，沒有必要再花大錢去請專家學者來設計。七、認為本公司沒有企業文化，企業文化與公司治理結構沒有任何聯繫。八、認為企業文化是個筐，什麼都可以往裡裝，是萬能的。九、認為企業文化是企業長期固定下來的價值觀，不需要創新，也不能更改。十、認為企業文化聽起來好聽，做起來太難，也沒有人力物力去搞，何必自討苦吃。[34]

其實，從務實的角度去理解，任何企業若無成就事業的驅力和信心，亦無永續經營的目標和理想，前述誤區的發生是極其自然的。對照臺灣地區各公司行號較不熱中倡導企業文化，或許與臺灣經濟規模仍以中小企業為主流的市場體質有關，因此僅有少數經營歷史較長、規模較大、比較在意企業形象的企業及其領導人，願意在企業文化的建設和傳承方面，投注長期的心力。

以《聯合報》為企業母體與旗艦的聯合報系，大致成形於民國六十七年二月之後。由國內外四家中文報紙：《聯合報》、《經濟日報》、《民生報》與美國《世界日報》結合而成的文化企業集團，其創辦人王惕吾得以逐步躍居世界中文報業的首席地位，並非事先詳讀了某種保證必勝必成的企業管理方面的專書，從中獲得了某種重大啟示，或先在其他行業發跡並坐擁無限資金之後，才著手興辦新聞事業的；相反的，他的逐步崛起恰好與前述美國成功的各大企業相仿，創辦人及第一代領導團隊均於長期摸索、嘗試和錯誤中，找尋存活與成功之道，成功之後，才開始苦心孤詣地在公司內創造一強勁有力的企業文化。特別是早年出身行伍的背景，使王惕吾特具一般人少有的愈挫愈奮的拼戰

---

[34]　華銳主編：《企業文化教程》，北京，企業管理出版社，2003 年 6 月，頁54, 59, 311。

耐力，歷經各種考驗與打擊，終能為自己的事業灌注信心和願景，為旗下員工樹立為民喉舌、發揚社會正義與有福同享的企業宗旨，一路走來，雖然風雨不斷，但是在臺灣政經社會結構一變再變的特殊時空下，他依舊成功的突破諸多逆境，為自己實現了夢想，更使手下員工及數萬眷屬能因其成功而安身立命，更使大多數旗下的新聞從業人員成了實踐專業信念與人生理想的媒體英雄。

從王惕吾功成名就之後寫的傳記、報社內部保存印製的常務董事會議及各種聯合工作會報紀錄、及持續至今仍在普遍供應給員工閱讀的內部社務通訊——其名稱由民國五十二年一月創刊的《聯合報社務月刊》，至民國七十二年元月起擴大改版易名之《聯合報系月刊》，到民國九十二年十月再改為今名的《聯合系刊》，無不詳細記錄了這個報業集團的成長軌跡起伏，員工的到職、異動、辭離與功過，經營團隊的定期與不定期的檢討批評，各報定期的社慶慶典表揚紀錄，不定期的為突破創新者舉行表揚慶功儀式，員工日常工作心得報告，王惕吾家族的成長接班，以及各級幹部員工成家立業、生老病死等等資訊，幾乎盡在其中。易言之，這套系刊幾乎就是企業成員共有、共享、共治的工作日誌，和記述全體員工喜怒哀樂的神聖家譜。

本篇論文進行研究的主要憑藉，即係依據歷年由聯合報社、聯合報股份有限公司、聯合報系編印之《聯合報社務月刊》、《聯合報系月刊》及《聯合系刊》刊載的各種具體資料，擇要分析，量化統計，並設法專訪重要的決策者、參與者或目擊者，試圖重組某些話題與事件的因果原委，找出《聯合報》企業文化如何形成之時空背景與相關條件，探究其宣揚推廣的路徑，並試圖理解其傳承的模式。

第一節：由「康定路時代」奠基的報業王國

　　基於五十年來隨著業務不斷成長發展而遷移總社的歷史，《聯合報》報社同仁按前後社址所在，將報系發展過程分為四個重要階段：一、「西寧南路時代」（經歷了六年零五個月，自民國四十年九月十六日至四十七年二月十六日）；二、「延平南路時代」（經歷了一年半，自民國四十七年二月十七日至四十八年八月十五日）；三、「康定路時代」（經歷了十二年，自民國四十八年八月十六日至六十年七月十五日）；四、「忠孝東路時代」（自民國六十年七月十六日至今已逾三十四年）。

　　前述四個時期都各有階段性的意義：「西寧南路時代」是篳路藍縷的「艱難時代」，是所謂「嘗試與錯誤」的日子，一切都靠主觀的努力，「克難」式的作法，打游擊的方式來應付困難，權宜變通的應付困難。「康定路時代」是由前一階段的「艱難時代」，慢慢的捱過困難，累積經驗，站牢腳步，進入突破升高的「發展時代」；「發展時代」特質是開創性與制度化，使得職權的劃分、內部牽制的監督、人事任免獎罰、財務收支稽核、工作考績、福利的擘畫，均於此時奠基，為其後枝繁葉茂的「成功時代」預植壯大的因子。

　　「康定路時代」的兩大特色是制度化與分層負責，就制度化而言，實行員工的同治，將管理權與所有權分開，使每一位同仁均以促進報社發展為己任，也使每一個職位都可通往管理的最高層次；另就分層負責而言，各部門由各該部門會議、會報自行商討決定管理形態。

　　王惕吾坦承，他的確懷有一種「康定路時代情結」，原因即在其個人從事新聞事業的心願、觀念、抱負和作法，都是在「康定路時代」才獲得開花結果的印證，而報系的各種制度化和現代化的設計和推動，也都是在「康定路時代」發軔的。他常常會以「康定路時代」為

口頭禪，實在不完全是對那十二年的懷念，而是那十二年的「發展時代」奠下了《聯合報》企業化經營的基礎，也為中國新聞事業孕育了現代化契機；更重要的是，《聯合報》不斷發展依賴的「聯合報精神」，所塑造的「聯合報文化」，原來就是「康定路時代」所樹立優良傳統的繁衍與擴大。[35]

他指出，當年《聯合報》營運稍有基礎時，就決定了報社經營的三個原則，後來再加一個變成四個。這四個經營原則包括：首先就是如果報社經營好，有盈餘時，就要調整同仁的福利，包括薪資，並將改善同仁生活列為第一優先；第二要壯實報社及事業的基礎，基礎壯大後才能逐步擴大發展；第三才顧到股東的利益，但章程中雖有股東分配利益這一條，股東從來未分配過一塊錢紅利，歷年重大投資皆以未分配的盈餘來承擔；第四是要回饋社會，而且為了服務社會，即使是賠錢也要繼續做下去，例如，海外航空版自始即知注定賠錢，但為服務海外華人還是照做，《美國世界日報》與《歐洲日報》同樣損益不計，沒有關門打算，如此付出，無非是為了中國人盡我們文化事業的一分職責及義務而已。[36]《聯合報》於民國六十二年五月十二日成立總管理處，以因應旗下增加《經濟日報》六年後業務逐步開展的嶄新形勢；但是，首度以報團或報系姿態稱雄於臺灣報壇，則在民國六十七年二月《民生報》創刊之後。

依據民國八十二年七月修正的「聯合報系總管理處組織規程」，報

---

[35] 王惕吾：《我與新聞事業》，臺北，聯經出版公司，民國 80 年 9 月，頁 69-81。

[36] 聯合報董事會編：《聯合報、經濟日報、民生報常務董事會會議紀錄（77 年~82 年）》，臺北，聯合報社，民國 82 年 10 月，頁 73。

系依業務性質共設立十一個處級單位統合管理，其中十個處各設處長一人，處以下各室置主任一人。處級單位包括：1.企劃發展處、2.編務協調處、3.業務規劃處、4.印務協調處、5.財務規劃處、6.行政事務處、7.人力資源處、8.關係企業處、9.公共服務處、10.大陸事務處；另設教育中心，設主任一人，下設組長一人。均由總經理遴定適當人選，各依其專長擔任之。[37]由此建置觀之，不難理解聯合報系之擴充發展，實已達中文報業空前的水準與規模。欲有效統領如此龐大的企業體系，若無堅定的經營理念並倡導勞資一體的企業文化，那真是不可想像的事情。

除了自企業規模與制度化演進的觀察探討，研究《聯合報》的企業文化亦不能省略它在企業形象符號化的展示進程，如何逐年擴大落實 CI（Corporate Identity 或 Corporate Image）與 CIS（Corporate Identity System）的實質效用。

所謂 CI，即企業識別之意，直譯則為「公司同一性」或「公司個性」；西歐各國於廿世紀初的 CI 創建活動，就完全符合這個直譯的含義，當時所謂的 CI 就是尋求公司的招牌、商標、旗幟、字體等的統一。

一九〇七年德國 AEG 公司採用導培特・貝漢斯（Peperberhens）設計的 AEG 三個字母形象的圖案作為企業標誌，並將其廣泛用於系列產品、包裝宣傳及辦公用品上，從而開創了企業統一實施視覺識別系統的先河。

一九三三至一九四〇年間，英國工業設計協會會長兼倫敦交通營業集團副總裁皮克（Frank Pick）負責規劃倫敦地鐵設計，他聘請江斯

---

[37] 編委會：〈聯合報系總管理處組織規程〉，《聯合報系月刊》第 128 期，民國 82 年 8 月，頁 138,139。

頓（Edward Johnston）負責活字印刷體的改良設計，以便應用於小如自行車，大至車站站牌、指示牌的統一字體，造成英國各界對字體式樣的改良與統一產生了轟動式效應。由於英、德兩國的藝術大師參與了設計工作，使得整體規劃更為豐富、完整，且具有時代意義。

由於前述標誌造型的效用都是透過視覺來識別的，因而 CI 就是公司統一其視覺表現的活動，目的是要使社會公眾易於從成千上萬個公司及其產品中，識別出本公司和本公司的產品。

一九五六年，已經營四十年的美國國際商用機器公司率先導入 CI 觀念，為躋身於世界性大公司行列，而希望能在顧客心目中留下一個具有視覺衝擊力的形象標誌，能體現公司的服務精神、創新精神和獨特個性，決定不再侷限於表面上的統一化，而進一步要求它們必須簡明好記，優美生動，具有極大的吸引力。

美國國際商用機器公司深知其全稱 International Business Machines 難以記憶，也不易讀寫，因此經周密考慮，將全稱濃縮為 IBM 三字；再把它們設計成八道條紋的標準字統一運用到各方面，且採用象徵高科技的藍色為公司的標準色，通過整體設計，塑造了全新的IBM企業形象，成為美國公眾信任的「藍色巨人」，取得很好的效果。[38]

IBM 導入 CI 觀念時，進一步講求如何使公司的開拓精神和創造性統一地表現出來，亦即不僅重視既有的企業視覺識別功能，連企業理念識別都列入 CI 的內涵了。「容易識別」是主要進展，「形象優美」才是真正目的。惟彼時具此概念的美國公司還只是少數。到了八十年代的日本，CI 與塑造優美的企業形象掛鉤，和企業理念掛鉤，就十分

---

[38] 葉生、陳育輝、吳傲冰編著：《重塑：企業文化培訓手冊》，北京，機械工業出版社，2005 年 4 月，頁 121。

普遍了。

　　日本專家山田英理提出了「新 CI」概念，他認為：CI 的定義有兩種：一是明確地認知企業理念與企業文化的活動。二是以標準字和商標作為溝通企業理念與企業文化的工具。而且，CI 應該由最初的企業識別（Corporate Identity），演進蛻變為將原屬於 CI 目的之一的企業形象（Corporate Image）的形成，轉變為 CI 的真正內涵。

　　所謂 CIS，則被定義為「企業統一化系統」、「企業個性系統」、「企業身分系統」、「企業識別系統」、「企業形象系統」等五者的有機結合。塑造、展示和識別優美而有個性、特性的企業形象，不僅僅侷限於可見的物體領域，還必須包括企業及其職工的行為領域，以及企業的精神領域，因而是一項系統工程，這是 CI 從西歐傳到美國，尤其是傳到日本以後的重大發展。為反映這一發展，乃於 CI 後面加上表達「系統性」的 S。

　　八十年代以來，普遍認為企業文化是 CIS 的理論核心，而 CIS 作為系統，則包括視覺同一識別（VI, Visual Identity）、行為同一識別（BI, Behavior Identity）、理念同一識別（MI, Mind Identity）等三個子系統。三個組成要素中，VI 是可以直接感覺到的物，BI 是可以直接感覺到的人，這兩者都很講究「形」；MI 則是無法直接感到的無形的思想觀念，最講究的是「神」。物是基礎，人是本體，觀念是靈魂，三者緊密聯繫，相互滲透，形神統一，才能構成鮮活的企業形象。任何一個公司的 CIS 的設計其重點和難點，都是在於這個形與神的統一。[39]

　　觀察《聯合報》五十多年來的成長歷史，「聯合」一詞，似乎一直

---

[39]　羅長海：《企業文化學》，北京，中國人民大學出版社，1991 年 6 月，頁 152-164。

是此一文化企業集團的中心力量與思想。當年為了生存而協議暫時聯合《全民日報》、《民族報》與《經濟時報》三報之力維持發行，才有掛著字體各異的三報名稱的「聯合版」；為保留林頂立、王惕吾與范鶴言等三位合夥人合作精神與歷史，而簡化三報複雜報頭並易名為簡明的《聯合報》，方有其後的聯合報系響亮的聲譽。

　　建立報系之後，又先後發行《聯合月刊》、《聯合文學》、《聯合晚報》、《香港聯合報》、聯經出版公司、聯經資訊公司及網路事業「聯合線上」等標誌著與《聯合報》系出同源的新創事業單位，大多數都在依附母報一段時期之後，逐步獨立運作且各自擁有一定的知名度。由前述事例觀察，似可見企業形象與企業文化的概念與實踐，對於以傳播新聞資訊為專業的《聯合報》而言，並非事先刻意設計所生成，而是一步一腳印的在高低起伏的創新展業奮鬥過程中，不斷摸索修正之後，才漸漸得以展示出本身特有的企業精神、經營哲學與核心價值。

　　以公司的名稱而言，民國四十年九月十六日出刊的《全民日報》、《民族報》與《經濟時報》「聯合版」保留了各自的報頭，三報名稱標準字之來源已不可考，至於其後《聯合報》三字所採魏碑字體，並非由特定人物所題寫，而係採自古人碑帖，以集字方式定案。

　　至於《聯合報》企業識別符號的起源及其建立，若由早年《聯合報社務月刊》一再出現老報徽的時點研判，似與民國五十二年元月社務月刊之創刊時間同步；它以三支老式鋼筆筆尖共同指向一個同心圓構成，三支筆復以「聯合報」三字相隔，記錄了該報是由三位合夥人同心合作，以《全民日報、民族報、經濟時報聯合版》起家的歷史軌跡。

　　此一意味著「三報聯合，鼎力同心」的報徽沿用多年，直到民國七十年九月《聯合報》三十周年社慶始更迭為全報系通用的新系徽：

以「聯合」（United）英文字首 U 字為視覺焦點，對稱建構為藍、白兩色圖案，並將「聯合報系」四字立足於繪有經緯度的一個地球儀上，象徵著聯合報系的發展已邁向全球布局的階段與全球同步的雄心。

　　這是《聯合報》及其關係企業形成報系規模之後，首度公開徵求的企業識別系統（CIS），它揭示了聯合報系全新的企業形象符號，及其附屬企業一體適用的系列化標誌。[40]自此之後，報系各個單位及各個層級開始認真的經由各種管道和方式，具體總結過去各個發展階段相關業務不斷開拓創新的成功經驗，不但由資深高階主管領銜在內部刊物中，專文探討自身企業文化的形成因素與未來發揚傳承之道，總管理處更分別為中級主管與業務人員舉辦各種講習研習活動，以擴大員工對自身企業精神與企業文化的認同與實踐。

　　這些與企業文化有關的重要論述及其相關紀錄，均陸續發表於各期《聯合報社務月刊》及《聯合報系月刊》中。

　　民國八十年九月慶祝四十周年社慶的標誌，係以 40 為主要造型，右側 0 放大再包進一個地球，在聯合報三字下方則有「正派、創新、關懷」等六字：以宣示正派才能長久，創新才能跟上時代，關懷才能與社會結合，永遠立於領先不敗之地；社慶還同時推出結合公益標語「開車禮讓，一路順暢」等八字的標誌。[41]

　　為了強化報系新徽的效用，民國八十二年十一月報系資材組特別

---

[40] 報系首次公開徵選系徽活動第一名得主為《聯合報》編輯部美工組同仁林貴榮，參見：編委會：〈聯合報系標誌徵選，林貴榮得首獎〉，《聯合報社務月刊》第 203 期，民國 70 年 9 月，頁 175。

[41] 曾進歷：〈迎接社慶宣傳總動員〉，《聯合報系月刊》第 104 期，民國 80 年 8 月，頁 18-19。

發布通知，規定統一格式後的新名片，左上角為藍色的報系系徽，中間長方格內則因應所屬單位而有不同名稱及職稱，一旦新制啟用，舊版本名片即禁止使用，同仁新印或增印名片亦應於報社規定的廠商處印製。[42]

　　民國八十九年九月再度公開徵求選定報系全新圖徽，以象徵「聯合 50」的 50 為主要構圖，但仍保有英文 U 的造型，但右上角各自流洩的方格，則代表具現代感的「數位科技」；系徽用色增為暗紅、深藍、淺藍和黃褐等四色。此次報系系徽確認之前，曾公開交付報系主管級同仁共同討論並投票後揭曉。[43]

　　民國八十八年十一月下旬，報系最年輕的接棒人王文杉以總管理處副總經理的身分，在與元平設計公司簽約委託設計全新企業識別系統（CIS）儀式中，概括地提出委託設計的高度期待，並扼要描繪了五十年來《聯合報》企業目標與企業文化所形成的清晰輪廓與精神所在，他指出：「世界潮流不斷變化、演進，改變報系 CIS 代表報系面對新世紀永續經營的強烈決心，全新企業識別系統所傳達的精神，正是掌握未來、改善服務品質，不斷求新求變的企業理念；其製作及表現方式上，應沿續正派辦報、公正、客觀、尊重、服務的精神，讓讀者強烈感受到報社積極求新、求進步、再出發的感覺；新 CIS 應具有大格局的國際視野，並能展現熱情、活力、旺盛企圖心及報系正派形象，

---

[42] 周恆和：〈我們的新聞〉，《聯合報系月刊》第 104 期，民國 82 年 12 月，頁 151。

[43] 自三十週年社慶起採用的第一代報系系徽設計者為《聯合報》編輯部美編林貴榮；五十年社慶啟用的新系徽，得獎者為《聯合報》編輯部美編俞雲裏。

清楚定位出未來另一個五十年的發展方向，給讀者──現代化、科技化、未來資訊提供者的感覺。」

針對前述要求，元平設計公司總經理蕭文平亦言簡意賅的表示：「CI（企業識別）的改變，並不能挽救企業經營的危機，也無法改變顧客對企業積況的觀感；改變 CI 是表示企業求新、求變的決心和精神，真正成功的關鍵，在於企業內部執行改變的共識、決心和能力。」[44]

民國九十年九月聯合報系製發標誌識別手冊，要求報系相關新 CI 製品，務必遵守設計規範，於標準規格內延伸使用，嚴格禁止便宜行事，任意變更新 CI 顏色、樣式，影響報系對外整體形象。[45]

除以企業識別系統（CIS）更新宣示企業文化的蛻變與再造，民國八十年元月透過系刊發布徵求報系系歌歌詞以慶祝四十周年社慶的訊息，強調歌詞必須闡揚聯合報系精神、表達聯合報系在參與國家社會事務方面的自我期許、呈現聯合報系在中國大眾傳播界的地位。與此同時，亦向在職及離職的同仁徵求專文及照片，彙集出版紀念文集《一同走過來時路》。[46]

董事長王惕吾於民國八十二年九月十六日宣布退休時，整個報系總共擁有八份報紙、兩份雜誌和聯經出版公司等六家文化相關事業。王氏自認其龐大事業不同於外國托拉斯式的「報業王國」，因為外國是

---

[44] 洪英：〈聯合報系新企業識別系統（CIS）設計正式簽約〉，《聯合報系月刊》第 204 期，民國 88 年 12 月，頁 17,20。

[45] 洪英：〈報系標誌識別手冊發放各一級單位〉，《聯合報系月刊》第 226 期，民國 90 年 10 月，頁 66。

[46] 編委會：〈徵求報系系歌歌詞〉及〈「一同走過來時路」同仁文集徵稿〉兩則啟事，《聯合報系月刊》第 97 期，民國 80 年 1 月，頁 27-29。

以併購其它小報而成就霸業，聯合報系則是「超級報團」，是基於國家社會的需要，或基於本身發展的延長、擴大，而接辦別的報紙則是應他人之需求，或配合一定的需要而注入《聯合報》精神，納入《聯合報》經營規範的新創事業。[47]

五十多年來，如以旗下各事業單位存續發展的前提評估，王惕吾領導的聯合報系的重大挫折，首推原本期待能於九七大限前在香港奠定進軍大陸的橋頭堡的算計完全落空。

《香港聯合報》於民國八十一年五月四日創刊，並於民國八十四年十月廿九日自建土瓜灣新廈，頗有長期奮戰之勢；但發刊僅三年七個多月，即因文化背景與經營理念發生嚴重的水土不服，再加上同業掀起激烈的價格「割喉戰」，不得不於民國八十四年十二月十六日黯然宣布關閉。[48]這是繼民國四十四年雙十節《聯合報》增印香港版，企圖

---

[47] 彭明輝：《中文報業王國的興起：王惕吾與聯合報系》，板橋，稻鄉出版社，民國 90 年 10 月，頁 225,226。

[48] 《香港聯合報》於停刊聲明中指出：「本報自 1992 年 5 月 4 日創刊，迄今三年七個多月，始終秉持正派辦報之信念不斷投資。惟由於近年以來報紙經營成本急劇攀升，而市場環境亦趨激變失序，非本報所能預期。特此宣布自即日起停刊。」在價格戰的壓力方面，香港成衣業者黎智英於 1995 年 6 月創辦《蘋果日報》即以低價及附贈品的作法競銷，針對《蘋果日報》的低價競銷，香港報業公會曾協議維持每份五港元的零售價，但非會員之《東方日報》突於 12 月 9 日宣布削價為每份 2 港元，次日《蘋果日報》跟進降為每份 4 元，《成報》及《天天日報》均降為 2 元；《新報》則變本加厲，一度調降為每份 1 元，亦即每賣一份報紙不僅沒有利潤，還要倒貼 1 元。由於此一流血大戰還延伸至周刊市場，致香港傳媒稱此番削價競爭為「報業割喉戰」。參見：胡立臺：〈割喉式削價戰形勢比人強，《港聯》停刊，香港報業史留下醒目一筆〉，《聯合報系月刊》第 158 期，民國 85 年 2 月，頁 72-76。

打開在港九地區的發行業務以來的第二度挫敗。

　　不過，港聯挫敗陰影並未延續太久。為瓜分休閒風潮漸盛的影劇專業報紙市場，聯合報系又於民國八十八年七月廿五日創辦以《大成影劇報》為對手的《星報》；民國九十年六月八日再派員赴印尼雅加達增辦《印尼世界日報》；民國九十三年十一月廿九日又躋身都會捷運報市場，開始發行免費贈閱的《可樂報》。因此，報系旗下目前已是擁有十份報紙、兩家月刊（《歷史月刊》及《聯合文學》）的全球最大的中文報系與文化事業集團。

　　民國八十九年十一月三十日出刊的《聯工月刊》第一四八期指出，臺灣地區自是年七月至十月已有二千一百十四家企業關廠，在企業出走、產業低迷、失業率不斷爬升，股市一跌不起的悲觀情況下，「社方仍能於近年投資鼎合、鼎世、愛和、沛盛、杉怡、君怡、聯合線上（udn.com）、人事線上、《星報》等大小公司，可見社方對未來遠景看好。」[49]

　　在異業結盟方面，《聯合報》編輯部於民國八十四年七月三日起與人人電臺合作製播每天一小時的新聞性節目，由卓亞雄、景小佩負責節目製作，為期半年。[50]民國九十三年二月廿日起復與東森媒體集團購物虛擬通路簽約合作，以報系旗下五報超過一百六十萬份的發行量，加入通路陣容，開發紙上購物商機。

---

[49]　胡恩銘：〈報社多元化投資別忘了員工福祉〉，《聯工月刊》第 148 期，民國 89 年 11 月 30 日，第 1 版。

[50]　編委會：〈聯合報系八十四年六月份主管聯合工作會報紀錄：《聯合報》總編輯張逸東報告〉，《聯合報系月刊》第 151 期，民國 84 年 7 月，頁 65。

　　事實上，聯合報系近年在行銷與創收方面最大的蛻變，呈現於搶搭時代浪頭的 e 化工程的投資和行銷創意，除了試行打破一人一桌，有隨身碟，沒有固定電腦的 e 化行動辦公室，還推動電子化公文、網路城邦 blog 網誌通路，引導記者、編輯掛牌與閱聽眾直接對話。[51]此一決策呈現的意義不僅是因應外在變局的一種企業再造，亦為超越傳統新聞本業範疇的「二次創業」的果決投資行動。

　　民國八十九年十月五日聯合報系宣布：為了迎接廿一世紀 e 世代來臨，新成立一個跨越網路與平面的專業雜誌事業部，並與執國內電腦排版設計業牛耳的方正資訊公司共同集資成立數位分類線上公司，該公司將陸續出版分類廣告型態專業情報雜誌，自我定位打造一個廣告主與消費者間最經濟實惠有效媒體，第一本雜誌定同月二十日上市。王文杉則戴著墨鏡拍攝了一支以電影「不可能的任務」的音樂和造形包裝的錄影帶，以加深各方對這本售價僅二十元的《udnBiung 數位求職週刊》的印象，且強調 Biung 發音，是新世代流行口語的四聲ㄅ一ㄤ。[52]

　　民國九十年二月十九日聯合報系線上對外開放增設的新聞資料庫——「聯合知識庫」（udndata.com），此一個人化的知識管理工具，將五十年來《聯合報》出版的一百三十萬個版面、一千多萬則新聞、七十餘億個字，及其未來產出的所有新聞數位化後，提供各界檢索運用，

---

[51]　參見：（1）周恆和：〈行動辦公室就要行動了〉，《聯合系刊》第 255 期，民國 93 年 3 月，頁 51。（2）周立倫：〈網路城邦歡迎記者編輯掛牌〉，《聯合系刊》第 255 期，民國 94 年 9 月，頁 9。

[52]　曹銘宗：〈udnBiung 數位求職週刊廿日勁爆上市〉，《聯合報》民國 89 年 10 月 6 日，第 14 版。

網友可免費查詢最近一年的新聞標題與最近一個月的新聞全文；進一步的服務則採收費制，分為學生會員、菁英會員及企業會員三種。[53]

同年四月廿五日聯合線上網群再增「聯合理財網」（udneMoney.com），號稱華文網站規模最大的理財網站，強調即時、專業、互動的三大特色，內容共有新聞、國內股市、未上市、國際股市、共同基金、銀行、保險、房地產等八個頻道，可成為網友投資理財的利器。王文杉以聯合線上執行長身分表示，網路是未來趨勢毋庸置疑，因此他相信網路的未來。[54]

民國九十四年一月《聯合系刊》宣稱「e化工程交成績單了」，e化小組在民國九十年一月成立時訂下的工作目標為：希望《聯合報》編制人員由八十九年十二月左右的2760人，在民國九十三年降至2400人，同時營運成本減少五億元。四年後已超乎預期地達成了這兩項目標。四年來，報系在硬體、網路架構與安全的基礎建設上完成了十六項計畫，提供更有效率且令人放心的e化環境，eMail與EIP兩項基礎系統如期上線，也奠下便利基石。

尤其在編務方面，線上編審系統在國內五報、臺灣辦事處及北美五社全數上線，編輯自行組版亦在全報系推展，這兩項計畫節省了人力，亦縮短了流程，爭取了新聞作業時間。另在印務作業、廣告發行、行政人資、總務會計出納等方面，均先後透過各式模組上線，達成節

---

[53] 李彥甫：〈聯合知識庫打造歷史與科技願景：報系半世紀的舊報紙終於走出倉庫，將在新世紀展現新生命創造新價值〉，《聯工月刊》第151期，民國90年2月28日，第4版。

[54] 廖敏如：〈聯合線上執行長談經營前景，王文杉：相信網路的未來〉，《聯合報》民國90年4月26日，第9版。

省人力及提升品質和效率的目標。[55]

如按民國九十四年八月間，聯合報系官方網站所載事業體分類，共分為聯合報系、網路資訊、相關企業及平面與周邊事業四大類。

其中列入聯合報系者，包括九家報社和一家通訊社：《聯合報》、《經濟日報》、《民生報》、《聯合晚報》、《星報》、《美洲世界日報》、《歐洲日報》、《泰國世界日報》、《印尼世界日報》及中國經濟通訊社。網路資訊方面有三家公司：聯合線上公司、人事線上公司、聯經數位公司。相關企業包括十個單位：天利運輸股份有限公司、富園股份有限公司、聯合行銷研究股份有限公司、鼎合公司、鼎世股份有限公司、北區廣告事業股份有限公司、聯縣廣告事業股份有限公司、中部廣告事業股份有限公司、南區廣告事業股份有限公司、聯合報系文化基金會。平面與周邊事業有九個單位：聯合文學出版社、聯合文學雜誌社、寶瓶文化事業公司、民聲文化傳播公司、歷史智庫出版公司、聯經出版事業公司、雷射彩色印刷公司、文茂書報雜誌股份有限公司、文安國際實業股份有限公司。合計三十二個建置單位，其規模之大可謂中文報業史上空前紀錄，其中尚未包括新竹縣新埔鄉南園員工休假中心、附設之員工診療所與員工子女幼稚園等附屬單位。

民國八十年九月，王惕吾於《我與新聞事業》一書強調：無論從結構、規模各方面來看，《聯合報》都已形成一個龐大的企業集團。但我們稱之為「聯合報系」，有幾點重要的意義：（一）這是以《聯合報》為母體的文化事業系統。（二）這是以新聞事業為軸心的文化事業系統。（三）這是以《聯合報》經營宗旨為中心的文化事業系統。（四）

---

[55]　楊淑閔：〈e 化工程交成績單了〉，《聯合系刊》第 265 期，民國 94 年 1月，頁 7。

這是以《聯合報》全體同仁為整體的文化事業系統。[56]

　　他常說，聯合報系的發展，是「人定勝天」的最好詮釋，所謂「天」，指的是客觀環境與條件，而《聯合報》的「人」，所以能夠勝「天」，主要的是《聯合報》擁有豐沛的、高素質的人才；而《聯合報》的「人」都是整體的一部份，每一個人都發揮了團隊精神的本分，也就形成了勝「天」的力量。所以，聯合報系，事實上就是聯合報系員工的心血結晶。[57]

　　他指出，聯合報系與一般的「財團」、「報業王國」、「托拉斯」都完全不相同，且自信聯合報系已建立了一個很良好的企業發展模式、文化事業發展模式、新聞事業發展模式。同時列舉四項理由解釋：聯合報系何以可稱之為「超級報團」：[58]

　　第一、聯合報系是環繞世界的報紙，從亞洲的臺灣、泰國，到美洲的美國東西部、加拿大，到歐洲的《歐洲日報》，再加上發行地區達一百二十多國家和地區的《聯合報航空版》，我們的報紙發行，是環繞世界，環繞地球的。全世界沒有一家報紙（即令是美國、日本先進國家的），能像聯合報系的具有如此廣大的環球性。聯合報系的報紙，是世界性的報紙。

　　第二、聯合報系是環繞時鐘的報紙，從早報到晚報，以格林維治時間為準，我們在亞洲、歐洲、美洲發行的報紙是「日不落報系」，全世界也沒有一家報紙，能像聯合報系的全天候在世界發行的。

---

[56]　王惕吾：《我與新聞事業》，臺北，聯經出版公司，民國 80 年 9 月，頁 28。

[57]　同前註，頁 30。

[58]　同前註，頁 34-36。

第三、聯合報系是全世界最大的中文報系，也是全世界單一語言文字的最大報紙。世界上沒有一家使用一種文字的報紙，能像聯合報系發行之廣，讀者之多。

第四、聯合報系不只是時時出報，處處出報的報系，也是行行相關的報系。我們有綜合性的、經濟專業性的、民生育樂性的、為全球華人讀的報紙，有通訊社、有書局、出版社、資訊機構、電視臺，我們提供的服務是全面性的、涵蓋各行業的。以下是聯合報系主要報刊及文化事業創立的時序及其簡介：

表 1：聯合報系主要報刊及文化事業單位創立時序簡表

報刊名稱	創立日期	備註
聯合報	民國 40 年 9 月 16 日	原係全民日報、民族報、經濟時報等三報共同發行之聯合版。
經濟日報	民國 56 年 4 月 20 日	價購原《公論報》發行登記證更名後發刊，為臺灣第一份經濟專業報。
美洲世界日報	民國 65 年 2 月 12 日	原名《美國世界日報》，總社設於紐約，民國 76 年 8 月 1 日成立加拿大多倫多分社而改名。
民生報	民國 67 年 2 月 18 日	價購原《華報》發行登記證更名後發刊，特重體育休閒文化科技新聞。
歐洲日報	民國 71 年 12 月 16 日	總社設於法國巴黎，為唯一每天發行之中文日報。
泰國世界日報	民國 74 年 12 月 12 日	原為行政院僑委會與曼谷華僑合營，後委由聯合報派員接管。

聯合晚報	民國 77 年 2 月 22 日	臺灣第一份全部以橫式標題、走文及塊狀組版的報紙。
香港聯合報	民國 81 年 5 月 4 日	民國 84 年 12 月 16 日因香港報業市場競爭激烈而停刊。
星　報	民國 88 年 7 月 25 日	以影劇娛樂專業報定位發行。
印尼世界日報	民國 90 年 6 月 8 日	第四份在海外發行的報紙。
可樂報	民國 93 年 11 月 29 日	強調創意、實用、感性等三大特色，採都會捷運報模式，自周一至周五於商圈等定點免費贈閱。
聯經出版公司	民國 63 年 5 月 4 日	
中國經濟通訊社	民國 63 年 6 月 1 日	
中國論壇	民國 64 年 10 月 10 日	原為半月刊，79 年 11 月 21 日改為月刊，81 年 11 月 1 日停刊。
聯合月刊	民國 70 年 8 月 1 日	民國 77 年 2 月 1 日停刊，改為歷史月刊發行。
聯經資訊公司	民國 70 年 8 月 15 日	
國學文獻館	民國 70 年 9 月 16 日	隸屬於聯合報系文化基金會，民國 85 年 12 月 1 日停辦。
聯合文學	民國 73 年 11 月 1 日	
紐約世界電視公司	民國 74 年 2 月 8 日	
美國新聞與世界報導	民國 75 年 9 月 16 日	民國 79 年 8 月 27 日停刊。

雷射彩色印刷公司	民國 76 年 2 月 25 日	
歷史月刊	民國 77 年 2 月 1 日	
聯合報系文化基金會	民國 81 年 12 月 28 日	原為聯合報文化基金會，後增資改制為財團法人機構。
聯合報新聞網（udnnews.com）	民國 88 年 9 月 14 日	聯合報系正式投入網際網路事業。
聯合線上公司（udn.com）	民國 89 年 3 月 21 日	下轄：聯合電子報、聯合追星網、聯合知識庫、聯合理財網等先後開站。
人事線上公司（udnjob.com）	民國 89 年 3 月 27 日	
報系企業網站聯 8 達（27681234.com）	民國 89 年 9 月 16 日	

第二節：在政經環境劇變中圖存的浴火鳳凰

　　《聯合報》半世紀以來的發展進程，可謂歷經解嚴前後諸多政治、經濟、社會各方面的劇變，通過了慘烈的同業競爭才締造了中文報業王國。無論是在三報發行「聯合版」的合夥時期，或是王永慶曾短期入主的過渡階段，乃至王惕吾一統江山邁向「日不落報系」的巔峰狀態，報系內外均有大小不等的危機，考驗著此一王國的生存發展，所幸基磐已穩，故無論震撼多大，基本上都能持盈保泰，讓發展曲線呈現大起而小落、不斷向上發展的態勢。

　　但自王惕吾交棒，乃至溘然長逝之後，臺灣政經局勢之嚴峻更不

利於《聯合報》的經營路線。解嚴初期新報林立，百家爭鳴點燃同業間空前的競爭壓力，又繼之以李登輝與國民黨的決裂，民進黨兩度取得的中央執政大權帶來的衝擊，可謂一再壓縮著《聯合報》的生存發展空間。特別是近年嚴重的連年虧損、大規模的裁員精簡，再加上「五報合一」等公司重組與企業再造等工程的緩步啟動，幾乎撼動了由王惕吾奠立的企業文化的本質；內外交逼的形勢，使得《聯合報》的聲勢為之中挫，一如衰老鳳凰必須陷入烈焰焚身之境，方得重生。

　　如果要問《聯合報》五十多年來經營的成績為何？具體的受檢方式，一為觀察其發行報份的遞增過程，一為回顧其總社東遷後各棟新廈落成啟用的時序。

　　早期《聯合報》辦公房舍一直遊走於臺北市西門地段西寧南路、延平南路、康定路等舊社區，直至民國六十年七月十六日位於忠孝東路四段五五五號第一棟新廈落成，才算真正脫胎換骨，發行報份亦一舉突破了六十萬份。民國七十年九月十六日第二棟大樓啟用時，報份已先於民國六十九年七月廿四日突破一百萬份大關。其後毗連的另三棟大樓完工啟用日期分別是：第三大樓民國七十三年十月十二日、第四大樓民國七十八年四月一日、第五大樓民國八十四年三月一日。

　　雖然基於業務機密不得輕易外洩的前提，《聯合報》並未巨細無遺地自行公布其營業額的詳細數字，但民國七十七年底，王惕吾在四報常董會的兩次談話，仍可略窺堂奧。

　　是年十二月十二日王惕吾指出：「這一年來我對於報系在海內外各報的表現感到很滿意，國內四報中，晚報作得最理想，至今尚未滿一年，而當初預定的目標幾乎已完全達成。……而最高興的是美國《世界日報》在紐約、洛杉磯、舊金山，以及加拿大多倫多四地分社，到今年十月份已可全部都有盈餘，這是十二年來首次傳回的佳音，……

今年的盈餘額，經濟和民生兩報可能超過《聯合報》。過去《聯合報》在財務方面支援了新報的創辦，還要支援其他事業單位，負擔很重。有些單位只計算直接成本給《聯合報》，而沒有算邊際成本。現在既然經濟、民生兩報的財務能力提高，照獨立經營的原則，也要負擔一些邊際成本，我想這個要求是不為過的。」

　　前述談話透露了報禁開放不到一年，《聯合報》的業務營收已經下滑，甚且落給小老弟經濟和民生兩報了。

　　同年十二月十九日，王惕吾又在四報常董會上指出：「今年這一年，可以說是臺灣報業史上競爭最激烈的一年，在面對報禁開放及篇幅增加的大環境下，可以說是對未來營運有決定性的關鍵年，而報系四報在全體同仁妥善規劃、善盡職責，及良好的整體配合下，表現非常突出，奠定了勝利與成功的基礎，大家的努力與心血都沒有白費。今年國內四報的總營業額超過了一百億，而國外美國《世界日報》也是成就非凡，是創刊十二年來表現最令人滿意的一年。……但是提到盈餘額，則並不如想像的好，……儘管如此，今年的年終獎金還是要從優發一二〇個薪級，另慰勉七十七年報業競爭關鍵年豐碩業績，再加三十個薪級，合計一五〇個薪級，以獎勵同仁這一年來的辛勞，績效獎金發一百級，考績獎金的辦法與去年相同，……經濟、民生兩報比照《聯合報》辦理。」[59]

　　四報營業額合計新臺幣一百億元，是否就是報系營收的巔峰？外界固不易查證，但王惕吾坦認盈餘額並不如想像的好，已經透露了報

---

[59] 聯合報董事會編：《聯合報、經濟日報、民生報、聯合晚報常務董事會會議紀錄（77~82 年）》，臺北，聯合報社，民國 82 年 10 月，頁 111,112,114,115。

禁開放後群雄並起，市場殺伐日益殘酷的事實。

　　無可否認的，做為一份民營綜合性報紙，不斷爭取發行成長，是確保生存和追求壯大的不二法門，但以臺灣幅員有限的市場空間而言，畢竟有其編輯政策無法滿足的罩門與開發成長的瓶頸和極限的。

　　《聯合報》在自行宣布報份突破百萬後，即未再與主要對手以「賽馬式」的方式宣布另創新高而特別舉行儀式。

　　民國七十四年九月，王惕吾於三十四週年社慶典禮欣然表示：「《聯合報》開辦時的發行量是一萬六千二百多份，現在已達到一百卅萬份以上的報份。」[60]

　　民國七十五年八月十一日，王惕吾又在三報常董會上宣稱：「由三報發行報表顯示，今年《聯合報》卅五週年社慶將有豐碩的成果可資慶祝。《聯合報》創刊卅五年來之傑出成就，使報系國內三報的報份超過二百萬份，佔全省總報份二分之一以上，這是《聯合報》對國家社會乃至中文報業的重大貢獻，也是報系的最大榮譽，全體同仁辛勤耕耘功不可沒。《聯合報》卅五週年社慶及報系三報報份超過二百萬份這兩件大事，報系已設計精美別緻的紀念品分贈全體同仁。」[61]

　　民國九十年十月出刊的《聯合報系月刊》則聲稱：老一輩業務同仁津樂道的「35150專案」，是民國七十五年創刊三十五週年已將報份

---

[60] 阮肇彬記錄：〈董事長九月十一日對新進編採人員的講話：永不休止的步伐：《聯合報》的昨天今天明天〉，《聯合報系月刊》第34期，民國74年10月，頁14。

[61] 聯合報董事會編：《聯合報、經濟日報、民生報常務董事會會議紀錄（74~76年）》，臺北，聯合報社，民國82年12月，頁198,199。

衝破一百五十萬份的重要標誌。[62]

　　民國七十六年十月十九日，王惕吾在三報常董會上再度談及發行報份已達一百五十萬份：「《聯合報》卅六年來，從當年西寧南路時代一萬二千多份，發展到高達一百五十萬的數字，這樣高成長的原因，實係本報秉持始終不變的立場及原則，以及不斷的進步及創新，所建立的信譽及信心所致。」[63]據此，一百五十萬這個數字，成為《聯合報》公開宣稱的發行最高紀錄。

　　基於發行是報紙生存的命脈所繫，早在民國五十四年八月《聯合報》社務會議紀錄中，即載有同業為發行量彼此競爭摩擦的先例：「本報業務突飛猛晉，同業間竟有因而生妒者，前此，杜造不實資料，對本報作惡意攻訐，最近又欲利用報業公會組織 ABC 制度，企圖阻止本報公布發行數字，其用心不難見概，惟同業間曾訂有營業公約，本報只要遵守公約，便已盡責任。報業公會最近另有一決議，規定各報不得濫發推廣報份，過去本報曾有此建議，並建議報業公會通過同業不得以折扣招攬訂戶，但同業間甚少遵守，本報希望同業恪守整個營業公約，如共同遵守，本報定必定支持。」[64]

　　由此觀之，《聯合報》在其業務發展過程中，是先禮後兵，有所堅持，亦有所不為的。美中不足的是，《聯合報》多次對外宣揚其發行紀錄寫下新高，但均無國際發行公信稽核組織之背書確認。在某種程度

---

[62] 吳仁麟：〈新戰鬥團隊的誕生〉，《聯合報系月刊》第 226 期，民國 90 年 10 月，頁 11。

[63] 聯合報董事會編：《聯合報、經濟日報、民生報常務董事會會議紀錄（74 年~76 年）》，臺北，聯合報社，民國 82 年 12 月，頁 334。

[64] 編委會：〈社務會議紀錄〉，《聯合報社務月刊》第 32 期，民國 54 年 8 月，頁 12。

上，一直對於同業要求公開稽核發行份數的叫陣行為，採取冷處理的態度。民國七十三年八月間，美國發行稽核局（Audit Bureau of Circulation, ABC）副總裁哈瓦德・康茲及日本 ABC 協會事務局長八卷和夫來臺訪問，彼時自稱是「自由中國第一大報」的《中國時報》表現了比較歡迎的姿態，而大加報導；反觀《聯合報》雖稱是「世界華文第一大報」，但相對之下比較保守，並不重視國際 ABC 的來訪。[65]

民國七十五年十一月《聯合報系月刊》曾有專文介紹國外 ABC 組織的由來及運作方式，同時重炮抨擊同業的作法。

由陳俊良執筆的專文指出：國內有報紙去參加國外 ABC 組織，寧可由外國人來作短短數天的會計數據查證，來確認其發行量，而不以《聯合報》多年來一再倡議的共同向政府機構建議，成立國內的公查組織（制度）。該文認為：「這種不可思議的作法，應不會為社會大眾及新聞傳播界所認同，要知道日本社團法人 ABC 協會的權威公信力，就是建立在『他們完全由自己的手，對會員的發行量作長期性的無限權力稽查』，於此使我們聯想到某報自稱於民國六十八年加入美國 ABC 組織，而在七十一年曾以全十批的版面自詡其發行數達一百卅萬份；然四年後的今天，卻發布實銷數一百廿萬份，總發行數一百卅萬份，難道四年來發行都沒有成長嗎？還是玩弄數字遊戲呢？」[66]

民國七十五年九月一日，王惕吾在常董會中指示：第卅五屆社慶特刊要以具體資料與事證，顯示卅五年來之成就，以及在新聞、言論

---

[65] 周任原：〈兩大報敗德亂行：郭泰源加盟日本職業隊風波〉，《新潮流》叢刊第 13 期，1984 年 9 月，頁 29。

[66] 陳俊良：〈ABC 的聯想〉，《聯合報系月刊》第 47 期，民國 75 年 11 月，頁 130,131。

方面對社會進步意見、觀念方面的影響與貢獻；在公布發行數字方面，
過去曾展示每一天保存的完整資料，包括發行、財務、收費、用紙、
消耗油墨等報表，這一次可將四十年九月十六日創刊第一張報紙的發
行量、四十一年至七十年每一年九月十六日發行量、七十一年至七十
五年每年每月月底發行數字分別列出，以供讀者瞭解發行上升之歷
程。王惕吾同時宣示了報系願意接受發行量調查的基本立場，他表示：
「本報基本立場主張發行數字公開化，唯在國內發行的報紙，須由
國內的組織來稽查，例如由會計師公會、廣告代理商公會、消費者
文教基金會成立一個組織，在這組織未成立前，參照香港模式由政
府指定一家公證公司，或由政府主管機關（行政院新聞局）調查，
我們都可接受。」[67]

　　其後，已成立六年的中華民國發行公信會宣布將自民國八十六年
七月一日成立 ABC（The Audit Bureau of Circulation 發行量稽核局），
正式展開報紙及雜誌發行量稽核工作，由於此一制度在臺灣實施的時
機仍有未成熟的爭議，再加上稽核辦法有疏失，立即引發相關同業質
疑，臺北市報業公會及臺北市雜誌公會先後聲明不表認同，聯合報系
亦宣布旗下四報不會參加。

　　《聯合報》在公信會成立之初，還認捐了新臺幣一百萬元，並由
《聯合報》總經理楊仁烽擔任公信會董事，但其後因理念不同而退出。
理由是：公信會開了幾次會後方向偏了，與參加的宗旨及國際 ABC
相違背，自然減低參加的熱誠度。

　　《聯合報系月刊》第一七三期刊出已轉任《聯合晚報》總編輯的

---

[67]　聯合報董事會編：《聯合報、經濟日報、民生報常務董事會會議紀錄
　　　（74~76 年）》，臺北，聯合報社，民國 82 年 12 月，頁 206。

楊仁烽，再次為《聯合報》立場辯護。

　　楊仁烽指出，ABC 最重要的原則是公正、誠實，唯有一套讓各方信服，且具公信力的稽核辦法才能運作。例如美國 ABC 總部在伊利諾州，其間曾發生在紐約的一家小報，因其提出的發行份數不對，廣告公司和代理商紛紛提出質疑，經 ABC 調查公布後，終於導致這家報紙辦不下去；另一案子發生在加拿大蒙特婁，一家報紙發行份數虛胖印了很多，卻未實銷，只是將它們丟到山谷，最後也被 ABC 查出來關門。這兩例都可說明 ABC 公正性和影響性是不容造假的。

　　ABC 一般稽核的都是有費報的份數，但臺灣某些報紙是將免費的報紙「有費化」，通常採取的作法是報社將報紙配給經銷商，仍採收費方式，但隨後則以高於回收價格的獎金鼓勵經銷商，而經銷商則將報紙免費贈給讀者，如果 ABC 無法從其中奧妙去稽核，僅單純的從報社申報的發行份數，或報社與經銷商之間近乎「作假帳」的有費回收狀況，自然就造成了所謂「虛胖」的有費報份數。

　　更嚴重的是，ABC 對促銷獎金的看法亦有重大出入。楊仁烽指稱臺灣 ABC 的稽核辦法，未來獎金是報紙促銷成本，可以不列入稽核，此一規定無疑使免費報更無從稽核。事實上，根據過去公平會針對「報紙贈品贈獎促銷案件處理原則」規定，凡附送贈品，一百元以上可送二分之一，一百元以下則以五十元為上限來看，此一規定已夠寬鬆，但臺灣 ABC 還規定將促銷成本不列入，無疑地更會造成有費報的失真，未來將演變成贈品贈獎大競賽，此種不在報紙內容品質上爭取讀者，卻以贈品來吸引讀者的作法，是本末倒置的，這是「新聞人的可悲」。我們現在都認為應把競爭回歸基本面，以服務品質來吸引讀者，但現階段臺灣報業環境顯然不能，無論如何不能苟同 ABC 再插一腳，來「助紂為虐」。

　　楊仁烽表示，目前全臺灣經銷商幾乎都是家族經營形態，未有公司組織及完整會計制度，實在不知道臺灣 ABC 在自身還未有對報紙發行有深入了解的專業會計師、未有需經三至五年訓練的專業稽核人員，及各種因素不成熟的情況下，如何上路。

　　他特別強調，聯合報系堅拒參加 ABC，絕不是怕長久以來提出的發行量是見不得人的，是虛的，是不能攤在陽光下的。事實上，報系絕對是真金不怕火煉。我們自始至終的看法是公信會要成立臺灣 ABC，如果只是為答案找依據，或為鞋樣找腳，那就沒有必要奉陪。不願為 ABC 背書，一方面是其作法可議，另一方面是目前市場上有比 ABC 更嚴謹的調查，例如：SRT,ICP,ACR 甚至我們民意調查中心都有比未來 ABC 更確切的數字。香港發行量最大的《東方日報》即未參加當地 ABC 組織，但並無損於發行量第一的地位。[68]

　　有趣的是，由李登輝女婿賴國洲倡議的公信會於民國八十七年印製的《打開發行量的黑盒子：發行量稽核概念導論》小冊中，幾乎是「以子之矛，攻子之盾」的方式，引用了王惕吾早年的主張，希望中時、聯合兩家報系能坦然加入發行量的公正稽核行列。這本小冊指出：「民國五十年，報人王惕吾在政府國是會議中，提出報業自律的構想，⋯⋯此舉間接促成了自律組織的產生。民國五十二年，全國第一個報業自律組織──新聞評議會產生。當時王惕吾對新聞自律的另外一項構想，便是設置發行量的稽核單位，但一直未曾實現，對此，王惕吾先生不無遺憾，並希望能在下一代專業人士手裡實現，到了民國

---

[68] 周恆和：〈公信會偏向，難獲認同：專訪《聯晚》楊總編輯仁烽談報系對稽核發行量的看法〉，《聯合報系月刊》第 173 期，民國 86 年 5 月，頁 48-52。

六十六年，《聯合報》在十月三日的社論〈攤開來，在陽光下檢查！〉中提到，將自己的發行量報表在報社中做公開展覽。

報業對發行量的調查求之若渴，故早在民國六十四年，《中國時報》便開始與美加 ABC 組織有初次接觸，民國六十八年繳納會費成為正式會員，並接受稽核，並於當年完成首次稽核工作。至民國七十五年時，每年均有美加地區的稽核員至其報社稽核，並出具稽核報告書。七十五年第二季時，所稽核出的份數已超過一百廿萬份，中時並在相關刊物上發表〈最大、也是最好的——寫在 ABC 發布本報有費報超過一百廿萬份以後〉一文，並敘述如何依照 ABC 的標準填寫相關表格，如『報份查核』一項中有本市批銷報、本市零售報、本市鄰里長報、本市零售報、郵寄報等。在民國七十五年九月一日的《中國時報》第三版，更以巨大篇幅報導〈ABC 國際發行量稽核組織發表報告〉一文。當時的《中國時報》已能有系統地填寫 ABC 所需要的各種報表與憑證，加入稽核，更表示對發行量有殷切的需求。

民國七十七年報禁解除，此時登記的報社已有 144 家，報紙的競爭愈來愈激烈，原有報社的市場受到前所未有的威脅，發行量的數字至此成為報社敏感的問題，各家實際發行量諱莫如深。由於沒有超然的調查機構，各報在推銷自己報紙時仍以『宣稱』的發行量為主。

民國七十八年四月至五月，《動腦》雜誌開始做『臺灣地區報紙印製量推估』調查，但僅能透過用紙量、問卷、面訪的方式對發行量做大致的推估。當時願意提供發行量報表者僅五家：《民眾日報》、《臺灣時報》、《聯合晚報》、《自由時報》、《新生報》。至於《聯合報》、《中國時報》則拒絕該雜誌的調查。

由於廣告主協會尚未成立，仍然沒有一家報紙願意接受公信會稽核，唯一可堪慰藉的是，公信會已經成立了，公信會的運作在多方好

奇與質疑的情況下求發展，雖然報紙對此抱著觀望與審慎的態度，但在雜誌界已經引起熱烈的響應。

公信會對於公開發行量觀念抱有長期推動的心理準備，儘管初期面臨了阻礙，推展工件仍在逆境中求發展……。」[69]

平心而論，發行量稽核少了中時、聯合兩巨頭參加，整個稽核出來的數據就失去了重要的數據和座標，兩大報固然各有堅持，拒絕入會，但旁觀者皆知，其實都夾雜了萬一輸給對手如何自處，萬一又敗給後起之秀，又豈止是奇恥大辱的隱憂。如此輸不起而又想當龍頭老大的恐懼，證諸十六年後兩大報業績都亮起紅燈的警訊觀之，當年未能普遍稽核報份的道理依舊：當年坐享榮景不屑做，如今江河日下根本不能做。

《聯合報五十年》一書針對當年若干同業何以一直企圖咬住發行稽核認證的爭議亦有所著墨，首先根據臺灣聯亞行銷研究顧問公司一九九二年的調查（SRT, Survey Research Taiwan 現改為 AC Nielson），臺灣地區十五歲到五十歲的報紙讀者中，每十個人就有四個人看《聯合報》，比第二位的報紙多了 16.67%。多年來《聯合報》每天的讀者都在三百八十萬人以上。另一領先同業的參考數字，是臺灣地區里鄰長報的訂報情況，報禁開放前，里鄰長訂報只能選擇國民黨黨營、政府公營或軍方報紙；報禁解除後，全臺十三萬兩千餘里鄰長可以自由選擇，《聯合報》所獲訂戶十三年來保持年年第一。

《聯合報五十年》指出，發行是一份報紙的命脈，發行量與閱讀率的公布更被視如攸關影響力的大事。臺灣地區自民國七十七年起，

---

[69] 中華民國發行公信會編印：《打開發行量的黑盒子：發行量稽核概念導論》，臺北，1998 年 9 月，頁 14-17。

才有專業行銷公司進行發行報份調查，國內曾被引用的相關調查報告是由簡稱 ABC 的發行量稽核組織所調查的發行量，及 AC Nielson 所調查的閱讀率兩種。前者以調查有費報發行量為準，免費報是不能列入計算的；後者是調查報紙被傳閱的傳閱率，卻無法顯示報紙的發行量，更無法據以正確區分計費或不計費之發行量。這兩種數據固有其嚴謹公平的機制，但以目前報業生態來看都還有其盲點。

以 ABC 做調查時的五項重點：一、報社自行申報報份，二、查核印刷廠，三、查核發報點，四、查核帳冊，五、查核經銷商而言，各項查核旨在確認報社印發報數相符，且計費符合標準，其盲點在於全部查核事項是可以包裹做假的，香港即曾發生報社將超印的報份投海，或帳面查核雖顯示計費合於標準，私下卻以其他名目之獎金彌補經銷商為了虛加報份所多繳的報費；更難的是查核經銷商時，必須能提供與其報份相符的正確訂戶名冊以憑查核。因此，在國內實施正確的發行量調查仍有相當困難。

根據 AC Nielson 於民國八十九年七至十二月的調查統計，讀者每天平均的閱報時間只剩下 33.9 分鐘，比起報禁開放前大幅減少，而日報閱讀人口更是逐年下滑。在發行市場裡，也從傳統的「兩大報」競爭，增加了許多競爭對手，報禁開放後報紙家數成長到三百多家，是報禁前的十倍。為了爭取讀者，各報嘗試推出抽獎、摸彩等促銷活動，甚至贈送黃金、車子、房子等活動來促銷，吸引長期訂戶及零售份數。由於財團經營者更挾雄厚財力，以數十萬份贈閱報投入市場，造成發行秩序混亂，報業從此陷入惡質競爭，迄今未止。[70]

---

[70]　聯合報編輯部編：《聯合報五十年：民國四十年至九十年》，臺北，聯合報社，民國 90 年 9 月，頁 235-238。

　　報紙競相以贈品摸彩吸引讀者，始自民國七十八年十一月十五日《中國時報》舉辦千兩黃金酬謝讀者大摸彩，隨後，《自由時報》更舉辦千兩黃金大贈送，標榜一生只有一次機會，獎額高達新臺幣一億六千萬元；《中央日報》也推出不必參加抽獎，預付一年訂費就可享百萬壽險；《聯合報》與光陽機車合作推出「333 回饋專案」活動，民國八十六年四月三十日前「只要預付 33,300 元，33 天內就讓你擁有 33 個月《聯合報》及一臺光陽金豪美機車（市價合值約 47,850 元）」。針對此種贈獎成風，造成讀者非有贈品才肯訂報、看報的偏差風氣，政大新聞系教授馮建三曾以筆名「敦誠」在《中國時報》人間副刊「載波臺」專欄以「臺灣豬油報」為題，對當時的瘋狂大贈獎的亂象，包括《聯合報》社長張作錦在內，大加諷刺：「臺北一家後臺東主是知名政治人物、兼有萬萬買得自土地的財富的報紙，名喚『豬油』（取其閩南語諧音），最近兩個多月來，連番密集地在報紙，尤其在電視上，猛打廣告：只要訂閱該報六個月，即可參加抽獎，得中獎機率不算低，獎金和獎品都很誘人的『酬賓大贈獎』。……這麼高的獎項也實在足以動心動性：黃金二千兩一名、一千兩二名、一百兩十名、小客車一百部、摩托車一千部……，獎額高達二億餘的報紙促銷辦法，果然『引蛇出洞』。公平交易委員會旋即接到民眾告狀，指陳《豬油報》右打臺北報界雙嬌的地盤，左挖自立臺眾三報的牆腳，固然是難得一見的報紙競爭，但出以這麼大的資本，顯然違反公交法云云。

　　《豬油報》打擊對象之一的章作文，不多日也在旗下的副刊發言，他憂心忡忡地表示：身為言論公器的報紙，怎麼可以仿效選舉買票的作法，不在報紙內容下功夫，而單是想用黃金、獎品買讀者？辦報也用買票，是可忍，孰不可忍？這些評論，質疑《豬油報》的說法，不能說是沒有道理，但不要忘了，一根手指頭向人，四根指向自己呵……。

據一般大規模報紙的業務部負責人宣稱，他們每一年透過摸彩、送土地、旅行等等五花八門的手段，花用在推廣報份的新臺幣，總加起來根本超過了《豬油報》這次活動的二億元甚多。實情如果真如此，那麼，一般報紙給人的印象有如是朝三暮四或朝四暮三，歷次的促銷金額差距有限，因此沒有引起讀者及社會各界太多的注意……。《豬油報》先前沒有什麼促銷手筆，但卻一鳴驚人而產生了朝〇暮七的效應，純粹是有無之間落差太過懸殊，引起了檢舉民眾以路見不平之心，意欲替其他玩不起這種大金錢遊戲的報紙行天道。」[71]

民國八十一年十月劉昌平以發行人身分，認為某些同業藉訂報贈彩券以爭取報份是短期炒作手段，不足為訓；長期競爭還在提高報紙品質，「《自由時報》因促銷而短期增報甚多，……我們的做法積極的應是人才的羅致和不斷培訓，硬體設備的更新；消極的是員工要賞罰分明，有功有過要記清楚，正面有獎，負面要罰，才能激勵同仁掃除偏差錯誤，發揮團隊精神。……業務部提到發行通路要改變，這是我們生命線，改變是得是失是一件大事，研究發展組要多加研討。」[72]

前述談話間接承認了《自由時報》當年訂報就送黃金抽獎彩券的促銷手法，的確對《聯合報》發行市場產生嚴重的排擠效應。

臺灣報業市場長期掌控在中時、聯合兩大報系手中，其他大部份報紙都是盈少虧多的局面，只有少數地方性報紙例如：臺南市《中華日報》南版、高雄市《臺灣時報》、《民眾日報》依賴其地緣關係得以

---

[71] 習賢德：《臺灣新聞事業問題解析》，臺北，文展出版社，民國 81 年 10 月，頁 136,137。

[72] 編委會：〈聯合報系十月份主管工作會報：《聯合報》劉發行人講話〉，《聯合報系月刊》第 119 期，民國 81 年 11 月，頁 137,138。

苟活，使得兩大報同時壟斷了臺灣言論市場，至前總統李登輝本土化
政策及「獨臺路線」日益明顯，政府當局與兩大報，特別是與《聯合
報》交惡之後，固有的報紙市場佔有率開始出現變化。

　　如以《聯合報系月刊》封面為準，王惕吾領導的聯合報系整體編
輯政策，與李登輝、陳心扁等國家領導人間的微妙互動，由親而疏，
乃至漸行漸遠的分水嶺，亦均有跡可循。民國八十年十月出版的第一
〇六期系刊封面主題為一張團體合影照片，係以李登輝總統偕同總統
府秘書長蔣彥士、國民黨秘書長宋楚瑜，於九月十六日上午親臨總社
為《聯合報》創刊四十週年慶致賀，與報系海內外七報負責人合影留
念。

　　民國八十九年四月出版的二〇八期《聯合報系刊》封面，為陳水
扁以第十任中華民國總統當選人之身分，於四月六日下午拜訪《聯合
報》時的兩幅照片合成，上方為董事長王必成在創辦人王惕吾遺像前，
接受貴賓陳水扁致送《臺灣之子》一書；其下則為陳氏在眾人環坐下
站著致詞的情形。

　　其實早在民國七十三年陳水扁還是臺北市議員時，即曾因《聯合
報》市政版經常封殺其新聞，且陳水扁又曾在議會公開指控《聯合報》
南港修車廠在鐵路禁區蓋了二百多坪的違建，而彼此交惡，幾乎成了
拒絕往來戶。[73]其後陳水扁為臺北市長連任之戰而於八十七年十一月二
日又發動過一次針對《聯合報》的「退報運動」。隨著陳水扁當選臺北
市長、登上總統大位，均曾赴《聯合報》拜訪謝票成為系刊內容，但
《聯合報》編輯及言論政策絲毫未曾鬆動。

---

[73] 編委會：〈陳水扁與《聯合報》結樑子〉，《鐘鼓鑼》第 30 號，民國 73
　　 年 12 月 28 日，頁 36。

　　事實上《聯合報》對綠營的不滿與綠營對《聯合報》的糾纏，幾乎到了沒完沒了的地步。民國九十三年六月十六日高等法院高雄分院駁回高雄市長謝長廷上訴，全案定讞，看似又擺平了一次糾葛，其實又結下藍綠意識對抗的另一次樑子。

　　謝長廷係於九十二年四月向法院自訴，指控《聯合報》是年一月八日及四月九日兩篇社論，分別影射或直接指他介入高雄市議長賄選案或干涉司法，認為《聯合報》發行人王效蘭、社長王文杉、總編輯黃素娟及總主筆黃年等四人觸犯加重誹謗罪，並附帶請求新臺幣十億元民事賠償。一審宣判時，法官劉傑民認定社論針對可受公評之事，發表適當評論，判決王效蘭等四人無罪，並駁回附帶請求之民事賠償。謝長廷不服，乃再就刑事部份提出上訴，且只追究四月九日社論，但仍敗訴。

　　表面上《聯合報》贏得了官司，護住了「正派辦報」的形象，但明眼人皆知，未來仍會有類似的官司要打。《聯合報》自願扮演捍衛法理和中國正統意識的最後長城，但這也可能是拖累《聯合報》繼續生存的沉重十字架。

　　《聯合報》早在其前身《民族報》起步草創時代，即負有促成下野的蔣中正總統在臺復行視事的重大使命；[74]王惕吾本人則為蔣氏官邸警衛特務連出身，其後於臺澎金馬戒嚴時期一路走來，《聯合報》新聞與言論的政策指向都是全力擁護蔣氏父子政權的堡壘，這些紀錄看在一心嚮往臺灣獨立建國者眼裡，何止不是滋味。

　　處於戒嚴體制的文化框架之中，《聯合報》引進、培育及拔擢人才

---

[74] 習賢德：〈王惕吾、王永濤與《民族報》崛起的相關考證〉（上），《傳記文學》第 86 卷 2 期，民國 94 年 2 月，頁 33,34。

之際，難免必須觀察風向，揣摩上意，與當權者交心，或與所謂的「反共偏執狂」愈走愈近，乃至在現實利害中互為表裡，各取所需了。如此一來，難免遭有心人士視之為具有「政工系」背景的報社。而這樣的指控出現的時間，剛好在王昇領導的「政工系」勢力如日中天的歲月；這一時期亦適逢開明勢力與保守勢力犬牙交錯、不停纏鬥的年代，如何保持報格，而又不致滅頂，的確拿捏不易。

按黃嘉樹所著《國民黨在臺灣（1945-1988）》書中的說法，「政工系」本是蔣經國控制軍、特、警諸系統的得力工具，其頭目王昇自贛南時期即追隨蔣經國，與主持「救國團」的李煥並列，被稱為小蔣的「哼哈二將」。李煥因主持「救國團」工作，後又負責為蔣經國選拔青年才俊，與知識分子關係密切，漸成國民黨內開明派代表人物。王昇一直在軍特系統中打滾，長期負責保安防諜工作，逐漸習慣於用「防制、反間」的心態和眼光看待周圍的一切。隨著蔣經國的地位上升，王昇對軍特系統的影響力也越來越大，而被視為右翼勢力的代表人物。

王昇曾任政工幹校教育長，其門生稱其為「化行先生」，新聞界則多以「王化公」稱之。他很注意向外界展現「操守廉潔」的形象，官居二級上將，卻仍然住在五〇年代當校官時分配的宿舍中。

黃嘉樹指出，蔣介石在世時並不喜歡王昇，但一九七五年四月六日蔣介石逝世第二天，蔣經國即任命他為總政戰部主任。這時王昇和李煥成為國民黨內彼此制衡的兩翼，蔣經國則以黨魁身分操縱於上，兼取李煥一派收攬人心，和王昇一派強化管制的價值功能。

一九七七年許信良違反國民黨黨紀競選桃園縣長引發的「中壢事件」，導致李煥黯然下臺，到高雄西子灣籌辦國立中山大學。黨內開明派勢力改由出身於農經系統的中央黨部秘書長蔣彥士掛帥。但蔣彥士乃一介書生，黨內資歷、人望均無法與李煥相比，對王昇的制衡作用

亦隨之減弱，於是軍特系統勢力大為擴張。臺灣報刊俏皮地利用李、王名字，將這政局變化稱為李「換」王「升」。

一九七九年二月，為適應中共與美國建交後各項重大變化，及抵制中共全國人大常委會委員長葉劍英發表〈告臺灣同胞書〉的影響，蔣經國決定成立「黨政軍聯合作戰反統戰組織」，指定由王昇負責。這個機構即以王昇的化名「劉少康」命名，稱為「劉少康辦公室」。

「劉少康辦公室」本身並無指揮權力，係屬國民黨秘書長之下的一個特設組織，成員是以兼職借調方式來自其他各單位，下轄三個與國民黨建制配合的委員會：國內事務、海外事務與大陸事務，各會成員不到二十人；所有建議皆須經由代表國民黨的秘書長蔣彥士，和代表政府的行政院院長孫運璿等兩人的同意。王昇每周和他們見二至三次面，以研討可能之策略性作為，在每三周一次的會議後，即由蔣或孫將建言書呈給蔣經國。

一九七九年十二月，王昇首次當選國民黨中央常委，長期擔任王昇助手的梁孝煌取代開明派的陳履安，擔任組織工作會主任；出身於政戰系統的白萬祥，出任大陸工作會主任，周應龍出任文化工作會主任。「政工系」勢力開始從軍特系統滲透黨務系統。

「高雄美麗島事件」的爆發及隨之而來的大逮捕，助長了軍特系統的氣焰。一九八〇年二月發生的「林義雄宅祖孫慘遭殺害血案」，更使軍特系統成為話題。一九八一年七月又發生美籍華人教授陳文成返臺探親，因在美同情獨派勢力而被警總約談，次日竟陳屍於國立臺灣大學校園研究圖書館後方空地的離奇命案。

陳文成命案喧騰於報章雜誌時，蔣經國第二次住院治療眼疾，此後更以養病為主。為使政事不致中斷，他排出三頭馬車的權力格局，

行政院系統由孫運璿負責，但王昇身兼「劉少康辦公室」召集人，而孫運璿、蔣彥士只是該機構成員，排位上似乎低了王昇一截，加上「劉少康辦公室」成立時即職權不明，只規定它負責處理「反統戰及緊急事件」，但何謂「緊急事件」，可以有多種解釋。在成員構成上，該機構又包括了黨、政、軍、特各方面的主要領導，難免予人以「一人之下，萬人之上」的觀感。於是，王昇利用這個機構插手行政院和黨務系統的工作。他到處宣稱「共匪最痛恨的是蔣經國總統和我」，儼然以蔣經國的既定接班人自居。由他負責的「劉少康辦公室」，也被人稱為「小中常會」。

黃嘉樹認為，這時「政工系」勢力如日中天，除掌握特務機構和通過政工人員控制軍隊外，另有約二十萬後備幹部，因由政工人員培訓，而成為「政工系」地方力量。由上千名「三民主義巡迴教官」所組成的「人文科學會」，是該系少壯派組織。在新聞文化方面，「政工系」辦有文人團體「心廬」，作為思想控制的大本營，其他諸如黎明文化事業公司、《聯合報》、《青年戰士報》、《臺灣日報》等出版機構，也均有「政工系」的背景。在此時期，警總對言論自由的箝制也愈來愈嚴厲，臺灣數十家黨外刊物，有的僅辦幾期便被勒令停刊，甚至連國民黨內開明人士陶百川、胡秋原等，亦遭警特機關騷擾和攻擊。

一九八三年三月，王昇赴美國訪問，外界多猜測這是其已被定位為接班人的信號。王昇訪問了美國中央情報局，參觀了美軍導彈基地，據說，還同美方交換了對接班人的看法。

同年四月廿六日，臺北《中央日報》與《聯合報》大樓相繼被炸，蔣經國下令將原由警總負責召集的「警政安全匯報」交由軍方參謀總長主持，使王昇通過政戰系統掌握的情治大權，被悄悄地移轉到「黃埔系」將領所控制的軍令系統之下。同年五月一日，蔣經國下令裁撤

「劉少康辦公室」，其成員悉數回原單位歸建。五月九日，蔣經國突然再免去王昇總政治作戰部主任職務，改調被視為冷板凳的國防部聯訓部主任。九月，蔣經國徹底攤開底牌，免去王昇聯訓部主任職務，再外放為駐巴拉圭大使。此後，王昇被打入冷宮長達八年，令其感到「自己已被放逐到地球的盡頭」，至一九九一年始重返臺灣定居。[75]

巧合的是，民國六十四年四月王昇得勢，至七十二年五月王昇下臺期間，《聯合報》編輯部不僅兩任總編輯均有鮮明的政工背景，各重要版面守門人亦多具政工資歷，軍聞社社長張松潭退休後轉任《聯合報》負責一、二版編務，《幼獅青年》主編王慶麟於民國六十六年十月一日轉任聯合副刊主編等皆屬之。可見在當年戒嚴時期氣氛較為肅殺時，王惕吾寧可將敏感編務付託政工出身者，雖與某些老臣觀點背道而馳，但如此務實的決策仍然是物超所值的。

《聯合報》編輯政策是否保守？誠屬言人人殊，仁智互見的老話題，但若以戴獨行在其《白色角落》一書所述，標榜用人唯才的王惕吾在某種程度上，恐怕還是比較偏愛思想忠貞純正的一群，編輯風格長久以來均莊重有餘，且不若頭號對手《中國時報》在標題、內文乃至副刊風格方面相對的輕鬆揮灑自在，亦屬其來有自矣。

戴獨行在《聯合報》服務的見聞，亦可做為國安、政工勢力強大的佐證。戴獨行於民國三十七年十月自上海來臺，曾任《經濟時報》駐基隆記者，三報發行聯合版時因在《國語日報》仍有兼職，且再轉《中華日報》工作，故並未隨范鶴言加入聯合版。民國四十六年五月

---

[75] （1）黃嘉樹：《國民黨在臺灣》，臺北，大秦出版社，民國83年1月，頁 686,687,692-694。（2）李厚壯、張聯祺等譯：《王昇與國民黨：反革命運動在中國》，民國92年9月，頁 284,285,308。

間因美軍上士雷諾槍殺我國公民劉自然案獲判無罪，且立即搭美國軍機離境，引發群情憤怒而包圍搗毀美國駐華大使館的「五二四事件」，共有四十一人因滋事被捕，其中上海新聞專校畢業的《民眾日報》編輯林振霆涉及打大使館的部份宣判無罪，但卻另因匪諜嫌疑判了廿七年重刑；戴則因與林為上海新專同學關係，遭有關當局杜造的案情所株連坐牢五年。

民國五十一年六月戴獨行出獄後，由范鶴言在社務會議上公開推荐他，於民國五十三年五月底獲聘為《聯合報》改稿編輯。聘書發下前，他先拜會採訪主任馬克任，馬看了看判決書，開明的表示：《聯合報》用人只看能力，是否坐過牢不是主要問題。但去過綠島的戴獨行還是寫出了敏銳的觀察：他是先通過了「另具特殊身分的副總編輯」曾憲宦「思想核可」後報到；其日常任務是以通訊組整理工作為主，航空版集稿工作為副。航空版記者中有一位季仁溥，是戴笠手下大特務，五年前抓他坐牢的調查局局長季源溥之弟。次年，戴調往採訪組，適巧另一特務頭子鄭介民之子鄭心雄也在報社實習；此外，另一個曾任保密局長的毛人鳳，亦有其家族及部屬在業務部門任職。[76]如果不是單純的巧合，那麼《聯合報》當年肯聘用與情治單位顯然有關的員工，似乎也有意藉此向有關方面交心示好。

前述王昇勢力全盛時期，《聯合報》編輯部雖仍各安其份地工作，但心直口快的同仁仍難免講講氣話，將四位具有政工背景又握有實權

---

[76] 戴獨行：《白色角落》，臺北，人間出版社，1998 年 10 月，頁 4,7,922,36,195,196,198。按筆者檢視社務月刊相關人事室公告，季仁溥於民國 57 年 12 月 31 日以國外版校對職稱，遭社方解聘；但並未註明解聘原因。

的高幹稱之為《聯合報》的「四人幫」。長期以來，資深員工不乏向惕老進言者，勸其不必因為自己的定見而放棄大約三成的市場，因為無論如何，反對國民黨的那些人也是值得爭取和提供服務的讀者，何況，《聯合報》不願報導的事件，並不代表那些事情就不存在；折中之道，可將新聞和言論切開處理。據說，王惕吾雖然不願接受妥協的作法，但最後還是接受了調整的建議，這也就是其後王惕吾強調：《聯合報》的經營路線既不是保守派，也不是激進派，而是一份為所有中國人提供服務的正派報紙，「正派辦報」的理念亦由此衍生。

不過，王昇政工勢力當道是一回事，王惕吾本身忠黨愛國，編輯政策如何又是另一回事；在長期戒嚴與反共國策約束之下，編輯政策顯得保守並不算特別異常；至於多用了一些自認可以付託者當幹部，既不違法，更無悖於情理，的確不是任何局外人可恣意批評的。

王惕吾於民國八十年所裁示的言論三大方向為：一是反分離主義，二是要求中共放棄「四個堅持」，三是海峽兩岸經由談判達成和平民主的統一。[77] 就字義而言，反分離主義就是反對臺獨份子分裂國家民族的主張；要求中共放棄「四個堅持」就是要中共放棄一黨專政，並期待中國大陸回歸民主自由的體制；經談判達成和平民主的統一，就是中華民族不再兄弟鬩牆，共同為和平統一而努力。

聯合報系在解嚴之後，特別是在李登輝的第二個任期內，編輯政策和言論方針開始明顯地對高層傾心的「戒急用忍」、「兩國論」和「去中國化」等本土化分裂意識展開全面批判，致在某種認知之下，《聯合報》逐漸取代了戒嚴時期的黨外報刊，無形中變成了解嚴後最大的「反對派」報紙；全力擁護李登輝本土化決策及其國王人馬的《自由時報》，

---

[77] 王惕吾：《我與新聞事業》，臺北，聯經出版公司，民國 80 年 9 月，頁 156。

亦同時取代了戒嚴時期《中央日報》為黨國扮演喉舌的角色。《聯合報》編輯部、業務部、廣告部無法再像戒嚴時期長期坐享報禁與強力支持反共復國政策的既得利益，也就注定了政治優勢不再和財務營收日益惡化的命運。

民國八十二年十一月十七日，《中國時報》以顯著版位刊出專訪李登輝的報導，由於這是吾國元首四十年來第一次接受國內媒體專訪，故特以三個半的大版面處理。此一狀況未見系刊有所檢討，反倒是被視為「黑手俱樂部」的聯合報產業工會在其《聯工月刊》第六十四期提出了洋洋灑灑的看法。作者鄭斯文娓娓寫道：[78]

對手報的「李登輝秀」，同仁間有不少反應，有些人認為李總統真是器小，為了和《聯合報》的心結未解，竟然能使出接受對手報邀請，這種「施惠次要敵人，聯手打擊眼中釘」的方式，實非仁君所當為。另一種比較溫和的看法，則從國家元首和媒體間的互動來考慮，因為英國首相和美國總統也極少接受媒體單獨專訪，而係透過雨露均霑的公開記者會接受詢問，以免只為討好一家而得罪多數媒體，因此李總統這個算盤未必撥得聰慧。還有一些人的反應更是訕訕，認為在意「阿輝」幹嘛？何必和他們這種製造死忠的手法一般見識。

是的，以上幾種講法都通，是編輯部以外的其它同仁可以接受的講法，不過，編輯部的父老兄弟可不該只講些氣話，就把這次對手報自鳴得意的出擊「存檔」了事；編輯的同仁們應該自我體檢，假如撇掉李總統對咱們報紙的一些芥蒂心結，我們的記者有沒有辦法在公平競爭的條件下擠下對手報，爭取到李總統接受專訪？「答案是不可

---

[78]　鄭斯文：〈歸來吧！資深記者〉，《聯工月刊》第 64 期，民國 82 年 11 月，第 5,8 版。

能，我們贏不了，這不是悲觀，這是事實，這正是今天《聯合報》編輯部今天問題所在——我們沒有處事練達，人際關係圓熟的資深記者，資深記者這個名詞幾乎不存在於《聯合報》。」

分析對手報派出採訪李總統的陣容，老闆出馬這部份不談，其餘五人中，採訪黨政新聞的年資都超過十年，帶隊的副總編輯更是持續跑了十五年的黨政新聞，「這麼長時間的人脈培養，和許多重量級人物的交情，絕不僅是喝酒吃飯而已，更受到這些黨政首長敬重，甚至列入諮詢顧問群中的尊崇地位，這樣的資深記者，很讓人遺憾，《聯合報》沒有。」

不要回溯太遠，就看近十五年的《聯合報》政治組召集人或組長的變動就夠了。依序應該是鍾榮吉、顏文閂、高惠宇、戎撫天、張昆山、寇維勇，到現在的陳世耀，讓人遺憾的，這些《聯合報》培養出來的資深政治記者現在都在那裡？從採訪中心政治組一線往上直到中央編輯檯，最資深的政治記者竟然只是現任政治組組長陳世耀，資歷大概還不過十年，以這樣的「幼齒」來肩負《聯合報》這麼大的報紙的政治新聞，往上竟然沒有人可以幫他。就算拿掉組長資歷，找找資深政治記者，真是愈找愈寒心，那些叱吒風雲的府院黨等線十多年來的幾十位，真是唸得出名字的人，不是不再跑線，就是離開《聯合報》，更糟糕的是這些人絕大多數都到對手報去了。我們雖然對這些前輩的「報性」有些質疑，但對他們專業的採訪能力可是百分之百佩服。

既然「流亡」在外的資深記者已不可能再回籠，報社內「殘存」的資深記者，包括地方老特派員宜如何借重使其仍然「堪用」，得看領導同志的作風了。

鄭斯文最後強調，在「李登輝秀」的版面中，尚有一篇值得省思的短文「打開採訪總統這扇門」，可以見到這位副總編輯為安排專訪所

花費的心思，「今天包括資深記者在內，有多少人能和這樣的領導者建立起『共做家庭禮拜』的關係？這麼講，並不代表《聯合報》無人有此關係，而是《聯合報》的問題在於『不在其位，不便謀其政』，即便你和連戰院長建立了如橋牌搭子、二重唱的密切合作關係，那天你調了路線，這個關係也會因編輯部的『文化』而讓你自動出來，不便再維持，這是很要命的，也是《聯合報》沒有『狹義』的資深記者的原因。」因此，鄭斯文建議：總管理處頒訂了資深記者系列三法，固為良法美意，但更應使編輯部重新回到尊重知識、尊重權威、尊重經驗的良性循環；果真能因對手報的「李登輝秀」而促成深刻省思、對症下藥，到時還得感謝李登輝先生呢！

如此愛深責切講真話的文章，只能在《聯工月刊》有話直說，大鳴大放，而無法在看似法相莊嚴的報系系刊中正式探討，又何嘗不是報系日漸衰敗的因素。

試想，一家民營報紙接連和不同政黨的總統幾乎「逢李必反，逢扁必反」的對幹了十七年，再好的行銷和其它內容，恐怕都不足以吸引某些特定族群和領域中死心塌地的擁李、擁扁者，心中毫無芥蒂地繼續成為《聯合報》的訂戶了。準乎此，所謂新聞界標榜本土的、獨派的、反統的勢力，勢必侵蝕《聯合報》辛苦開發並長期佔有的發行地盤了。

有人認為，發動「終結中時、聯合兩大報」的發行量大戰，把新聞解釋權由「大中國派」手中奪回，「為臺灣本土報紙出口怨氣的幕後指導者，便是坊間所稱『三重幫』重要領導人、前監察院副院長林榮三。」《自由時報》係自臺中市北遷臺北縣新莊市中華路的原《自由日報》改名之後，才將總社一舉遷往臺北市南京東路二段，加入三雄鼎立的「首都戰團」。

　　兩大報起初評估林榮三靠營建及房地產起家，學歷不高，之前更無經營媒體經驗，甚至可說是一竅不通，因此根本不放在眼裡。「但是他們忽略了林榮三不但多金，財產多得難以計數，其個性更是充滿不服輸的強烈意志。加上林榮三有過人的商人頭腦，所策劃的送黃金、別墅、賓士汽車、對股市漲跌點數等等促銷手法，至今廣告界仍視為極具創意。」

　　自由改名時報後零售價每份八元，後調整為十元，而聯合、中時因國際紙漿價格大漲及送報生工資調高等壓力，將報費從十元調漲至十五元，此時自由藉機維持十元，讓消費者產生「掏一個銅板便宜」和「掏兩個銅板太貴」的直覺，迫使報業雙雄不得不為對抗自由行銷大戰而調回原價。

　　自民國八十一年起砸了近百億元辦報的林榮三，逐漸回收重金投資的邊際效益。先是民國八十五年六月初，《自由時報》根據臺北世新學院一項民調數據宣稱自己「依推估發行量為 1,002,179 份，小幅度領先聯合、中時的 99 萬餘份。」接著，又於九月廿日依據臺灣聯亞行銷顧問公司公布的全民閱報率，又首度宣稱：「《自由時報》閱報率已超越中時、聯合，躍升第一名」。

　　民國八十五年八月六日林榮三於臺北、高雄兩地分別舉行大型慶祝酒會，當天上午邀副總統兼行政院長連戰出席高雄酒會，李登輝則參加下午北市凱悅飯店的酒會，慶賀《自由時報》在發行量及閱讀率兩項指標奪得冠軍，躍居「本土第一大報」。[79]

---

[79] 參見：(1) 陳道明：〈《自由時報》閱報率躍升第一，慶祝酒會李連齊捧場〉，《新臺灣新聞週刊》第 17 期，1996 年 7 月 21 日至 7 月 27 日，頁 14-16。(2) 徐世平：〈媒體大戰龜兔賽跑，《自由時報》闖出一片江山：

　　在聯合報系刊中亦有兩篇出《自由時報》洋相兼為自己打氣的報導，是一般讀者看不到的。其一，是民國八十三年三月號報導：汐止鎮長廖學廣連任成功後立即發起退報運動，將該鎮所有訂閱《自由時報》的里鄰長報退掉，改訂《聯合報》，以抗議前者報導偏頗，為《聯合報》增加了九十五份報紙。[80]其二，是《民生報》攝影記者陳瑞源因《自由時報》「誤用」其照片而賠償新臺幣五十萬元。事件大致經過為：民國八十六年四月廿六日《自由時報》頭版刊出之白冰冰母女合照，與《民生報》為警方發布白曉燕被綁票新聞而印發之號外上的合照一模一樣，陳瑞源乃委請律師發函處理，自由於同年六月十五日於第三版刊出聲明，承認因作業一時不察，未事先徵求原著作人之同意，「特刊本聲明表示歉意」，另同意給予賠償五十萬元。[81]

　　除了本土政治勢力及其代言刊物壓縮了兩大報的發行廣告業務，香港商人黎智英大手筆投資的《壹週刊》與民國九十二年五月二日創刊的《蘋果日報》則更異軍突起，不但攪亂上市前三足鼎立的市場秩序，連編輯風格與報導素材的包裝處理方式，都使中時、聯合、自由三大報「戰戰兢兢了一百八十天」，形成另一場搶食大餅的報業生存大戰。

不計血本全力一搏，林榮三贏在一口氣〉，《新臺灣新聞週刊》第 17 期，1996 年 7 月 21 日至 7 月 27 日，頁 17-21。

[80] 林宜靜：〈報導汐止鎮長選舉《自由時報》被指偏頗不公：《自由時報》被退報，《聯合報》「義」軍突起〉，《聯合報系月刊》第 135 期，民國 83 年 3 月，64,65。

[81] 陳瑞源：〈《自由時報》「誤用」我的照片賠償 50 萬元〉，《聯合報系月刊》第 175 期，民國 83 年 3 月，頁 12,13。據陳瑞源告訴筆者，同年底自由委託律師又突然要求再補簽一張收據，但稍後卻又電告不必了；據其推測，也許是對方評估收據反而會留下自由賠錢的證據。

　　為迎戰在香港平均日銷三十幾萬份，在臺上市首月每份以五元低價促銷，發行首日即實銷 509,287 份的《蘋果日報》這一外來強勁對手，聯合與中時自同年六月一日起由每份十五元降價為十元，並推出刮刮樂兌換券、與超商結盟優惠商品促銷，以及改版更新內容等競爭對策；自由也推出訂報送汽車等活動，希望穩住舊訂戶，開發新客戶。《蘋果日報》在老三報夾擊下，至九十二年年底，每日仍可保持實銷四十萬份以上，成功打下零售報市場，直接衝擊各報報份與廣告收入。[82]

　　有人認為，黎智英大概是當今最傳奇的創業家，他不到十歲從大陸偷渡到香港，因此連小學畢業的學歷都沒有，靠著苦幹和機靈、背英文字典學英文，由紡織廠一個童工變成經理，再自己創業開設國際代工廠，經營佐丹奴（Giordano）牛仔褲品牌。民國七十九年他進軍媒體產業，第一個創業之作《壹週刊》便橫掃香江，其創刊口號：「不扮高深，只求傳真」，[83]硬是摘掉了媒體的虛偽面具，為傳媒世俗化開啟了潘多拉的盒子。民國八十四年創辦香港《蘋果日報》，用「一份報紙，送一顆蘋果」的行銷手法和「同一職位，薪水加倍」挖角手法震動香港報業。民國八十九年底，黎智英決定來臺開創壹傳媒集團第二春，隔年五月開辦臺灣《壹週刊》，同時宣布籌辦臺灣《蘋果日報》；民國九十一年籌資新臺幣六十億元買下臺北市內湖兩棟大樓作為辦報總部，興建桃園新屋和高雄岡山兩座印刷工廠，進口六套印刷生產設備。

　　臺灣《蘋果日報》帶來的第一個衝擊，就是報社的組織文化。民國九十一年底該報展開大手筆徵人挖角，除社長杜念中來自《中國時

---

[82] 陳永富：〈聯合報系地方記者工作價值觀與組織承諾關係之研究〉，銘傳大學管理研究所在職專班碩士論文，民國 93 年 6 月，頁 2。

[83] 呂家明：《黎智英傳說》，臺北，遠景出版公司，1997 年 10 月，頁 89。

報》，旗下十二位副總編輯有七位來自三大報，至於年資較淺的組長、記者、編輯超過二百人；這些人離開原單位的原因除薪水較原薪高30%至50%外，更普遍的理由，是《蘋果》績效導向、獨立自主的企業文化，使他們獲得更多新聞人的成就感。

三大報「老人當政」的官僚文化，壓抑了年輕記者成長空間，也使報社對讀者的需求反應冷漠以對。黎智英號召了一群追求新聞成就感的工作者加盟，新報在組織編制上的機動彈性、充分授權和毫不留情的績效考核，更全面地在內容、工作排序、倫理上衝擊三大報。臺灣三大報主管口頭上不認同《蘋果》火辣的視覺版面，但卻又不約而同的在自己的報紙裡放進了「蘋果味」。三大報頭版頭條開始由往常國家大事變成了社會新聞，在內文各版中，標題開始長大，照片開始增多，有人戲稱《蘋果》來臺後造成了「日報晚報化，晚報蘋果化！」

《蘋果》高階主管對黎智英的共同交集與評價是：永遠貼近讀者需求，及永無止境的績效要求。在這兩把巨鉗下，黎智英不在乎投資成本，但絕對要求效率產出。「突發新聞中心」要求「比警察更早到達現場，取得同業採訪不到的最初訊息」，以及令同仁聞之色變的檢討過錯缺失的「鋤報會」，都在工作效率和負責的態度上積極要求，不符標準立即免職走人的作風，剛好顛覆了臺灣各報視爭功諉過、濫情放水、包容懈怠為常態的無能現象。最重要的是：以香港《蘋果》單靠五百九十人就可做出一百個版、四十五萬份發行量，但臺灣三大報卻需要二至三倍的人力，還做不到《蘋果》的產出。[84]臺灣《蘋果日報》夾著香江成功經驗來臺，初試啼聲，已為三大報的老闆上了一堂經營如何有效的課。

---

[84]　陳延昇：〈《蘋果》vs.臺灣三報：180 天攻防戰〉，《數位時代雙週刊》第
　　　55 期，2003 年 4 月 1 日，頁 62-68。

　　民國九十三年二月第二五四期《聯合系刊》針對《蘋果》大軍壓境之後在同業之間引發的諸多話題，以〈「蘋果人」的自白〉為題，綜合蒐錄了三位原本在聯合報系任職的編務主管、記者和業務高階主管對《蘋果》工作環境的批評。系刊給予的小標題分別是：編務主管：我不會說《蘋果》是地獄；記者：每天最怕的是張開眼睛；業務高階主管：在這裡，每天每個人都要買單。以下是三人對《蘋果》現狀的素描：

　　編務主管表示：二十多年來從來沒看過一個老闆對主筆這樣不客氣的，很多在報業幹過的人來到《蘋果》之後都有一種進退兩難的處境，工作壓方很大，人與人間的關係也尖銳而緊張，如果各報覺得《蘋果》的工作知識值得學習，我們這些曾在《蘋果》工作過的，應有不少人會再回流到各大報。「問我在《蘋果》工作的感覺，還好啦，我不會說那裡是地獄，地獄應該還有喝下午茶或讓人喘一口氣的時候吧。」

　　記者表示：《蘋果》有不少人來自聯合報系，但這些人一到《蘋果》就脫胎換骨的變成了另一個人，說穿了就是一個「盯」字。如果你沒有去《蘋果》工作，是沒辦法理解什麼叫「很累」，在聯合報系工作十五年，每天生活像公務員，工作八小時，生活八小時，睡覺八小時，到了《蘋果》，每天工作十二小時，其他十二小時你會因太累只想睡覺。《蘋果》講白了，就缺個情字，沒有人會把這裡當成家，因為無人有把握明天還在這裡；而聯合報系剛好相反，就缺個理字，沒有人去計較你今天對這個企業產生了什麼貢獻，所以分配待遇自然無法公平，平時大家多少都會有抱怨，認真和打混的結果並不是差太多。總之，《蘋果》是一個沒有靈魂的地方。

　　業務高階主管表示：《蘋果》企業文化最大特色應該是「相信」，相信記者的報導，也相信業務人員的品格，所以記者可以放膽的寫，不用

考慮業務；業務人員可以就自己的權限放價錢給客戶，但萬一發現其中有欺騙行為，處理起來也是不留情面的，只要操守出問題，不管你再紅，通常就是開除。每天打仗的感覺很棒，不管企業內部或外部都充滿了競爭，一切都是坦白的，人要鬥你也都是光明正大的來砍你，一切成敗論英雄，即使要閃人也會走得很服氣，做不好，就應該把位子讓出來，這裡的人都有此共識。[85]

究竟該如何看待《蘋果日報》的大舉入侵呢？民國九十三年底被稱為「民進黨孤鷹」的綠營立委沈富雄接受《聯合系刊》專欄「菁英對談」與社長王文杉對話時認為，報紙發行市場的板塊和國內政治關係密切，《自由時報》代表綠的光譜，大約是 17%，《聯合》和《中時》加起來約 25%，還是贏過自由。詹宏志把《蘋果日報》當成另一個板塊，是新聞同業沒本事，想要而要不來的；但沈富雄看法不同，他以臺灣談話性電視節目作比喻，汪笨湖是深綠，李四端是中間，《蘋果》應是鄭弘儀主持的節目「新聞挖挖哇」，加王育誠的「社會檔案追緝令」；因此，要華特・克朗凱或彼得・詹寧斯去當鄭弘儀、王育誠，是沒道理的。

沈富雄指出，《蘋果》的那塊應該不是三大報要爭取的，「我也看《蘋果》，但我覺得沒什麼看頭」；「以《聯合報》的歷史、背景，應以中道、主流自我期許，在此艱困環境下，如何活下去，不要羨慕《蘋果》，老是想花樣、去突變、創新，不要舊的陣營守不住，被人家當成笑話，很快的垮掉。」

他強調：「《聯合報》不必把自己搞得愈來愈通俗化，刻意迎合年輕人口味。年輕人到了一定年紀，就會變成你們的讀者，有人十八歲

---

[85] 吳仁麟：〈「蘋果人」的自白〉，《聯合系刊》第 254 期，民國 93 年 2 月，頁 7-11。

不看，也許到了廿八歲自然會想看。不要認為你們是 "Dying media for dying people"，你們該問自己，什麼是對的，什麼是正當的，撐在那裡，等待社會認同。不要變成沒有格調的報紙，要以《紐約時報》自許。」

此外，針對《聯合報》一直被視為右翼，「我們的人恨之入骨，羅文嘉還撕過你們的報紙」，沈富雄建議《聯合報》要改變的，是要有「同理心」、「同命感」，不要讓人覺得老共已經在欺負我們了，你們怎麼在幸災樂禍，「這不是要你們扭曲新聞事實，而是要憂患與共，這就是同理心，儘管人家還是認為《聯合報》想法保守，但是可愛，因為有同舟一命的感覺。其實《聯合報》的水準是比較好的，但是往往這一點，會讓人覺得：唉，你不愛臺灣！」

沈富雄還建議《聯合報》應有專人去研究思考層次、言論層次、理念層次、心態層次，為什麼人家會認為你們比《中國時報》『藍』？既然你們如此關切市場，為什麼不注意這些？」[86]

相對於沈富雄建議為了生存與格調，《聯合報》「應有所變，亦應有所不變」，桃園縣長朱立倫則另有見解。他同樣在《聯合系刊》專欄「菁英對談」與社長王文杉對話時指出，媒體本身應該是個資訊產業，更應該是知識產業，不是資料產業，現在的媒體提供太多垃圾資料，讀者沒有能力過濾，報紙從以前的三張變成今天的三十張，新聞臺從以前的三臺變成今天的七、八臺，但這個社會有進步嗎？大家的知識有增加嗎？

朱立倫則表示，《蘋果》提供 information 給他，說誰有八卦，對

---

[86] 羅曉荷：〈菁英對談：沈富雄：《聯合報》堅持辦大報〉，《聯合報系月刊》第 265 期，民國 94 年 1 月，頁 37-41。

他而言並不重要，因為那不是 knowledge；先進國家主流媒體絕不去報八卦的，因為那些東西不是主流媒體的責任。針對發行量、閱讀率與行銷利潤環環相扣，讓媒體經營者天人交戰的重大顧慮，朱立倫認為，宜自經濟學「最適規模」的點來評量。他表示，最大規模和最適規模是兩回事，《聯合報》發行二百萬份和六十萬份差異何在？差異在二百萬份是誰在看？六十萬份是誰在看？如果二百萬份菁英都不看，與六十萬份給菁英看，二者誰對社會的影響大？「當然發行量不能減到只剩五萬、十萬，那完蛋，就算都是菁英看，那你乾脆做月刊算了。但我們既然是日報，就必須要有一定的量，也許就五、六十萬的範圍，可是如果要降格以求衝到一百萬，那你得到的利益和付出的代價，是否值得，是可以考量的。」「《聯合報》是媒體裡面一個特色的象徵，除了品牌，要看他對未來會有什麼影響。《聯合報》如果不能堅持，他就不是《聯合報》了。《聯合報》最大的價值就在《聯合報》這三個字，我不會去找一份像《聯合報》的報紙，而是因為《聯合報》這三個字我才會去買。」[87]

　　為了找出因應巨變後的生存之道，前述沈富雄與朱立倫的觀點有其值得參採之處，亦有更多在實戰戰場上離此一步即無死所的現實考量，聽取太多建言，可能更會使原已啟動的改造路線為之動搖，如果弄到像父子騎驢故事那般猶豫，反而會誤了自救時機。基於擴大發行才能取得生存機會，能夠生存才能講求理想的硬道理，無論局外人如何提供真知灼見，最後決定本身存活機率的關鍵，還是在於《聯合報》決策者的一念之間。

---

[87]　何振忠：〈菁英對談：朱立倫：不能堅持，就不是《聯合報》〉，《聯合報系月刊》第 254 期，民國 93 年 2 月，頁 14,15。

　　《聯合報》曾一度打算於創刊卅五週年時，宣布突破每天發行一百五十萬份的新紀錄，但未能如願。按常董會會議紀錄所載，王惕吾於民國七十五年九月一日的說法是：「本報業務計畫預定今年九月十六日第卅五屆社慶時，發行量可突破一百五十萬份，到目前為止，略有不足，乃因不能為追求預期目標勉強衝刺，對破壞制度的作法絕不可為，對業務辦得不好的分支單位也不遷就，都仍依照業務規章處理，凡此，都在貫徹務實作法，落實發行基礎。」[88]彼時主管發行的業務部經理簡武雄為宣示全力達成上級設定目標的決心，曾特別以身作則，率先剪成平頭，展示空前的戰鬥意志。

　　如再以廣告營收為例，民國四十年九月十六日創刊時，全年只有新臺幣一百四十三萬元的進帳，但至民國七十三年《聯合報》廣告成長率已超過一千一百多倍，同期國民生產毛額也成長了一百八十七倍，可見廣告成長是臺灣經濟榮茂的縮影，亦可見聯合報系營運的資本結構與運作規模，的確是在官方宣布解嚴前後達到巔峰。[89]

　　有趣的是，雖然《聯合報》過去業務營收長期表現良好，但分布全省各縣市採訪辦事處的房舍過去多以承租方式取得使用權，且往往經歷多次遷移；至今自購的十一個縣市辦事處多在民國八十二、三年間登記在報社名下。

　　按門牌號碼檢索取得之地政事務所建物登記第二類謄本資料中，登記於「聯合報股份有限公司」名下之房產，按登記日期之排序為：

---

[88] 聯合報董事會編：《聯合報、經濟日報、民生報常務董事會會議紀錄（74~76年)》，臺北，聯合報社，民國82年12月，頁206。

[89] 錢存棠：〈展望今後報紙廣告發展〉，《聯合報系月刊》第34期，民國74年10月，頁126。

臺中市（民國七十三年五月廿三日）、高雄市（民國七十四年六月十三
日）、臺南市（民國七十六年九月廿九日）、南投縣（民國八十二年三
月廿二日）、彰化縣（民國八十二年八月十八日）、臺中縣（民國八十
三年二月廿一日）、雲林縣（民國八十三年四月六日）、臺南縣（民國
八十三年四月十三日）、基隆市（民國八十三年八月十二日）；高雄縣
及宜蘭縣採訪辦事處則登記在「民生報股份有限公司」名下，登記日
期分別為：民國八十三年二月廿二日、民國八十三年八月十五日。《聯
合報》除總社以外的林口、臺中、高雄三處印刷工廠，未公開登記於
報社公司名下者僅林口印刷廠一處。[90]

　　《聯合報》購置臺中市辦事處前，報系旗下各單位自行租屋，造
成彼此聯繫不便，對外形象亦不夠完整。經過實地比較和了解對手報
的狀況後，王必成副董事長初步接受《經濟日報》工商服務部徐聖竹
的建議，鎖定目標，最後以新臺幣三千萬元買下臺中市健行路三二一
號現今報系臺中辦公大樓。大樓佔地一四八坪，地上六層，地下一層，
建坪六六七坪；原業主為麗華玻璃公司因負債而遭法院拍賣，但因其
位置良好，價格亦符理想，乃由王惕吾親自核示，將三千萬現金匯至
徐聖竹私人帳戶，審慎買下臺北總社之外第一棟自有的辦公大樓。[91]

　　何以報系多年來一直採取寧租不買，甘願當無殼蝸牛的消極策
略，未普遍地在每一縣市購置永久性的採訪辦事處及廣告發行服務中

---

[90]　據印務部資深人員指出：由於業務緊縮，林口印刷廠於民國 93 年 5 月
　　　31 日停廠，目前僅印製晚報，產權則一直登記在歷任廠長賀克明、施正
　　　斌、商立綱等員工個人名義之下。

[91]　徐聖竹：〈信任，努力，滿足〉，載於：張作錦主編：《一同走過來時路》，
　　　臺北，聯經出版公司，民國 80 年 9 月，頁 168,169。

心，較合理推斷，似應與各縣市相關業務營收的本益比有關。另項指標，則可自民國七十四年之後，社方才開始大量遣退汰換各縣市非專職記者的人事政策，[92]即可窺見各縣市由地方通訊組兼職記者為主的建制，逐步改制為地方新聞中心起用大專畢業的年輕專任記者的演變過程，以及早期不自購房舍，僅於省轄市設特派員的小本經營策略。

　　為全面理解《聯合報》崛起的歷史紀錄，客觀分析聯合報系引領中文報業王國的企業文化的形成與傳承，筆者除想方設法突破阻力，個別與資深退休員工進行接觸面訪，並委託地政、會計等專業人士提供指導與意見，且曾赴浙江省東陽縣訪查與王惕吾及其家族有關之事蹟；最重要的，則是經由地毯式的逐期、逐頁閱讀自民國五十二年一月廿日開始印行的社刊——先後雖兩易刊名，實則內容與精神自始未變的內部刊物：《聯合報社務月刊》、《聯合報系刊》及《聯合系刊》，針對其中發布之員工獎懲和人事異動的統計資料，及與企業文化形成與傳承相關之重要資訊，據以綜合檢視《聯合報》企業文化在對照這些有限數據之後，所能顯示的內涵及其底蘊。唯因受限於個人能力與本書篇幅，報系其他事業單位及海外各報的獎懲與人事異動等等資料，實質上雖經常與《聯合報》母體保有互為表裡之牽連，亦應有其分析意義，但仍不得不暫予割捨。

　　除了社刊、系刊成為本項研究特別倚重的素材，另包括民國七十七年六月由聯合報產業工會發行的《聯工月刊》，及《聯合報》董事會於民國八十二年十月印行的一冊《聯合報、經濟日報、民生報、聯合晚報常務董事會會議紀錄》及同年十二月再印行的三冊《聯合報、經

---

[92] 聯合報董事會編：《聯合報、經濟日報、民生報常務董事會會議紀錄（74~76 年）》，臺北，聯合報社，民國 82 年 12 月，頁 52。

濟日報、民生報常務董事會會議紀錄》，務期能自勞資雙方長期溝通互
動紀錄中，找出企業文化形成與傳承的重要脈絡。

　　前述常董會會議紀錄集結自民國六十六年九月起至八十二年九
月，歷次常董會的重要談話與決策，王惕吾生前親自指示董事會秘書
楊秀清彙整後分成四冊印行，輯錄的年份分別為：第一冊六十六年九
月至七十年十二月、第二冊七十一年一月至七十三年十二月、第三冊
七十四年一月至七十六年十二月、第四冊七十七年一月至八十二年九
月。各冊體例相似，均以最重要的社論或董事長的談話全文，做為全
冊的導引序文，其後按會議時間先後依序編排。

　　值得注意的是，各冊統一編入的「常董會議紀錄彙編出版前言」
中指出：「本報系正派辦報精神，經營決策，編輯方針，都經由四報
常董會議討論、決議，而達成預期目標。常董會也經常對每一單位的
現狀，每一工作的細節，充份交換意見，進而相互切磋，達成共識，
於是各項工作都能緊扣環節，推展順利。所以，常董會紀錄可為同仁
的工作指南針，也是報社重要的文獻，茲彙編成冊，各級主管宜置於
座右，俾便查閱，而有所遵循。」[93]

　　如此將歷年社方重要決策文獻彙編，公開要求主管同仁置於座
右，隨時翻閱參考的明文規定，充份顯示了特重工作倫理，珍視人才

---

[93] 參見：聯合報董事會編：(1)《聯合報、經濟日報、民生報常務董事會
會議紀錄（66~70年）》，臺北，聯合報社，民國82年12月，頁10。(2)
《聯合報、經濟日報、民生報常務董事會會議紀錄（71~73年）》，臺北，
聯合報社，民國82年12月，頁14。(3)《聯合報、經濟日報、民生報
常務董事會會議紀錄（74~76年）》，臺北，聯合報社，民國82年12月，
頁20。(4)《聯合報、經濟日報、民生報、聯合晚報常務董事會會議紀
錄（77~82年）》，臺北，聯合報社，民國82年10月，頁13。

培育的聯合報系，對創辦人王惕吾的貢獻是何等的尊崇，對延續傳承
固有傳統與「聯合報精神」的重視程度，及持續發揚「同有、同治、
同享」經營理想的信心之所繫。

第二章：

「聯合報精神」及其企業文化形成的條件

　　傑出的企業均有一個強勁有力的「企業文化」做為基石[1]，能貫穿公司內每一成員且能生生不息地運作的動力，則是上下一致共同遵循的價值體系「企業文化」；而此種強勁有力的「企業文化」必有一位或數位關鍵性的創始者，扮演以身作則及發光發熱的靈魂人物。

　　一個企業的文化直接影響著企業的運作與成功。縱觀全球成功企業，其成功的原因主要有三：一是優質的產品，二是精明的銷售，三是深厚的文化底蘊。

　　美國智庫蘭德公司（RAND）將企業的競爭力分為三個層面：第一層面是產品層：是企業生產產品及控制其質量的能力，企業服務的能力，成本控制的能力，營銷的能力，技術發展的能力。它是表層的競爭力。第二層面是制度層：是各經營管理要素組成的結構平臺，包括企業內外人、事、物、環境、資源關係，企業運行機制，企業規模、品牌，企業產權制度。它是支撐平臺的競爭力。第三層面是核心層：是以企業理念、企業價值觀為核心的企業文化，內外一致的企業形象和創新能力，差異化和個性化的企業特色，穩健的財務運作，擁有卓越的遠見和

---

[1]　王力行：序文，江玲譯：《塑造企業文化》，臺北，經濟與生活出版公司，1984 年 1 月。

長遠的全球化發展目標,也是它最基本、最核心的競爭力。[2]

依據北京中央電視臺副總編輯孫玉勝的見解,傳播媒體盈利基本上有兩種模式,也就是媒體的兩次銷售。媒體的第一次銷售是銷售載體,例如印刷媒體銷售的是報紙和雜誌本身,它們都有定價;廣播電視第一次銷售的是頻道和節目,它們也都有定價。媒體第二次銷售的是讀者或觀眾,也就是發行量或收視率,具體說就是廣告。但歷史上看,印刷媒體最先盈利的是靠第一次銷售,而電視媒體最先盈利的是靠第二次銷售。[3]

如今中外市場上已出現贈閱的免費報刊,和成千上萬免費下載的網路即時資訊,因而無論傳統媒體如何獲利,或於第幾次銷售中獲利,新聞媒體吸引大眾的手段已非單純的宰制銷售通路和瘋狂大贈送,而係如何在「分眾化」與「小眾化」的非主流市場中,如何運用企業文化特色和彈性的行銷策略來鎖定不同需求的族群,在選擇性日益多元,消費者加倍刁鑽的現實壓力下,如何穩住舊有客層而又能開發全新客源,將市場對手不按牌理出牌的危機化為轉機,隨時強化品牌競爭力,成了當代企業領導人和旗下員工全力鞏衛自身企業文化時,必須念茲在茲、深入體認的大勢。

關於企業文化的結構,自來眾說紛紜,大致可分為以下幾大類:[4]

(一)內化結構和外化結構:內化結構是指企業成員的心理狀態,包

---

[2] 趙國浩等著:《企業核心競爭力理論與實務》,北京,機械工業出版社,2005 年 4 月,頁 119-122。

[3] 孫玉勝:《十年:從改變電視的語態開始》,北京,三聯書店,2003 年 8 月,頁 396。

[4] 華銳主編:《企業文化教程》,北京,企業管理出版社,2003 年 6 月,頁 52,53。

括企業領導人管理心理狀態、企業中被管理者心理狀態。心理
狀態也就是企業成員的價值取向，對經營目標、市場競爭、利
潤和技能等觀念的基本看法。外化結構是指企業管理行為習
慣，包括企業管理方式和企業經營方式，也就是企業的組織結
構、組織形式、管理、計畫、指揮、經營風格、規章制度、群
體人際關係、公共關係、行為習慣等。

（二）三層次結構（即物質層、制度層、精神層）：物質層是指企業
中凝聚著本企業精神文化的生產經營過程和產品的總和，還包
括實體性的文化設施，如帶有本企業文化色彩的生產環境、生
產經營技巧、圖書館、俱樂部、公園等等。制度層是具有本企
業文化特色的各種規章制度、道德規範和職工行為準則的總
和，包括廠規、廠紀、廠服、廠徽，以及生產經營過程中的交
往方式、行為準則等。精神層是是本企業職工共同的意識活
動，包括：生產經營哲學、以人為本的價值觀念、美學意識、
管理思維方式。

（三）四層次結構（物質層、制度層、行為層和精神層）：物質層也
叫企業物質文化，它是由企業職工創造的產品和各種物質設施
等構成的器物文化；是一種以物質形態為主要研究對象的表層
企業文化。制度層又叫企業的制度文化，主要包括：企業領導
體制、企業組織機構和企業管理制度三個方面。行為層又叫企
業行為文化，是指企業員工在生產經營、學習娛樂中產生的活
動文化；包括：企業經營、教育宣傳、人際關係活動、文娛體
育活動中產生的文化現象；它是企業經營作風、精神面貌、人
際關係的動態體現，也是企業精神、企業價值的折射。精神層
又叫企業精神文化，是指企業在生產經營過程中，受一定的社

會文化背景、意識形態影響而長期形成的一種精神成果和文化觀念；包括：企業精神、企業經營哲學、企業道德、企業價值觀念、企業風貌等內容，是企業意識形態的總和。

（四）顯性和隱性結構：企業文化結構的隱性部份是企業文化的根本，它主要包括企業精神、企業哲學、企業價值觀、企業道德等。這些部份是企業在長期的生產經營活動中形成的，存在於企業員工的觀念中，對企業的生產經營活動產生直接的影響。至於顯性內容，是指企業文化中以精神的物化產品和精神性行為為表現形式的、能為人們直接感受到的內容，包括企業設施、企業形象、企業經營之道等。

（五）三大要素結構（企業物質文化要素、企業行為文化要素、企業精神文化要素）：企業物質文化要素包括企業環境、企業器物、企業標識；企業行為文化要素包括企業目標、企業制度、企業民主、企業文化活動、企業人際關係；企業精神文化要素包括企業哲學、企業價值觀、企業精神、企業道德。

中國大陸學者劉光明所著《企業文化》一書，採用前述第三種四層次結構之說，來圖解企業文化的組成。他以物質層為最外層、行為文化層次之、制度文化為第三層，最核心的部份則為精神文化。以下即為其圖解：

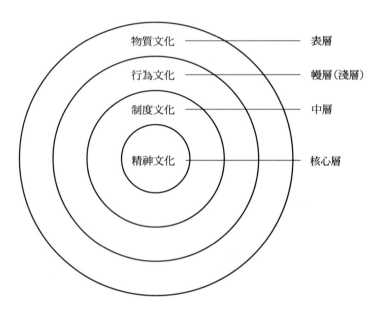

圖 1：企業文化結構示意圖

（轉引自：劉光明編著（2002）：《企業文化》第 151 頁）

　　由此可知，企業文化最容易觀察感知的是見得到的物質層，最難觸摸且可能因人、因時、因地、因事而異的就屬精神文化的層面，但最能發揚企業特色並建立內聚力的也是精神文化。

　　大陸學者余世維則指出，企業文化已成為人們求職的重要選項，因為一個企業文化就是一種氛圍，一個公司如果工作氛圍不能讓人滿意，恐怕再高的薪水也留不住好的人才，何況，一個沒有好的文化的公司也不可能給付讓人嚇一跳的薪水。企業吸引人才分為：物質留人、情感留人、文化留人，如何從單純的物質留人階段，發展到文化留人，

應成為中國企業認真思考的問題。[5]

企業文化的精髓便是企業精神。企業精神是企業在長期的生產經營過程中，由企業領導所倡導，由全體員工自覺實踐而形成的代表全體員工信念、激發企業活力、推動企業生產經營的團隊精神，它是對企業哲學、價值觀念、行為準則、道德規範的提煉和總結。

在不同的環境、條件和背景之下，各個企業形成的企業精神自然有所不同，但是，作為一種優秀的企業文化，不論一個企業的具體精神、氣質和文化傾向如何，都應包括：參與精神、協作精神、奉獻精神、與公司命運合一的主人翁精神、企業進取的精神、永保青春的精神和追求卓越的精神等。

企業精神是企業員工的群體意識的精華，是企業價值觀的精髓，它不能自發地發生，也不能由外界加強，它需要一個由分散到系統、從現象到本質，去偽存真，去粗取精，不斷概括、升華的提煉過程。如果沒有這個過程，企業群體意識和價值觀將始終處於一種自發、散亂、不自覺、不系統的狀態，無法提升為企業精神。

企業精神的表達應遵循三個原則：一、要準確而深刻，二、要有個性與特色，三、要簡潔而生動。同時，企業精神必須包括三個特徵：一、獨特的企業個性，二、強烈的激勵性，三、鮮明的時代性。唯有如此，企業精神才能發揮如下的功能：一、導向的功能：企業精神的價值體現在其對企業的功能上，因此，企業精神提倡什麼、崇尚什麼是企業精神的實質，它能把員工的行為有效地引導到企業目標上。二、激勵的功能：企業精神的重要內容之一就是要實現企業的經營目標，

---

[5]　余世維：《企業變革與文化》，北京，北京大學出版社，2005 年 6 月，頁164。

企業目標也包含著職工個人的追求；卓越的企業領導總是善於恰當地
表達企業的精神，藉由一些言詞、口號、廠歌等，能極大地激發員工
們的熱情。三、約束規範的功能：企業精神愈強，對企業員工行為的
約束和規範作用也愈強。融合在企業精神中的一些不成文的規定、作
風、紀律及倫理關係準則，雖然無人檢查監督，但員工們都會在言行
上自覺地約束和規範自己，且更勝於成文的規章制度。四、凝聚的功
能：企業精神就像一種粘合劑，它能有效地把企業的全體員工凝聚在
共同的價值觀和經營信念的大旗之下，且在此感召之下齊頭並進，全
力以赴。[6]

　　成功的企業固然傾向標榜自身的核心價值與其企業文化，但畢竟
人能成事，成事在人，因此無論企業性質為何，獲利率如何，社會評
價如何，其表現於內外的企業文化往往都有一體適用的理念和重點。

　　例如臺灣的中華汽車公司在品質、銷售等方面屢獲佳績，主因為
該公司花了很長的時間去培養「誠信、關懷、負責」的企業文化，並
塑造出責任、權利與福利共享的精神，進而自然而然成為全體員工的
行為準則。中華汽車以同仁為優先考量的企業文化表現在五個方面：
一、以「人」為本的經營管理：落實執行「員工輪調制度」。二、「關
懷」的企業文化：強化同仁及車主福利，積極從事公益活動。三、重
視「共識」的團隊合作：策略目標透過 rollingpan 產生，資訊公開化。
四、「公平合理」的管理制度：利潤分享、部門績效評估，及改善提案
制度。五、「雙贏」的利益分配：同仁、協力廠及經銷商皆是公司的事

---

[6]　申望編著：《企業文化實務與成功案例》，北京，民主與建設出版社，2003
　　年 10 月，頁 135-151。

業夥伴。[7]

　　《聯合報》賣的報紙雖不如汽車單價與獲利較高，但為客戶提供服務的方式及追求社會好評，並努力成為同業楷模的企業目標，則是毫無軒輊的。

　　王惕吾去世時，報系同仁在祭文中強調：聯合報系最寶貴資產就是「正派辦報」，整個報系在工作上像「大兵團」，生活上像「大家庭」，而惕老是人人愛戴的「大家長」，「這種同心協力的企業文化，也是您留給大家的精神資產」。[8]但這些記憶和推崇，終究是向心力特強的員工心聲與主觀評價，至於《聯合報》企業文化的內核究竟為何？又該如何客觀評量？著實有其難度，卻又饒富趣味。

　　新浪科技兼 IBM 大中華區董事長兼 CEO 周偉焜對於公司經營特點的評價方式，曾有一項頗為有趣的診斷。他認為：小型企業看老闆，中型企業看管理，大型企業看文化。對華人企業而言，能不能將企業做大、做強，至少都跟企業文化有直接的關係。

　　依據中國大陸學者余世維的見解，觀察一個公司的企業文化，有十大關鍵指標可供掌握：一、個人擁有獨立自主權的程度；二、對員工冒險的容忍程度；三、設定目標與績效結合的程度；四、各部門彼此協調運作的程度；五、經理人支持員工的程度；六、規章制度多寡的程度；七、成員對整個組織的認同程度；八、薪酬與績效配合的程度；九、允許員工公開爭執與批評程度；十、內部溝通受到職權層級

7　　李建成：〈企業界閃亮明星：機械系畢業校友林信義、蘇慶陽〉，《國立成功大學校刊》第 213 期，民國 94 年 5 月，頁 69。

8　　編委會：〈聯合報系同仁祭王惕吾先生文〉，《聯合報系月刊》第 159 期，民國 85 年 3 月，頁 21。

限制的程度。[9]

　　以新聞傳媒的運作特性而言，前述十項均能用以評量《聯合報》企業文化的內容和特色。依筆者管見，如以由零到十代表正面評價遞增的評分的話，前八項指標，毫無疑問的能使《聯合報》企業文化得到普遍認可的高分佳評；至於最後兩項則較受質疑，亦屬《聯合報》講究倫理輩份、偏好息事寧人傳統的企業文化中相對比較脆弱的一環。

　　觀察研究《聯合報》企業文化，不但要從它還是小企業時看起，更要從它如何逐步變大、變強的過程中，分析其成敗。而這些軌跡幾乎都可自逐年出版的社刊、系刊中發掘。

第一節：由社刊長期報導宣揚的「聯合報精神」

　　許多公司將它們的價值觀印在卡片上、T恤上和咖啡杯上，但最有效的辦法簡單得多，而且花費更少。某百貨公司在新進員工講習時，公司不是給他們一本詳細的手冊，告訴他們如何向客戶提供優質的服務，而是向他們講述公司的同事如何竭盡全力贏得客戶稱讚的故事，這種故事的內容最終使員工相信，他們是在為一家不同尋常的公司工作；在商店不營業的時候，經理們會通過內部對講系統，宣讀客戶的表揚信和批評信，讓員工直接聽到別人對他們的評價。

　　企業理念要得到員工的認同，必須在企業各個溝通管道進行宣傳和闡釋，因此，企業內部刊物、板報、宣傳欄、各種會議、研討會、網際網路都應該成為宣導企業文化的工具，讓員工深刻理解公司的文

---

[9]　余世維：《企業變革與文化》，北京，北京大學出版社，2005年6月，頁164-171。

化是什麼，怎樣做才符合公司的文化。它不可能一蹴而就，而是一步一步慢慢教化的過程，對於領導者來說，向下屬和員工灌輸卓越的價值觀，沒有什麼機會是微不足道的，沒有什麼講壇是無足輕重的，沒有什麼聽眾是幼稚可笑的。[10]

大道無形，企業文化是個看不見、摸不著的東西，不少人都感覺「虛」，不知道文化建設如何著手，重點在那裡，所以也導致了中國大陸地區很多企業把文化建設與 CIS 混為一談，口號標語滿天飛，但企業的文化建設總是不入門，在門外徘徊，根本無法提高員工的凝聚力和歸屬感，無法提升管理水平。很多人把企業文化看成老闆文化、高層文化，這是片面的；企業文化必須超越高層的一己之見，只有得到大家認同之後，才會成為有價值的企業文化。企業高層必須以身作則，在日常管理的點點滴滴中身體力行才會開花結果，絕對不能既是文化、制度的塑造者，同時又是理念、制度的破壞者。

企業文化的理念大都比較抽象，因此企業領導者需要把這些理念變成生動活潑的故事和寓言，並進行宣傳。例如大陸蒙牛集團[11]的企業

---

[10] 王吉鵬：《企業文化建設：釐定企業文化落地的方法和路徑》，北京，中國發展出版社，2005 年 5 月，頁 160,161。

[11] 蒙牛集團為中外合資企業，成立於 1999 年 8 月，總部設在內蒙自治區呼和浩特市和林格爾盛樂經濟園區，占地面積 55 萬方米，建築面積 14 萬方米，目前擁有總資近人民幣 40 億元，員工萬餘人，開發產品有液態奶、冰淇淋、奶粉及奶片等系列一百多種。2002 年 10 月第五屆中國成長企業峰會在北京舉行，蒙牛乳業以 1947.31%的成長率名列榜首，是中國大陸乳製品企業中唯一在海外上市的公司。蒙牛奉行「產品等於人品」的質量理念，致力於將呼和浩特建設為中國的「乳都」。董事長牛根生 2002 年獲選為中國十大創業風雲人物之一，次年又與張瑞敏、柳傳志等商業泰斗同時成為廿五位商業「新領袖」。

文化強調競爭，他們通過非洲大草原上「獅子與羚羊」的故事生動活潑的表現出來：清晨醒來，獅子的想法是要跑過最慢的羚羊，而羚羊此時想的是跑過速度最慢的獅子，「物競天擇，適者生存」，大自然的法則，對於企業的生存發展同樣適用。這是「理念故事化」的作法。

另一方法就是「故事理念化」。在企業文化的長期建設中，前輩先進人物的評選和宣傳要以理念為核心，注重從理念方面對前輩先進的人物事蹟進行提煉，對符合企業文化的人物和事蹟進行宣傳報導，同樣可以點點滴滴累積並發揚自身特有的企業文化。[12]企業領導人如果能夠通過這些故事，引發員工的共識、共鳴和共行的效應，自可依賴上下一體的「共識」固其本，倚重人同此心的「共鳴」強其勢，伴隨上行下效的「共行」而壯其威。[13]

如果歷年社刊、系刊說的故事還不夠，那麼，為慶祝民國八十年四十週年社慶所印行的《一同走過來時路》，便是蒐集幾代同仁心路歷程的「故事大全」；民國八十三年出版的《報人王惕吾》一書更以副題：「聯合報的故事」來聯結強化其整體的意境。可見，聯合報管理階層的確十分重視並善用講故事的方式，來傳承本身的企業文化。

新聞事業雖然具有文化事業的外觀和實質，但其生存法則同樣適用「物競天擇，適者生存」的大自然現象，更可加上「弱肉強食」的事實，以呈現商業市場競爭機制的殘酷本質。

任何新聞傳媒都可訂定並強調自己相信的企業精神與企業文化的

---

[12] 王吉鵬：《企業文化的 39 個細節》，北京，中國發展出版社，2005 年 7 月，頁 113-116。

[13] 夏有恆：《新角色：企業文化人》，長春，吉林人民出版社，1998 年 1 月，頁 249-258。

口號，但如何使其有效而服眾，則絕非一朝一夕就可達成。因為新聞競爭往往是「一天的英雄，一天的狗熊」，成敗榮辱大都只有廿四小時的生命。即便是老手出馬，不動腦筋全力求勝，照樣落下馬來，媒體招牌再老，名氣再大，也會因記者大意失手而灰頭土臉；反之，小小媒體只要記者本身成才又肯拼，則媒體再小也能力戰群雄，載譽而歸，累積個人在同行間的無價信譽。如果一家新聞媒體不能經常取得獨家，且於報導，權威方面勝過同業，必難贏得同業敬畏，無法讓受訪者建立信心，亦不足以贏得閱聽者的信賴。因此，新聞傳媒的故事，不只是老闆自己口述創業如何艱辛而已，更足以讓後之來者朝暮惕厲、見賢思齊的工作動力，就是從前輩經歷的成敗故事中學習千金難買、萬金難求的竅門和教訓。

因此，新聞事業打造企業文化時未必適用「獅子與羚羊」的故事，但必可運用「故事理念化」的手段，將屬於企業自身成長茁壯的故事向代代員工一再重複地述說傳衍下去。《聯合報》五十多年來企業文化的形成與傳承，在極大的比重和傳播通路方面，都是透過報社印發給員工免費閱讀的社刊來有效達成的。

《聯合報》基於內部溝通協調的需要，自民國五十二年元月二十日發行對內刊物《聯合報社務月刊》，較其勁敵《徵信新聞》的社刊早了兩年又十個月。[14]民國五十五年一月出刊的第卅七期《聯合報社務月刊》指出：「本刊是一本對內發行的刊物，也就是本報以後撰寫報史的

[14] 根據《中國時報》報史紀錄，《徵信新聞報社刊》第 1 期係於民國 54 年 10 月 5 日出刊。參見：朱賜麟：〈百年盛業才開始：《中國時報五十年》報史編後〉，載於：黃肇松等編：《中國時報五十年社慶專刊》，臺北，中國時報社，民國 89 年 12 月，頁 215。

藍本,除按月檢討撰發各類新聞及處理一般業務得失而外,對於社內同人工作成績優劣,每月亦有記載;去年社方選拔了八位對報社有特殊貢獻的同人,除論功頒發獎金而外,並交本刊發表,因而模仿《時代》雜誌一年一度之盛舉,以八位同人本刊民國五十四年度『風雲人物』,並分別略予介紹,但願今年有更多同人被選為『風雲人物』。」[15] 可見,這本社刊不僅負有記錄報史的責任,兼以發布工作考核和交流工作經驗為主要內容,具有社方公告欄的性質,更兼有判別績效、發揚見賢思齊精神的任務。

于衡所撰《聯合報二十年》一書特於「第廿七章:團結、士氣」詳述社務月刊的制度與特色:民國五十二年一月廿日,《聯合報》的社刊誕生了,這份編輯新穎,內容充實的社務月刊創刊號,共二十四頁,封面是《聯合報》康定路的大樓,它的內容,包括社務會議紀錄《聯合報》與他報的新聞比較,通訊組地方記者的通告,採訪經驗談等等。很明顯的,這份刊物刊行的目的,是為社內同仁交換工作經驗,相互磨礪的對內刊物,免費贈送給全體員工閱讀,而不對外發行的刊物。

這份刊物,從一開始,便具有高度的可讀性,因為它的內容,所寫的都是與全社同仁有關的事。因此,此一社務月刊雖然並非基於某種理論所設計的文化產物,但是,這種專以講述傳奇與歷史的編輯政策,完全符合美國麻省理工學院教授沙因(Edgar H. Schien)對於組

---

[15] 八位獲選為報社年度「風雲人物」者及其獎金為:于衡(副總編輯兼採訪主任)五千元、應人(副總經理兼發行主任)四千元、劉潔(通訊組主任)四千元、吳鑄曾(財務處經理)三千元、王潛石(主編)三千元、孫建中(採訪組副主任)三千元、王敬之(發行組副主任)二千五百元、張作錦(高雄特派員)二千五百元。參見:編委會:〈風雲人物〉,《聯合報社務月刊》第 37 期,民國 55 年 1 月,頁 13。

織文化與組織心理方面的見解：「組織創建者的假設，是組織文化產生的來源之一，領導者在企業文化形成方面起領導作用；企業的高級成員通過日常的談話，企業特殊的慶典、儀式反覆講述企業自身的重要價值觀念；企業高級成員的更迭會削弱企業文化力量，甚至改變企業的文化。」[16]

由王惕吾奠立的《聯合報》人事安排，特別是高級幹部的任用偏向長期安定的保守策略，似亦契合沙因的觀點；亦即由上而下的人事安定，有利於企業文化的形成與傳承。

《聯合報社務月刊》創刊號中，刊載了發行人王惕吾、社長范鶴言兩篇頗為感性而期許甚高的短文。王惕吾的題目是〈我們要時時互相磨礪〉；范鶴言的文章是〈為發刊「社務月刊」敬告全體同仁〉，兩人都將社刊視同勞資雙方為了追求進步，而無事不可公開反映、討論、批評的重要管道。

范鶴言指出，一個事業的成功，最重要的是能檢討過去，策勵將來，「所以本報不斷的舉行社務會議和各種業務會議，以決定經營與服務的正確方針，乃有今日之成就，但百尺竿頭，更進一步，則必須廣泛的集合多數同仁的意見，互相砥礪，因此而有社刊的誕生。我們期望由於社刊的印行，而獲得各地本報同仁貢獻寶貴意見，尤其希望把每一角落的讀者對本報的批評反映出來，集納起來，而作為本報改進方針。尤其對外埠同仁能對總社各種措施、人事異動、規章制度及公文發布等，增加瞭解，不致隔閡。」

范鶴言強調：「我們報紙的讀者，為廣大的群眾，而社刊的對象，

---

[16] 楊偉民編著：《布道：現代企業家的文化使命》，北京，中國經濟出版社，2005年1月，頁282,283。

則是全體同仁，為使本報發揚光大，為新聞界創造忠實服務的典範，將因社刊的發行，使內外同仁，融為一體，上下打成一片，開誠合作，使我們能真正完成新聞工作者的任務。」[17]

王惕吾於發刊詞指出：「本報的經營方針是：『投資再投資，進步再進步』。再投資的財源在那裡？再進步的動力在那裡？都有賴全體同仁發揮創造性的智慧，和無比的工作熱忱，以此為原動力，乃可促使本報的業務蒸蒸日上，而後投資、進步，循環不已，生生不息，方可期對社會作更大更多的貢獻。」

王惕吾同時強調：「本報對編務的要求是：『充實內容，提高水準』，這一要求是長期性的，而達成這一要求的基礎，則為同仁學識的進修，經驗的累積，在檢討中找缺點，在工作中求進步，每個人自策自勵，也幫助別人毋懈毋怠。將全體同仁的智慧、學識、努力結合起來，定然形成一個進步和堅強的力量，對上述的要求，自可如期達成。」[18]

由於社刊定期發布社務方面的決策和檢討訊息，勢必成為同業觀察競爭策略和各界考證報業發展極有價值的參考，故創刊號封面右上角即註記著：「社內刊物，對外守密，如不保存，閱後銷毀」等十六字，此一類似軍中文件特有的警示文字，至第十期出刊時才取消。

第五期刊出的社務會議紀錄曾特別指出：「本社編印之社務月刊，僅供本報同仁閱覽，使能瞭解社內情況，免生隔膜，內容固無保密必要，但非對外刊物可以公開傳閱者，凡我同仁本忠誠服務本報之

---

[17] 于衡：《聯合報二十年》，臺北，聯合報社，民國 60 年 9 月，頁 287-289。

[18] 王惕吾：〈我們要時時互相磨礪〉，《聯合報社務月刊》第 1 期，民國 52 年 1 月，頁 2。

精神，應重視此社刊，妥密保存，切勿任意丟棄，四月份之第四期起每本均已編號，藉便查考。」[19]此一規定看似無奇，其實已相當程度的暗示：彼時已有同業利用社刊解讀《聯合報》的競爭策略與營業秘密。事實上，其後每期社務月刊及改版之報系系刊印妥後，臺北各大對手報無不設法先睹為快。

為了知己知彼，同業發行之內部刊物某些值得《聯合報》參酌的訊息，亦曾轉錄於社刊中。例如，民國五十四年七月即刊出《徵信新聞報》對省立彰化中學校長翁慨遭毀容案的檢討全文，一方面突顯對手看似敢衝，卻必須為調度失策而更正新聞的窘況，另方面亦用以軟化《聯合報》編採同仁自覺「衝勁不夠」的相關質疑與批評。[20]

或許各單位都有繁重的例常業務必須處理，加上徵集稿件不易，因此社方十分重視的社務月刊並未能準時出刊，最嚴重的一次竟脫期延後達三個月之久，有時還須合併兩期印行。民國六十一年八月第一〇八期社務月刊中，王惕吾即指責：「五月份社刊竟拖延至八月始出版，失去時效，應責成社刊主編儘量提早出版，如有需要，可通知社刊主編列席工作會報，俾瞭解社務情形，配合宣傳。」[21]但其後仍不免有脫期和併期出刊的情形。

民國七十二年元月《聯合報》因報系建制員額與業務成長已規模粗具，而旗下各事業單位多各自印發內部業務、編採通訊或制式社刊，

---

[19] 編委會：〈社務會議紀錄〉，《聯合報社務月刊》第 5 期，民國 52 年 5 月，頁 17。

[20] 編輯部：〈從翁慨案看社會新聞的採訪（附《徵信新聞報》對此案的採訪檢討）〉，《聯合報社務月刊》第 31 期，民國 54 年 7 月，頁 6-8。

[21] 編委會：〈八月份工作會報紀錄：王發行人綜合結論〉，《聯合報社務月刊》第 108 期，民國 61 年 8 月，頁 9。

予人山頭林立、步調混亂、各說各話和資源浪費之感，於是統一將各
報社刊合併，改制為發行供整個報系員工一體參閱的《聯合報系月
刊》，並訂定稿約，標舉「學術的、工作的、生活的」三大編輯特色和
擴大徵稿的重點，不僅外人限閱的形式取消了，還主動贈送各大學院
校新聞傳播相關系所師生，成為報系公開向外界展示業績和成就的月
報表和成績單，某些文章刊出後，連旅居海外的學者都曾對系刊的文
章表達興趣和關切。系刊會在「外間已廣為流傳」，原因即在「那是研
究《聯合報》最好的工具書」。

　　民國七十二年二月廿一日舉行的三報常董會上，王惕吾針對系刊
的變革，公開指示「系刊之重要文稿在排字前先送劉社長核閱」。[22]由
此可見，報系權力核心是何等重視這份定期印行分送，且勢必遭各方
放大、檢視、研究的「聯合報系業務運作及發展白皮書」。

　　自民國九十二年十月第二五〇期起，《聯合報系月刊》二度改版成
為十六開的大開本，內容走文排印及裝訂方式亦自沿用多年的直排右
釘，改成橫排左釘，月刊名稱則減少兩字成為《聯合系刊》。此一形式
上的變動，似亦預告了報系組織結構及組織文化即將進行重大變革。

　　曾任系刊執行編輯的金徐發回憶說，由於各期社刊封面照片、封
面主題和文章照片等排序，均須由社長劉昌平親自審視調整之後，才
能拍板定案交印，因此，真正的社刊總編輯，其實就是社長本人。參
與社刊編務者負擔稿件徵集，可領工作津貼，還會接到社長各種提示。
金徐發留存的一份手諭，保留了劉昌平以用過的地方版稿紙背面親筆
寫下的大原則：「報紙也好，系刊也好，都要求真實。編演的圖或文，

22　聯合報董事會編：《聯合報、經濟日報、民生報常務董事會會議紀錄
　　（71~73 年）》，臺北，聯合報社，民國 82 年 12 月，頁 112。

都不能用。」易言之，凡是無中生有的杜撰或浮誇之作，都是報系編輯作業中必須用心鑑別和極力避免的材料。系刊小組即曾推崇劉昌平社長對每期系刊付出的辛勞，「不但幾十萬字的稿都要過目，而且看得非常仔細，以防止作品的瑕疵和缺失。」[23]

王惕吾對報系系刊十分重視，曾長期負責常董會會議紀錄的阮肇彬回憶說，惕老在會議中的各種講話及指示，經錄音整理潤色後，他都要親自核閱簽字之後才准發排；有時為了老闆次日即將出國，還曾奉命通宵趕稿經呈核後，王惕吾才能安心啟程。

《聯合報》編輯部各建制單位主管均須逐日填寫工作日誌呈閱社方，除非重大事項須以正式簽呈簽報辦理，否則均以此種頗為公開的方式建立內部的有效溝通。長期以來，上級決策單位一旦決定策動各項業務革新方案，或布達重要政策方針，幾乎皆採先以書面方式於系刊正式發布常董會議、社務會議及主管會談決議或指示之後，才宣告正式啟動，務求資訊傳達無誤。至於重要的會議紀錄還會在打字定稿後，指定有關的同仁逐一傳閱後簽名，以求命令能夠從速貫徹實施。故社刊、系刊不僅是報史的「官定本」記錄，在其打造企業文化的角色和功能，更具無可取代的定位。

其後升任《聯合報》總編輯的原編輯組主任張逸東，彼時接掌系刊首任總編輯，審稿慎重的程度，竟至「為了一字一句，經常看稿到天明」；其後接棒者亦無不臨深履薄，深恐出了差錯而影響報系形象。正因為系刊大多數的稿件內容如此動見觀瞻，致其選稿及編輯尺度亦被迫相對緊縮，儘管稿費不惡，催討稿債的動作積極，但供稿狀況並

---

[23] 系刊小組：〈系刊三年的期望：如師如友，我寫我心〉，《聯合報系月刊》第 37 期，民國 75 年 1 月，頁 72。

不踴躍,「許多稿件總是拜託又拜託,到了截稿前一刻才能到手。」[24]

　　資深員工私下表示,社刊和系刊雖無內定專屬的、內定的投稿隊伍,但在資方設定的性質上,從來都不是可供員工任意發抒個人心情和意見的,因其最重要的功能和目的,還是在傳達社方的政策性指示和業務改進的方向;因此,無論社刊和系刊的稿費訂得再高,還是無法吸引眾多本來就都很能寫的記者和編輯們供稿。甚至,在某種定期必須交差和不得不應付的官僚心態下,其中刊登的文稿和圖片的屬性,許多都和官方公報大同小異,至於字裡行間如何錦上添花,歌功頌德,見多了也就習慣了;也正因如此,各期內容幾乎都是報喜多於報憂,拍馬吹捧多於反省批評。多數員工不愛投稿,也不愛看社刊和系刊,乃至隨手棄置,可謂其來有自。

　　民國七十三年十二月廿六日為新制系刊舉行的二週年工作檢討會中,劉昌平以總管理處總經理身分表示,報系各報過去的社刊很像「公營」的刊物,改出系刊後就像「民營」刊物,較為多采多姿了。除了在美國工作的同仁每個月等著看系刊,抱怨寄給他們的本數太少;「在國內,每期等著看的,當以董事長為最,只要系刊因故稍遲出幾天,董事長就會詢問。」

　　劉昌平透露,王惕吾對系刊內容也十分重視,尤其同仁們提出的許多建設性意見,獲得採納的並發給獎金的頗多,其中影響最大的則為副刊編輯瘂弦於民國七十三年六、七月系刊發表的〈漫談編輯副刊〉一文,王董事長看後予以約談並接受了所提意見,《聯合文學》的創辦,就是由此而來。劉昌平也要求編委會「今後應重視系刊所刊出

---

[24]　編委會:〈系刊一年〉,《聯合報系月刊》第 13 期,民國 73 年 1 月,頁216。

文稿內容的正確，多登一些同仁生活上的東西，增進大家在情感上的聯繫。」

劉昌平同時指出，同仁文章不能照所寫的刊登原因，是由於他都先看過，覺得不適於刊出的文句都刪改了，因為系刊在外面流傳的很多，常被外界看成是聯合報系的「公報」，即使同仁寫的東西也許會被人引為依據；此外，董事長王惕吾亦曾交代「真正的業務機密，不宜在系刊刊出。」[25]由此可見，系刊的內容是經過謹慎審核的，報系內部的負面紀錄與業務內幕是不會刊載的。

系刊版發行屆滿三年時，系刊小組專文分析三年來的三十六期中，除了少數幾期因特殊文稿的期待稍有延後，其餘都如期出版，且每期份量保持在二百廿頁以上，十七萬字左右。在內容方面，最多的是工作性的約占 65%，生活性的 25%，學術性的最少僅 10%；而在眾多有關工作的寫作中，大致都偏重於成功的、標榜的，鮮少錯失的、不周的方面的檢討；但錯失的教訓，激起奮發的意志，不是難堪的事，更不是罪過的事！因此，系刊希望今後有更多同仁能夠供給這一類的稿件，使教育的功能面進一步擴大。

此外，系刊小組坦承：每次系刊同仁開會，差不多都提到希望盡量拉稿，加強報導，可惜同仁們因客氣，或因事忙，惠稿的始終不夠踴躍，就是提供線索也極其有限。但惠稿仍請維持寫新聞的仁厚原則，自我標榜無傷大雅，但字裡行間，避免影射或傷害到他人、他報。因為系刊外流是無法禁止的，即使不外流，我們也不便因此而毫不忌諱、暢所欲寫了。」期盼同仁大力支持，能在精神上與系刊小組結合在一

---

[25] 阮肇彬記錄：〈大家一齊來灌溉：系刊二周年工作檢討座談會〉，《聯合報系月刊》第 25 期，民國 74 年 1 月，頁 166-168。

起,心理上與系刊小組發生共鳴。至於少數稿件未予採用,主要是因性質不甚切合,或同類稿件太多,受頁數限制而被迫割愛,但都已送請有關單位參辦。[26]

由於長期以來,臺灣報界僅有聯合報系能定時且大量供應紙本社刊,因此,豈容內部機密輕易外洩,決策高層自始即對發布獎懲與人事異動訊息十分審慎,各種會議紀錄亦僅擇要刊出,有時社刊被迫脫期、延後,即與此種「審慎再審慎,把關再把關」的內規有關。

資深員工皆知:有不少同仁受到懲處或部份員工離職的紀錄,未必全數依例刊布於社刊、系刊,特別是在政府宣布解嚴和報禁開放前後,報系各單位跳槽離職者漸多之後,外界很難從離職名單觀察人才流失的實況。至於較敏感的懲處個案,同樣未便據實發布,以免折損自身士氣而又造成同業話柄。

其後,又曾因某些嬉笑怒罵性質的雜文,[27]或某些批評夾雜了影射之意,引發某些當事人不悅,再加上某些主管特殊的好惡與獨斷的領導風格,致在很長一段時期造成系刊形同官報,樣板文章味同嚼蠟,根本見不到鞭策勵進的真心話,頁數與可讀性大減,令自己人都不忍卒睹。

民國六十八年六月第一八二期《聯合報社務月刊》刊出一篇文字幽默,消息極其權威的生活花絮,還搭配了一幅單格插畫,透露以下

---

[26] 系刊小組:〈系刊三年的期望:如師如友,我寫我心〉,《聯合報系月刊》第 37 期,民國 75 年 1 月,頁 71-72。

[27] 為約束過於輕鬆而可能擦槍走火的筆調,編委會特別刊出啟事要求投稿同仁注意「幽默輕鬆的文字,可增加可讀性,但開玩笑過份就會傷感情。請勿踰越分寸。」參見編委會:「系刊重要啟事」,《聯合報系月刊》第 41 期,民國 75 年 5 月,頁 13。

令人忍俊不住的故事：

　　「基隆營業處錢主任借特派員費省非住家宴客，編輯組、通訊組
及記者「八大漢子赴宴」，酒醉飯飽之後自六樓乘電梯而下，未料電梯
不堪負荷，卡在一樓和地下室中間，八條大漢困在空氣汙濁的電梯中
長達一小時廿三分零八秒之久。某公因多喝了啤酒，忍不住連撒三泡
尿，某老原本想忍耐，但說什麼也耐不住，先後撒兩泡尿以示禮尚往
來。某公謔謂：『屁滾尿流是也。』八大漢由半沉的電梯箱脫險後，無
不心有餘悸，說到這碼子糗事，無不汗顏。按可靠消息來源：八君子
有趙玉老、陳亞公、查仞老、袁開老、邱大樓、游作老、小金及一機
密人士。」[28]

　　此一生活花絮全屬真人真事，其中兩員其後才登上聯合與民生兩
報總編輯大位，故尚非以遊戲文字故意冒犯現職大官，且兼有某種「警
世微言」之意。但畢竟系刊傳播效力宏遠，或許某位長官認為社務月
刊大出同仁洋相，事有未宜，其後社刊、系刊再也無此類權威而有趣
之報導矣。

　　既乏有趣內幕可資消遣，許多員工拿到社刊隨手翻翻和自己有關
的調薪之類的訊息便隨手一丟了事。為此，資方一度嚴肅評估與其多
印也沒人愛看，還不如少印些。此一偏差現象，在報系建制逐步擴充
之後，隨著官僚系統一再擴大，和某些菁英幹部刻意結幫徇私，欺上
瞞下的心態乃日益滋長。

　　按《聯合報》業務管理部稽查組對外寄發的停送說明，基於「政
策因素」，自民國九十年八月起不再寄贈系刊供大學師生參考。至於「政

---

[28] 賜堪：〈電梯‧怕怕〉，《聯合報社務月刊》第 183 期，民國 68 年 7 月，
　　頁 47-49。

策因素」的實際意涵為何？頗耐人尋味。

　　民國九十年五月一日楊仁烽突以青壯之輩自請退休時，雖引起一些震撼，但仍不忘將其父親楊浩烈所珍藏之早期社務月刊及改版後的報系月刊，總共第一至二二〇期社全數捐贈給資料中心。[29]有人認為，楊仁烽的用意是要大家勿忘前輩創業維艱，亦有人認為，或許是在表達《聯合報》精神與「聯合報人」的感覺。

　　在前述諸多抽象的文字描述之外，「聯合報精神」事實上並非無中生有的，例如：民國六十一年一月社方公布的「聯合報同仁十大信條」便是全體員工的服務守則，其內容雖非基督教「十誡」那般森嚴凌厲，但亦不難窺見其中的期許，和追求卓越的信念：

一、 視本報為自己的事業，全心全力服務。

二、 對自己負責，對報社負責，對社會負責，對家負責。

三、 多用腦筋去想，才能創新。

四、 一秒鐘之前需要做的事，絕不延至一秒鐘後才做。

五、 公家的錢可以省一文，便省一文，必須用一元，才用一元。

六、 個人的努力比報社預期的多，個人的收穫會比自己預期的多。

七、 筆下一字一句之差誤，可能影響報社的聲譽和發展。

八、 不保留的提供應興應革的意見，不論上級採納與否。

九、 絕不洩漏業務機密。

十、 恪遵報社所有規章。[30]

---

[29] 周恆和：〈全套系刊回贈報系，楊老總不愧有心人〉，《聯合報系月刊》第 221 期，民國 90 年 5 月，頁 21。

[30] 林笑峰：《記者生涯四十年》，臺北，文雲出版社，民國 82 年 7 月，頁

　　《聯合報》針對內部員工編印的社務月刊和報系月刊，成了長期
刊載感人佳話的專責刊物，亦步亦趨地記載了大老闆及其子女對員工
的恩惠，歌頌著王老闆一家的領導風範，成了傳衍工作信念的橋樑，
更是具體凝聚「聯合報精神」的平臺，以及相互濡染仿效與闡釋實踐
企業文化的綜合產物，社刊與系刊成了整個報系的認同中心和精神糧
食。《聯合報》通訊組二十五年前訓練新進記者的方法之一，就是把新
記者關入資料室，要他把社刊從第一期起全部看完。[31]

　　王惕吾亦公開指示，傳承「聯合報精神」的最佳入門讀物，就是
逐期閱讀社刊和系刊。民國七十八年四月王惕吾邀請旗下三報產業工
會常務理監事餐敘致詞時指出，「《聯合報》是個大家庭，大家一起工
作，如兄如弟，團結合作。這是《聯合報》倫理，也是《聯合報》企
業文化。許多新進同仁不了解《聯合報》的精神是什麼？我要求他們
去讀系列。所有同仁了解了《聯合報》的團隊合作精神，然後加入這
個團體，我們才能獲得共識，才可以共同實行。」[32]

　　《聯合報》創刊之初的編輯政策是走群眾路線，編採要力求活潑
生動[33]；五十多年來一直強調：「有新聞的地方，就有《聯合報》記者，
為了報導新聞，登山、涉水、上前線，並且在共產黨暴徒橫行之處深

82,83。

[31] 林哲雄：〈跑好新聞，先讀社刊〉，《聯合報社務月刊》第 213 期，民國
71 年 12 月，頁 82。

[32] 吳江記錄：〈共有、共享、共榮、共存：董事長邀三報產業工會常務理
監事餐敘致詞要點〉，《聯合報系月刊》第 77 期，民國 78 年 5 月，頁 10。

[33] 此為《聯合報》首任總編輯關潔民訂下的編輯原則。參見關潔民口述，
劉復興筆錄：〈《聯合報》的開創與發皇〉，《聯合報社務月刊》第 203 期，
民國 70 年 9 月，頁 14。

入採訪，不避艱險。過去，現在和未來，凡是有新聞的地方，《聯合報》記者一定奮勇當先。這就是同仁們經常互勉的《聯合報》精神。」[34]致勝策略在編採方面是重點出擊和爭取獨家，以期擴大領先、永遠領先；憑藉之條件則為「投資再投資，進步再進步」，不斷精進創新，以絕佳的團隊精神取得「條條精彩，版版權威」的領先地位。[35]

王惕吾以軍旅出身的戰鬥意志和親愛精誠的黃埔精神，發揮家父長式的領導風格，以過人的眼光和包容氣度，長期執行儲備人才、引進人才、拔擢人才的用人政策，持續以獎金、高薪和各種優於同業的福利措施激勵員工士氣，不斷改革創新，終能締造「環繞時鐘，環繞地球」的全球最大中文報系。前行政院長郝柏村復於《聯合報》四十周年時盛讚為「超級報團」。[36]慶祝五十周年時，報系上下更自行冠上「日不落報系」的至尊稱號，以歌頌報系的發展史，是中國乃至世界新聞史的一項奇蹟。[37]

身為聯合報系這個中文報業王國的創業帝王，及倡導《聯合報》企業文化的報業巨人，各界對王惕吾的好奇一直不減，若以閱讀傳記來解惑並不容易，因為以他為傳主的專著不多。最早印行的是小說兼

---

[34] 民國 85 年 6 月 17 日《聯合報系》創辦人王惕吾逝世百日，員工為其紀念銅像揭幕時放置後方的「聯合報精神」金屬看板上，鏤刻了歷年爭先採訪的記者典範和這段誓言銘文。

[35] 編委會：〈聯合報系主管聯合工作會報紀錄：主席王董事長綜合指示〉，《聯合報社務月刊》第 208 期，民國 71 年 6 月，頁 54。

[36] 編委會：〈董事長在報系九月份主管工作會報上講話：五點結合，一起努力〉，《聯合報系月刊》第 106 期，民國 80 年 10 月，頁 6。

[37] 編委會：〈聯合報歡度五十周年慶精彩畫頁〉，《聯合報系月刊》第 225 期，民國 90 年 9 月，頁 33-34。

劇作家鄒郎在臺灣解嚴前後以揭秘筆法撰成，對早年種種傳聞毫不留情地給予批判，更將王氏喻為「報閥」；全文先在《民進週刊》連載，復於民國七十八年合輯為單行本《當代報閥王惕吾歪傳》。第二本是《聯合報》於民國八十三年的「官定本」傳記，由編輯部記者王麗美撰寫，並冠以「報人」尊稱，書名是《報人王惕吾：聯合報的故事》。第三本出現於民國九十三年九月，由王氏軍中舊屬葉邦宗按其親身見聞所撰，褒中帶貶，稱王氏為「報皇」，書名為《報皇王惕吾：蔣介石門生、我的長官、隱瞞的四十年》。

至於非以專書形式，針對王氏崛起背景提出諸多質疑者，則首推浙江東陽同鄉兼故友周之鳴。周氏自民國八十年三月廿日起，於李敖辦的《求是報》以〈「王惕吾真面目」〉為主題，連載發表：「王惕吾到底是怎樣的人？」（之一）、「只有我能證明王惕吾是說謊大王！」（之二）、「王惕吾在報業公會與曾虛白編印書上的坦承合夥」（之三）、「王惕吾在我保存文件上又不坦承合夥？」（之四）、「王惕吾在接收移交清冊上又說些什麼？」（之五）、「王惕吾以民族報發行人資格參加聯合版經過」（之六）、「王惕吾私自繳銷民族報登記證的無恥行為」（之七）、「我嚴厲斥責王惕吾的「警告信」」（之八）、「王惕吾談判時利慾薰心：一派胡言的嘴臉〉（之九）、「駁斥王惕吾致各鄉長信中的再次無恥說謊」（之十）等系列批判專文。

同一時期，尚有與王惕吾熟識的《民族晚報》專欄漫畫作家王小痴，於《求是報》發表〈王惕吾發跡史：細說從頭蔣家官邸內侍的吃裡扒外〉系列，自民國八十年三月廿七日至三十日分四天連載刊出。

鄒郎、葉邦宗、周之鳴、王小痴筆下談論的見聞，因泰半無從考據真偽，致學界多視若無睹，輕之為茶餘飯後談資。王麗美的「官定本」則偏重後期王氏成聖成賢的亮麗篇章，省略了各界期待一讀的早

年發跡傳奇。

　　鄒、葉、周、王四位作者夾雜著私人恩怨，大鳴大放，無所顧忌，全因臺灣解嚴新報競出，言論市場百家爭鳴掀起的「冷飯熱炒批鬥風潮」。彼時報界針對戒嚴時期官方不公不義紀錄推出的翻案報導，蔚然成風，不僅孫立人、雷震等重案遭到仔細檢驗，長期受惠於戒嚴體制的《聯合報》老闆自然成為話題。儘管報老闆的故事引人入勝，但坊間對於周、王二人陳年積怨，特別是周氏找出各種文件，向勢力早已穩固的《聯合報》叫陣，並未引發太多關注。蓋彼時新聞界宛若戰國時代，某些報老闆即使在經營手段上曾有失德之舉，畢竟不是打擊的重點，且多與公眾利益無涉，加上外界根本無力深究其中真假黑白與是非曲直，來去一陣風後，就回歸平靜。

　　據王惕吾侄兒王詳告訴筆者，周之鳴在解嚴後再次炒作無法得逞，關鍵即在昔日誤會應已化解，其證據之一，為周氏多年前已在《聯合報》頭版的外報頭刊登七批大的聲明啟事，向王惕吾公開道歉。但筆者在截稿前，尚未能自《聯合報》合訂本中覓得此一道歉啟事。

　　王惕吾在報業方面的奮鬥成就雖然贏得「報人」尊稱，但持異見者仍以「報閥」、「報皇」視之，三者落差極大，意謂著王惕吾及其事業的風評，並未隨王氏辭世而蓋棺論定，而且還可能隨著臺灣政經環境不斷起伏轉向的變數，以及出土資料日增而有所變動。因此，長期以來大多數聯合報系同仁，特別是主管階層於內部互動時偏好「報喜多於報憂」和一再宣揚「自認所向無敵」的聯合報企業文化，所留下的各種言論和行事決策軌跡，似可預見亦將因外在環境變易，而逐漸產生不同解讀的版本與意義。

　　王惕吾本人對於「聯合報精神」發表過不少相關的談話，但較有系統的論述則有兩次。報系成立前，王惕吾在民國六十九年九月社慶

日在《聯合報》關係企業主管聯合工作會議中表示,《聯合報》經過廿九年來全體同仁的奮發努力,建立了今天的聲譽,在國內國際的影響與報社永恆的業務基礎,種種豐碩的成果,值得我們懷念與自慰。一個事業、對社會對國家的貢獻是無止境的,而報社本身事業的進步也是無止境的,應保持優良的傳統向未來的方向奮發努力,才能繼續發揚光大。他總結廿九年來辦報經驗,展望未來時樂觀的自我期許:「今後事業管理力求企業化、制度化,本此精神與目標而努力,所謂聯合報精神——企業精神、戰鬥精神、團隊精神、優良傳統的精神不勝枚舉,除了發揮傳統精神之外,應如何健全制度,改善現有規章,以符合《聯合報》以及關係企業之所需要,以合乎今天報業的發展與同仁的利益,循制度發揮企業精神。要以科學方法加強管理,所謂科學管理,就是要蒐集資料,而後加以整理分析,無論是人、事、物,乃可求其確實。《聯合報》經營三十年,不僅是為本身與關係企業之組織健全,必須以本報的經營模式,為自由中國報業樹立榜樣以為貢獻。」[38]

　　王惕吾於《聯合報三十年》一書探討何謂「聯合報精神」時,較民國六十九年時更有所發揮。他指出:《聯合報》三十年的發展,在制度上求健全,在管理上求科學化,人事上求充實,設備上求更新等各方面的努力,固然是重要因素,但促使制度·管理、人事、設備、投資發揮最大效能的,仍是一種精神。「我和《聯合報》的同仁,都習慣於把它叫做『聯合報精神』。大家都共認,這是《聯合報》三十年發展的基本動力,也是最大的力量。……當然,「聯合報精神」並不是憑空而生的精神狀態,我個人的理解是,『聯合報精神』就是《聯

---

[38] 編委會:〈聯合報關係企業主管聯合工作會報九月份紀錄:主席王董事長綜合指示〉,《聯合報社務月刊》第 195 期,民國 69 年 10 月,頁 67,68。

合報》同仁共同經營《聯合報》，通過報紙所表現的信念、抱負與守則。那是輿論報國的信念，獻身社會的抱負與擇善固執，自強不息的守則。『聯合報精神』就是這個信念、抱負與守則的化合，昇華為蓬勃奮發的精神力量。」

　　什麼是「聯合報精神」的內涵呢？王惕吾表示，整合的說，是《聯合報》全體員工以報紙為共同利害體的觀念，以報紙為共同榮譽的認識，以及以報紙為共同奉獻對象的使命感。近年來歐美各國經濟學家及管理專家都認為，日本企業之所以能夠在國際市場上無往不利，主要的原因，是日本企業員工對企業有終身的歸屬感；平日以企業為家，為共同利害體。這也是「聯合報精神」的內涵，以及《聯合報》全體同仁的工作態度。較具體地說，「聯合報精神」是一種分層負責的高度責任感，是一種合作協力的團隊工作精神態度，是自動自發為報社發展提供貢獻的服務模式。

　　王惕吾強調，《聯合報》的管理，雖然極為重視員工個人在工作崗位上的表現，但是「聯合報精神」並非獎懲制度下的產物，《聯合報》同仁的榮譽感，並不是基於工作所獲獎懲的反應，而係一自覺的工作觀念。[39]

　　民國七十五年九月一日王惕吾於常董會表示，報系行為準則均有所本，但尚缺明文規範，特訂定如下：一、不違背國家民族利益；二、不違背新聞倫理道德；三、不違背政府法令規章；四、不違背社會公眾福祉；五、不違背報系基本利益。[40]這五項「不違背」的準則，亦可

---

[39]　王惕吾：《聯合報三十年的發展》，臺北，聯合報社，民國 70 年 9 月，頁 11,12。

[40]　聯合報董事會編：《聯合報、經濟日報、民生報常務董事會會議紀錄

視之為《聯合報》企業文化逐步形成，並指向「正派辦報」理念的演進過程的一個政策指標，它設定了報系各單位今後營運的明文規範。

民國八十年五月，王惕吾首次以署名方式，於系刊詳細詮釋「聯合報精神」與《聯合報》的企業文化。依一般常理和慣例推測，全文應係他人事先代筆，但必然有其個人指示和堅持的思維貫穿其間，故可視為王氏針對其長期經營報業之理念和諸多成就，最完整的一次回顧與展望，且將報系重視人本、親愛、和諧的運作特色，將《聯合報》以員工為榮，員工以《聯合報》為榮的互動性榮譽，綜合定位為一種植基於中華文化的「中國式管理」：[41]

「《聯合報》四十年的發展，反映了數千報系員工努力的『眾生相』。最可重視指述的，乃是我們全體同仁對於《聯合報》這個事業，都有一份共同的參與感、榮譽感、使命感。這樣的萬眾一心的精神，我們自康定路時代便感受到它的具體化，便在許多問題的處理上發覺到它的作用和功效。我們最初對這種感受與發覺無以名之，後來我們便把它綜合的稱之為『聯合報精神』……。

我覺得『聯合報精神』的最可重視的意義，乃在於它不是一般的所謂企業標誌，也不是企業內部的教條，它甚至超越『共識』的境界，而成為聯合報系全體員工的共同工作意願，共同對聯合報系的價值觀。這很像我們中國傳統的『家風』，……成了一種全體員工發乎內心的意志，而又成了《聯合報》的傳統，為新的成員所接納傳承。當然，『聯合報精神』並不是唯心的產物，它應該是《聯合報》經營制

（74~76 年）》，臺北，聯合報社，民國 82 年 12 月，頁 207。

[41] 王惕吾：〈「聯合報精神」與《聯合報》企業文化〉，《聯合報系月刊》第101 期，民國 80 年 5 月，頁 6-11。

度所產生的意識。《聯合報》的經營，我一開始便提出共有、共治、共享的原則，使《聯合報》成為全體員工共同參與的事業，共同管理的事業，共同享利的事業，……我提出了『稅後盈餘不分配』的主張……所以『聯合報精神』雖是象徵全體員工對報紙經營與新聞言論方針的認同，而它的基本價值判斷，乃源自於全體員工對《聯合報》盈餘歸之於《聯合報》』的共識。……事實上也正由於我們維持稅後盈餘不分配，《聯合報》四十年的發展，才能經由『投資再投資』而成為一個龐大的報系，而達成『進步再進步』的要求。……容我大膽的說，《聯合報》基於中華文化的企業管理，就是『中國式管理』的一種模式。

從這樣的認知出發，由『聯合報精神』到『聯合報企業文化』的發展，我認為有哲學的、規範的、精神的與行為的特殊意義，這可從六個方向來說明《聯合報》企業文化的內涵：

第一、《聯合報》的經營，在維持企業本身發展的要求外，確立了作為社會公器、輿論報國，以及促進社會現代化多元發展的哲學。

第二、《聯合報》為達成其企業本身發展目的及大眾傳播使命，採取現代企業的經營方針，以及管理方法，超越了中國新聞事業的文人辦報的傳統形態，結合了文化事業與現代企業的雙重經營要求。

第三、《聯合報》經由全體員工對於企業使命的共識，而確立正派報紙的信念與新聞言論規範。

第四、《聯合報》以投資再投資，盈餘歸於報社、回饋社會，服務讀者的認知，而激發全體員工對企業本身發展，以及企業使命的歸屬感與奉獻精神。

第五、《聯合報》為貫徹其企業使命，確立了國家利益高於報社

利益，整體利益高於個人利益，人人維護報社信譽的工作團體行為的共同規範。

第六、《聯合報》經由投資再投資，進步再進步，不斷創新、落實與超越自我的共同努力，以達成大眾傳播作用及正派辦報的影響作用。帶動中國新聞事業的現代化，乃至於促進國家社會的現代化。

綜合這六種內涵，我尤其要強調《聯合報》企業文化的人文、人本特色。……人的和諧親愛，是《聯合報》精神的主要內涵，人的重視重用，是《聯合報》企業文化的重要表徵。『聯合報精神』也就是在報系全體同仁在負責合作中表現的團隊精神；『聯合報企業文化』也就是人盡其才、人獻其力所表現的經營文化。……大家都習慣的說：『我以《聯合報》為榮，《聯合報》以我為榮。』……四十年來聯合報系的快速發展，……原因也就是『聯合報人』發揮了『聯合報精神』，發揮了《聯合報》企業文化的表現。……《聯合報》企業文化的紀律，建立在大家對於嚴守社會公器要求的共識上，這樣的信念歸納為：一是國家的利益高於報社事業的利益，一是讀者的信任是《聯合報》的最大資產。……《聯合報》系的記者絕不是無冕之王，而是嚴格講求事實證據的報導者，我們《聯合報》要為中國報業樹立典範，《聯合報》企業文化要具有崇高的新聞道德與記者信條，《聯合報》企業文化也就是中國報業現代化的標誌與表徵。」

同年九月，王惕吾將前述文字併同累積了四十年的辦報經驗集結成《我與新聞事業》一書，其中第四章，即係專章闡釋「聯合報精神」與《聯合報》企業文化的部份。[42]

---

[42] 參見：王惕吾：《我與新聞事業》，臺北，聯經出版公司，民國 80 年 9

　　王惕吾曾於三十五週年社慶時，總結出聯合報系發展有三個一直堅持貫徹的最重要原則：第一個原則，是他自己提出的「投資再投資，進步再進步」的營運方針；第二個原則，是對言論、新聞、業務處理的準則，是由社長劉昌平提出的「獨立評論時事、客觀報導新聞、忠誠服務大眾」觀點所衍生出來的；第三個原則，是言論的方針：「反共、民主、團結、進步」，是由副社長兼總主筆楊選堂所提出的。[43]

　　至於員工心目中的「聯合報精神」的概念是什麼？按首任總編輯關潔民的說法是：「聯合報精神」就是「王惕吾精神」，因為「沒有王惕吾，就沒有今天的《聯合報》」。[44]早在民國四十年九月十六日發行三報《聯合版》時代即由王惕吾掌握編採部門人力資源，充份發揮對各部門負責人的信任及其知人善任的長處；在三報合夥人中，亦僅有王惕吾自始專注於編採業務的深耕與開展，若無王惕吾的堅持與領導，必難有《聯合報》其後的茁壯發展，「可謂自旦至暮，二十四小時之間，自亞洲、美洲、歐洲六合之內，其新聞輿論，正通徹於炎黃裔胄之心魂耳目」；「中國自有新聞事業以來，蓋未有如斯之盛也。」「是先生雖初未即顯於持節秉鉞，乃終顯於清廟生民，雖或天下洶洶，而先生之至公血忱，要終足恃，履道坦坦，其庶幾乎？」[45]

　　關潔民認為：「王發行人事必躬親，不管是編輯部、工廠還是業務

月，頁 41-54。

[43] 阮肇彬記錄：〈董事長在《聯合報》卅五週年社慶典禮上的賀詞：有國家利益才有職業利益〉，《聯合報系月刊》第 46 期，民國 75 年 10 月，頁 7。

[44] 編委會：〈《聯合報》第四十二次社務委員會議紀錄〉，《聯合報社務月刊》第 110 期，民國 61 年 10 月，頁 16。

[45] 郝柏村：〈王惕吾瑞鍾先生八秩榮慶壽頌〉，《聯合報系月刊》第 118 期，民國 81 年 10 月，頁 7,10。

部,那裡緊急,他就站在那裡。有時凌晨離開報社,上午又來到報社
處理要公。三十年來,他在辦報上可說算無遺策。這不能歸諸運氣,
惟努力有以致之。他把他創業的精神灌注給《聯合報》同仁,始有今
日這份成功的報紙。」[46]民國七十五年五月號的系刊曾刊出一篇由基層
員工撰寫的短文,記述愓老於凌晨四時至四樓編輯部巡視的所見所
聞,作者寫道:「午夜四點了,忙碌的人們早已酣睡,早睡者也該醒來
運動了,而董事長卻拋開睡眠來巡視。心潮澎湃之餘,確定了董事長
維護這些事業成功的原因在那裡。這對年輕的我,又怎能不感動不自
我激勵呢?」[47]

由王愓吾一手提拔的第二任總編輯劉昌平認為:「聯合報精神」很
抽象,也很難具體說明,每人都會有不同的體認和說法;曾任《經濟
日報》總編輯的劉潔認為就是「講仁厚」;曾任《民生報》總編輯的陳
亞敏認為最可貴的是「自然中見偉大」;《聯合報》第六任總編輯趙玉
明的看法則是「一切順乎自然」,亦即中國傳統文化的儒家精神,就是
順乎自然的去做。

劉昌平闡釋:「聯合報精神」一如先民胼手胝足「篳路藍縷,以啟
山林」的精神,從早年艱辛創刊到逐年成長擴充,這些歷程都記錄在
社務月刊和報系月刊之中;因此要講「聯合報精神」,就應先看系刊登
過的相關文章,回首檢視歷年同仁們的工作、生活表現,就不難知道
其後的成功並非偶然。他總結「聯合報精神」可用四個具體理念表達:

---

[46] 關潔民口述,劉復興筆錄:〈《聯合報》的開創與發皇〉,《聯合報社務月
刊》第 203 期,民國 70 年 9 月,頁 16。

[47] 劉麗珠:〈董事長夜巡有感〉,《聯合報社務月刊》第 41 期,民國 75 年 5
月,頁 165。

第一：自強不息；第二：敬業樂群；第三：公私分明；第四：崇法務實。[48]

其實，劉昌平還應再加上一點，就是「聯合報精神」與世界許多大企業相同，即凡事追求第一的精神，在成長過程中貫徹絕不做第二的「第一主義」精神。[49]劉昌平能與王惕吾水乳交融幾達半世紀，亦可自劉氏將其英文名字昌平兩字，音譯為 Champion 的細微之處，窺見君臣二人心領神會的契合程度。

曾任《民生報》總編輯的陳亞敏認為，《聯合報》傳統精神中最可貴的一點是「自然中見偉大」，是用人唯才，毫無私心，員工家屬更以配合編採任務為榮。例如，當年地方通訊組同仁以毛遂自薦方式獲任用者頗多，且其表現傑出者比比皆是，但各級負責人對於申請者的評鑑考核，都知道怎麼處理，從無人提出告誡；人事問題光明磊落，觀念相通，心心相印，就是自然中見偉大。又如記者的太太沒領報社薪水，卻經常為報社提供貢獻，每一位太太都是先生的「總機」和精神後盾，駐花蓮記者康武吉的太太因提供了一條重要新聞線索，還得過採訪獎，董事長特贈一襲旗袍料。對於這樣服務熱忱的太太們，能不叫人高喊「太太萬歲」！[50]

---

[48] 阮肇彬記錄：〈「聯合報精神」：劉社長對新進編採人員的講話〉，《聯合報系月刊》第 35 期，民國 74 年 11 月，頁 6-14。

[49] 「第一主義」就是在所有的領域都追求第一。韓國三星集團會長李健熙在寫給員工的信中說：
「如果我們不成為世界一流企業，不僅二流、三流保不住，甚至要最後走向滅亡。」參見：姜亞麗等編著：《三星第一主義》，北京，中信出版社，2004 年 11 月，頁 49,50。

[50] 陳亞敏：〈太太萬歲及其他〉，《聯合報社務月刊》第 203 期，民國 70 年

對於記者太太們對記者辛勞的體認，王惕吾亦曾指示：「第六十三期《業務通訊》刊載記者何維敬之夫人陳靜嬌女士與呂記者雲騰之女公子呂麗華所寫兩篇特寫，對何、呂二人之敬業精神，描寫盡致，此種表現即所謂『《聯合報》精神』。以後此類稿可發社務月刊，使同仁有所認識。」[51]

廿多年前，曾任美國《世界日報》紐約總社採訪主任的馬安一，自臺北派赴漢城採訪中共空軍米格十九戰鬥機飛行員吳榮根投奔自由的後續新聞時，亦曾推崇駐韓記者朱立熙的太太不但是先生口中的「軍師」，且評之為：如報社選拔「模範記者夫人」的話，「立熙嫂實當之無愧」。因為「立熙嫂到處跟著我們跑，並依她曾擔任過新聞記者的敏銳反應，提供許多寶貴意見。」[52]

曾任《經濟日報》總編輯的劉潔認為，《聯合報》企業這個群體「別於他群」的思想及行為模式有一主線，就是仁厚。仁，是儒家思想中盡其在我，以求治事合理、待人寬厚的德行。《論語》上說：「顏淵問仁，子曰：克己復禮為仁。」克己，是克制自己的私欲；復禮，是從大處著眼，反求諸己，做事合情合理。《聯合報》自創刊迄今，群體行為模式是在「克己復禮」的道理之下造成的，惕老的「克己復禮」不僅用於內部管理經營，對國家社會盡責任時尤其如此，許多冒險或長期賠錢的事，別人不幹，《聯合報》幹；唯其仁，所以厚，這正是整個

---

9 月，頁 55,57。

[51] 編委會：〈聯合報、經濟日報十一月份聯合工作會報紀錄〉，《聯合報社務月刊》第 135 期，民國 63 年 11 月，頁 2,3。

[52] 馬安一：〈模範夫人，凌晨鈴聲，華克山莊〉，《聯合報社務月刊》第 213 期，民國 71 年 12 月，頁 54。

報系「別於他群」的企業文化特質。[53]

　　劉潔指出，當年《民族晚報》前身《民族報》第二次版工作環境之所以愉快，在於它不僅是一個文化事業性格很強的報社，同仁也很像一個和睦的大家庭，全報社同仁都很年輕，發行人和社長不過四十來歲，編採人員十之八九在三十歲上下。大家工作時拼命工作，工作餘暇也玩在一起；在公的合作和私人交往之際，爭論甚至吵鬧常發生，但爭論之後，雨過天青，沒人心存芥蒂。論情誼，真正是如兄如弟。[54]

　　資深編輯查仞千的詮譯為：《聯合報》本於「輿論報國」的初衷，正派辦報，不趕時髦，不盲從，不譁眾取寵，堅持原則，始終保有自己的風格，這種不隨波逐流的表現就是「聯合報精神」。[55]

　　資深記者陳揚琳認為，如自記者的角度體會，「聯合報精神」就是著重傳統的工作精神，人人自動自發，全力以赴，鍥而不捨，竭盡所能，爭取最高榮譽，犧牲個人利益與家庭的時間與享受，甚至為工作賠出健康，或犧牲生命，也在所不惜。[56]

　　曾任《聯合報》業務部經理、《聯合晚報》總編輯的楊仁烽，則因感念其尊翁楊浩烈長期專注於廣告業務的家傳與庭訓，而本於孺慕之情，撰文推崇其父為實踐「聯合報精神」的典型人物；亦正因乃父以

---

[53] 劉潔：〈報業巨人與《聯合報》的企業文化〉，《聯合報系月刊》第 159 期，民國 85 年 3 月，頁 135,136。

[54] 劉潔：〈卅載瑣憶，兩項感懷〉，《聯合報社務月刊》第 196 期，民國 69 年 11 月，頁 4。

[55] 王達民：〈兩階段注射「強心針」：地方新聞組編輯同仁的自我期許與教學相長〉，《聯合報系月刊》第 55 期，民國 76 年 7 月，頁 136。

[56] 陳揚琳：〈愛過方知情重：「聯合報精神」的昨日今日〉，《聯合報系月刊》第 14 期，民國 73 年 2 月，頁 107。

身作則的精誠感召，而令楊仁烽在融入報系權力核心後認為：「聯合報精神」就是上下一心、同心協力、敬業樂群、戮力以赴、執著奮鬥、以報為家等廿四字所展現的精神的匯聚。[57]張作錦讀了楊仁烽的文章後，心有所感地為楊氏父子兩代概括形容的「聯合報精神」廿四字釋義，再增加八個字：「追求進步，捨我其誰！」。[58]

民國六十六年退休轉任基督教中華循理會牧師的許可當年在職時即認為「聯合報精神可以建國」；離職十五年後，依舊理直氣壯的撰文表示：「聯合報精神可以福國。」[59]

事實上，能代表《聯合報》奮鬥精神的大大小小的故事難以道盡，更不必逐一列舉，因為企業為了自身業績與地位而奮鬥本是天職，同樣為達成任務而忍受飢寒、相互鬥智較勁的故事，在不同媒體的內部也在天天上演，其差異只在最終成敗的機遇不同而已。但對《聯合報》而言，其中最關鍵的一個故事，被王惕吾自己定位為全體同仁第一次充份表現了一致的整體意志，由此而形成了「聯合報精神」及同仁團隊精神的初基。

王惕吾指出，政府於四十七年四月修訂「出版法」，對新聞言論採取了嚴厲的管制，其中甚至規定行政機關可以逕行裁定，不經過申辯即可下令警告乃至停刊。「當時我正因十二指腸潰瘍在臺北市廣州街中心診所療養，但鑒於出版法修正案，不祇關係報紙新聞言論的自

---

57 楊仁烽：〈一年三百六十五天，我的父親退而不休〉，《聯合報社務月刊》第 206 期，民國 71 年 2 月，頁 9-13。

58 張作錦：〈旅美書簡之二：在紐約讀《聯合報》：「聯合報精神」究竟是什麼？〉，《聯合報社務月刊》第 207 期，民國 71 年 3 月，頁 10。

59 許可：〈「聯合報精神」可以福國〉，載於：張作錦主編：《一同走過來時路》，臺北，聯經出版公司，民國 80 年 9 月，頁 195。

由，且是有關民主自由的大問題，乃不顧醫生的囑咐，立即召集言論、編輯部同仁商議，於四十七年四月十三日起連續發表九篇社論，為爭取新聞言論自由勇敢的表現了民營報紙的風格，使本報的言論更受到海內外人士的重視。我當時為了因應那嚴重的客觀環境，曾作萬一準備，並曾徵求本報全體員工對因應這一嚴重局面的意見，結果本報全體員工有 97% 主張堅持本報新聞言論立場，無論環境如何困難，都繼續留守崗位，必要時願放棄個人生活要求，與報社共患難。這是本報創刊以後，全體同仁對於報社言論、新聞自由與榮辱，所作的第一次一致表現，充分表現了整體意志，由此而形成了「聯合報精神」及本報同仁團隊精神的初基。」[60]

另按張作錦多年後撰文補充，當時修訂後的「出版法」授予行政部門直接關閉報館的權力，《聯合報》強力批評，但立法院仍照本通過，官方且警告新聞界不得再有「異聲」。當時全體員工僅有 171 人的「聯合小報」面臨抉擇：秉持真理良心繼續堅持反對立場，還是通權達變以免員工失業？報館以問卷請員工決定去從。問卷發了 171 份，回收 159 份，91% 的員工要求立場不變，任何嚴重後果願與報館共同承擔。張作錦認為：「因為臺灣政局複雜，同業亦無相互鼓勵的雅量與習慣，這則故事迄未彰顯。但這一百多位不向強權低頭的勇士，必將載於中國新聞史冊。」[61]可見，在王惕吾心目中的「聯合報精神」，最重要的成份和象徵就是勞資一體，休戚與共。

---

[60]　王惕吾：《聯合報三十年的發展》，臺北，聯合報社，民國 70 年 9 月，頁 78。

[61]　張作錦：〈英雄一入獄，乾坤只兩頭：追懷幾位新聞界先輩的俠情與傲骨紀念記者節〉，《聯合報》副刊，民國 94 年 9 月 1 日。

　　民國九十年秋《聯合報》本擬以邀請美國前總統柯林頓到訪等節目盛大慶祝創刊五十週年，詎料九月十一日，美國紐約市發生舉世震驚的暴徒劫機撞毀世貿雙子星大樓的恐怖攻擊事件，迫使美國前總統柯林頓臨時取消來臺祝賀行程；緊接著十七日，因納莉颱風侵襲，竟使忠孝東路四段附近淹成一條水深及胸的「忠孝大河」。但報社同仁照常克服萬難涉水到班，搶救設備並照常出報，連王必成自己都得坐救生小艇到社，成了第二二六期系刊封面的焦點。王必成事後表示：「在這場風災中，我親身經驗到同仁愛報、負責任的精神，這種為公忘私的精神非常了不起，令人感佩！報系同仁有這種愛報的意念，我可以斷言，這個企業將來還要再發揚光大！」[62]

　　工會刊物《聯工月刊》對納莉風災重創總社時員工的愛報表現，亦於「聯工社論」予以解讀：「這群救災大軍中，有為數不少的人，因社方屬行人力精簡政策，年底依優退優離方案申請離開；同樣的，在五十週年社慶會場，參加合唱的表演者中，也有不少是社方精簡裁退的對象。他們當中有人為董事長主管工作會報的一番話感動，有人為自己處境感傷。……經營階層曾再三宣示，不做違法的事，但《聯合報》能安然走過半個世紀，報社的規模日益壯大，絕非僅守住『不違法』這三個字而已。……近年來報社處理事情的原則似乎有很大的轉變，美式管理作風，取代了《聯合報》的優良傳統，漸漸地多了一些要求，少了一些人情味，其中在執行『人力精簡政策』上，基層同仁感受至深。」[63]

---

[62] 潘正德記錄：〈聯合報系九十年十月份主管聯合工作會報紀錄：董事長講話〉，《聯合報系月刊》第 226 期，民國 90 年 10 月，頁 103。

[63] 紀錄上《聯合報》遭到颱風侵襲受損的前例，是民國 77 年 10 月琳恩颱

第二節：以人本、情感、器度塑造企業文化精髓

　　企業由人所組成，絕大多數人也都會同意：「人才是企業之本。」但更應體認「人，才是企業之本」的另一層意義，因為成功的企業家最終都會同意：企業是為「人」而存在的道理。[64]員工是企業的生產主力，因此，企業領導人如果不重視人的價值和員工的地位，那是不可思議的事情。要長期留住各部門員工，可用的手段車載斗量，隨時出招可也，但若去除了彼此互信互重、水乳交融的感情因素，則再高的薪水和福利也留不住人才。而人才有千百種，企業要應付的繁雜業務與危機更是難以勝數，領導人需逐批進用與面對的何止是驕兵與悍將，更不免有奇才異能的雞鳴狗盜之徒，以備不時之需，因而企業主持者必得有「能容乃大」的超凡器度，方能廣收天下英才盡為我用，以成就企業百年不朽的基業。

　　人本管理是廿世紀八〇年代初風靡西方世界的一種管理文化，其核心是尊重人、激發人的熱情，其著眼點在於滿足人的合理需求，從而進一步調動人的積極性，使管理科學上了一個臺階。人本管理首先在幾個基本問題上做出明確回答：一、企業是什麼？答案為：企業即人。二、企業為什麼？答案為：企業為人。三、企業的發展靠什麼？答案為：企業靠人。

風造成基隆河溢堤，使將近兩千噸新聞紙遭到水浸，約值新臺幣四千萬元；這是報社 36 年來損失最嚴重的一次。納莉則使總社五棟大樓無一倖免，印報機器停擺，損失不貲。參見：編委會：〈聯工社論：從聯合報精神看人力精簡政策〉，《聯工月刊》第 158 期，民國 90 年 9 月 30 日，第 2 版。

[64] 郭梓林：《隱規則：企業中的真實對局》，北京，朝華出版社，2004 年 7 月，頁 165。

人本管理則可分為五個層次：一、情感管理，二、民主管理，三、自主管理，四、人才管理，五、文化管理。[65]

《聯合報》的企業文化，源自王惕吾對長期投身報業所表現的專業執著，不斷追求革新、創造新紀錄的可敬熱誠，再加上自草創奠基時期即緊緊追隨的一群老臣，長期同心協力共同打造的「好還要更好」，持續追求卓越，開創新局的企業精神。質言之，《聯合報》的企業文化精髓，就是認定凡事「九全九美」還不夠，必須進步再進步，投資再投資，以達致「十全十美」的境地。[66]

《聯合報》五十多年來企業文化之形成與塑造，並無涇渭分明的時間斷代可資判定，大體而言，它是伴隨著編採、發行、廣告等業務逐步擴充成長，不斷地累積優於同業的信心和追求長期領導地位之後，所漸次沉澱定型、所刻意發揚的一種企業風格與企業形象。

民國七十六年五月五日，王惕吾對總社編採同仁講話時指出：「你們唸過的編輯學、採訪學、評論學……我都沒有學過，但是我有卅八年的辦報經驗，這個經驗也涵蓋了言論、新聞，雖然不和你們專門的新聞系、新聞研究所畢業的人相提並論，但是我辦報卅八年也有很多的瞭解。……現在《聯合報》的記者在座或不在座的，以及編輯同仁，都是英雄好漢，……才子才女都在此，包容了老、中、青三代人才，……可說是中華民國報業有史以來的濟濟人才。……我認為《聯合報》卅

---

[65] 劉光明編著：《企業文化》，北京，經濟管理出版社，2002 年 3 月，頁 348-353。

[66] 劉復興記錄：〈董事長在擴大編務會議上講話：九全九美還不夠，必須進步再進步〉，《聯合報社務月刊》第 194 期，民國 69 年 9 月，頁 30,31。

八年來成就最大的、最豐富、最寶貴的資產也在此。」[67]

　　擁有濟濟人才，被王惕吾視為辦報最大的成就，標示了他對員工的重視，更將優秀的眾多員工視為最豐富、寶貴的資產，突顯了新聞事業在人力資源方面的投資是無比的重要。王惕吾的報業王國就是在此種人本精神之下逐步開展，加上王惕吾本人對員工生活的諸多照顧遠勝於同業，又能包容各式各樣的人才，因而足以掌握天時、地利、人和，成就了《聯合報》獨有的勞資長期和諧的企業文化。

　　香港經盛國際集團執行董事葉生與助理陳育輝、吳傲冰共同編著的《重塑：企業文化培訓手冊》一書指出，企業文化的誕生是從企業成立之日開始的，它的成長過程與企業的成長歷程一樣。但是不管是何種類型的企業文化，其形成發展必有一定的規律。企業文化在一定的企業生存環境中生存、積累、發展和創新，慢慢形成了自己獨特的結構，並逐漸穩定，這就形成了企業文化的模式。（如圖 2 所示）

　　企業文化隨著企業的發展與成長，按照一定的規律性，在不斷吸收、規範、調整、揚棄的過程中，漸漸被規範化、制度化、合理化，最終形成為被員工內化於心、外化於行的企業文化體系。

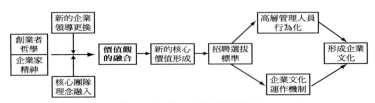

圖 2：企業文化形成模型圖

（轉引自：葉生等編著（2005）：《重塑：企業文化培訓手冊》第 22 頁）

---

[67] 阮肇彬記錄：〈雙向溝通大家談：董事長宴請聯合報採訪同仁談紀錄〉，《聯合報系月刊》第 54 期，民國 76 年 6 月，頁 11,19,20。

　　企業文化建設有幾個階段：第一個階段是企業核心價值觀口號階段，這一階段中員工知道企業價值觀，但並沒有全部認同。第二個階段是經過企業工作的推進，員工基本認同了企業價值觀，並已經成為企業的共同精神準則。第三個階段是價值觀指導著員工的行為，並已經成為人們工作的行為模式。第四個階段是價值觀被員工內心所全部接受，人們願意為企業無私奉獻，就是說企業價值觀成為員工的信仰了。第五個階段是企業員工對企業絕對忠誠。（如圖 3 所示）[68]

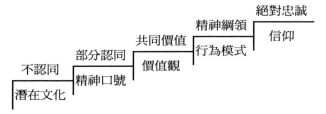

圖 3：企業文化發展階梯模型圖

（轉引自：葉生等編著（2005）：《重塑：企業文化培訓手冊》第 22 頁）

　　企業文化存續的最具體貢獻之一，便是提供核心競爭力（core competence）。核心競爭力也稱核心能力，自一九九〇年美國著名戰略學家普拉哈拉德（C. K. Prahalad）與哈默（Gary Hamel）在《哈佛商業評論》上發表〈公司核心競爭力〉一文提出後，掀起管理學界研究高潮，他們認為，企業核心能力是「一個組織中的積累性學識，特別關於協調不同的生產技能和有機結合多種技術流的學識。」二人其後又為核心競爭力定出五個確定的標準：一、它代表許多單個技能的整合，二、它不是會計意義上的資產，三、它必須能為顧客所感知的價

---

[68] 葉生、陳育輝、吳傲冰編著：《重塑：企業文化培訓手冊》，北京，機械工業出版社，2005 年 4 月，頁 22。

值作出極大貢獻，四、它必須具有競爭力的獨特性，五、它應基於整個公司而非某項業務的角度，為企業進入新市場提供入口。

基於文化觀的研究者認為，企業競爭力不僅僅存在於企業業務運作的子系統中，且存在於企業的文化系統中，根植於複雜的人與人及人與環境的關係中，核心競爭力的積累蘊藏在企業文化中，滲透到整個組織中，而恰恰是組織內達成共識並為組織成員深刻理解、指導行動的企業文化為一個綜合且不可模仿的核心競爭力，提供了基礎。

中國大陸聯想集團[69]創始人柳傳志認為，聯想的核心競爭力就是有辦法制定出能不斷產生新的東西的戰略；聯想好的管理基礎就是其著名的管理三要素：「建班子、定戰略、帶隊伍」。即便望文生義，亦可理解中國大陸改革開放後無論是國營企業與民營企業對企業文化重視的程度，而「建班子、定戰略、帶隊伍」這九字訣，亦透露了為企業文化定調和廣泛宣揚企業文化，以重振工作倫理與生產士氣的嶄新策略。

與王惕吾同為浙江東陽籍的山西財經大學副校長趙國浩於其著作《企業核心競爭力理論與實務》將核心競爭力定義為：核心競爭力是在企業知識和基礎上形成的與企業組織結構和外部環境相適應的一種

---

[69] 聯想是中國大陸一家在信息產業內多元化發展的大型企業集團，創辦人柳傳志於 1984 年帶領十名中國計算機科技人員僅以人民幣廿萬元在北京市一處租來的傳達室中，開始創業並研發自有品牌，六年後，終於從一個進口代理商轉變為擁有自有產品的電腦產品生產商和銷售商。1989年北京聯想集團公司成立；1994 年聯想在香港證交所成功上市；2000年躋身全球十強最佳管理電腦廠商、被世界多家雜誌評為「中國最佳公司」；2005 年 5 月聯想集團以 12.5 億美元圓滿完成收購 IBM 個人電腦（PC）業務的交易，目前擁有員工九千人。聯想自訂的企業核心價值是：成就客戶、創業創新、精準求實、誠信正直。

競爭力，它不是簡單的某個分散的技能或知識，而是企業在其生產經營的價值鏈活動中，形成的一種適應於市場變化且不易被對手模仿的能力。更重要的是，企業文化決定著核心競爭力的管理。

趙國浩指出，企業核心競爭力的管理可分三個階段：一、挖掘與培育階段、二、整合與擴散階段，三、更新階段。競爭力在一定性質上是作為個人行為學習過程中得到發展的，擴散、整合也是一種知識傳播的過程，至於競爭力的更新，則是保持企業生命力的基本要求。

大陸另一大型企業海爾集團董事長張瑞敏也認為，創新能力是海爾真正的核心競爭力，因其不易或無法被競爭對手模仿，「海爾文化是在中國傳統文化底蘊基礎上，吸收了日本特色的團隊意識和吃苦精神，以及美國的個性舒展和創新競爭形成了自己獨特的企業文化。」海爾副董事長武克松則直陳：「海爾的企業文化就是海爾的核心競爭力。」[70]

一九五五年青島市出現了一家簡單的手工業合作社，三年後，過渡為合作工廠，取名為青島電機廠，但彼時窗戶上連玻璃都沒有，用油紙糊著，管理鬆懈，產品質量差，賣不出去。一九七九年該廠與另一家工廠合併為青島日用電器廠，但至一九八三年已虧損人民幣 147萬元。一九八四年十二月，張瑞敏被調任這個誰也不願去的虧損企業的副經理，工廠改名為青島電冰箱總廠。

當時歡迎張瑞敏的是五十三份請調報告。上班八點鐘來，九點鐘就走人，十點鐘時隨便往大院裡扔一個手榴彈也炸不死人。到廠裡就只有一條爛泥路，下雨時必須用繩子把鞋綁起來，不然就被爛泥拖走

---

[70] 趙國浩等著：《企業核心競爭力理論與實務》，北京，機械工業出版社，2005 年 4 月，頁 1,5,6,11,121,122,123,124。

了。對於這樣的企業，張瑞敏只能制訂簡單的十三條管理規定，包括：「不准在車間大小便」、「不准遲到早退」、「不准在工作時間喝酒」、「車間內不准吸烟，違者一個烟頭罰五百元」、「不准鬥搶工廠物資」等。

　　然而，就是這樣一個企業，經過十幾年的發展，奇蹟般地成為中國和全球著名的企業。基於生產線管理的需求，海爾的 6S 大腳印為其管理一大特色。在海爾每個車間都可看到 6S 大腳印，它是一塊 60 厘米見方的圖案，紅框白底印有兩個比普通人腳要大兩圈的腳印，腳印的正上前方高懸著 6S 標語：「整理、整頓、清掃、清潔、素養、安全」。6S 源自日本著名的現場管理法 5S，5S 就是前五個英語詞頭第一個字母的簡稱，海爾在 5S 的基礎上再加上「安全」即成 6S。每天下班前後，班長都要領全班在此進行班會，工作有失誤和表現優秀的員工都要站在腳印上進行檢討和分享。

　　二〇〇一年海爾實現國內外營業額人民幣 602 億元；出口創匯 4.2 億美元。其品牌價值達人民幣 430 億元，達到平均 80%的年增長速度。中共國家經貿委員會將海爾列為全中國大陸六個技術創試點企業，希望海爾晉身世界五百強。

　　一九九五年，海爾營業額是世界五百強最後一名的 1/19，一九九六年是 1/16，一九九七年是 1/12，一九九八年是 1/4，一九九九年是 1/3，二〇〇〇年是 1/2，距離愈來愈近。[71]

　　海爾網站資料指出，該集團廿年來已成享有較高聲譽的大型國際化企業集團。產品從單一冰箱發展到擁有白色、黑色、米色家電[72]在內

---

[71]　楊偉民編著：《布道：現代企業家的文化使命》，北京，中國經濟出版社，2005 年 1 月，頁 293。

[72]　中國大陸地區仿照國際通例將家用電器分為三大類：白色家電指可以替

的 96 大門類、一萬五千一百多個規格產品群，出口到一百多個國家和地區。二〇〇四年海爾全球營業額突破 1,016 億元，蟬聯中國最有價值品牌第一名，品牌價值達 616 億元。

由「世界品牌實驗室」（World Brand Lab）編製的二〇〇五年度「世界品牌五百強」排行榜於四月十八日揭曉，海爾再次入圍世界品牌百強，居第八十九位。

二〇〇五年八月三十日英國《金融時報》（Financial Times）「中國十大世界級品牌」調查結果，海爾榮居榜首[73]。

目前已有美國哈佛大學和南加州大學、瑞士洛桑國際管理學院、法國的歐洲管理學院、日本神戶大學等七所商學院共計十六個案例，涉及企業兼併、財務管理、企業文化等方面，特別是瑞士洛桑國際管理學院為海爾做的市場鏈案例已被納入歐盟案例。集團簡介最後強調：「『海爾人』的目標是：用心奉獻給民族一個中國人自己的世界的名牌。」[74]

海爾創造奇蹟最重要的原因就是海爾特有的企業文化。張瑞敏說：「我經常思考這樣一個問題，改革開放為海爾帶來的最本質、最核心、最打動人的東西是什麼？想來想去，比來比去，我們認為就是四個字：觀念革命。」因此他最重視的不是有形的銷售收入、利稅、

代人們家務勞動的產品；黑色家電可提供娛樂，像彩電、音響等；米色家電指電腦信息產品。

[73] 十大品牌的名單依排序是：海爾、聯想、中國移動、青島啤酒、平安保險、中國銀行、中央電視臺、中國國際航空公司、華為、搜狐和新浪。參見：杰夫・代爾：〈中國十大世界級品牌調查〉，《看天下》半月刊總第 12 期，2005 年 9 月，頁 50,51。

[74] 參見：海爾網站集團簡介 http://www.haier.com/chinese/about/index.html

產品品種、出口創匯，而是無形的企業文化、企業價值觀。他經常用老子所說的「天下萬物生於有，生於無」來感嘆無形文化的神奇，並明確指出：「企業發展的靈魂是企業文化，而企業文化最核心內容應該是價值觀。」

美國一家報社記者採訪張瑞敏，問他在企業中的角色時，他回答說：第一應是設計師，在企業發展過程中使組織結構適應於企業發展；第二是牧師，不斷地布道，使員工接受企業文化，把員工自身價值的體現和企業目標的實現結合起來。一九九七年五月，日本松下代表團參觀訪問海爾時，一位團員對張瑞敏表示：「看了你們的生產線，我彷彿又看到了三十年前向上騰飛的松下公司，生機勃勃，充滿了活力。」[75]

海爾集團的蓬勃發展又何嘗不令臺灣企業界回想起三十年前，臺灣經濟和民生工業飛速成長的景象；而張瑞敏自喻為設計師與牧師的角色，對眾多企業領導者而言，亦有極大程度的啟發作用。

其實，海爾董事長以牧師自況的情形，與松下公司強化命運共同體建設、重視儀式化的實踐經營哲學的手段，是十分相似的。松下電器是日本第一家有公司歌曲，並在上班開工前高唱公司歌曲、朗誦公司價值準則的企業，如此做讓員工感到好像人體融成了一體。每年年終，自上而下的動員職工提出下一年的行動口號，由宣傳部彙整後逐級挑選審查，最後由總經理批准公布；公司有總口號，各事業部和各廠又各自有獨特口號，全公司都在口號下行動，讓口號本身體現公司的價值觀。

松下創辦人松下幸之助預見世界的繁榮，至廿一世紀有可能轉向

---

[75] 強以華：《企業：文化與價值》，北京，中國社會科學出版社，2004 年 9 月，頁 32-34。

亞洲，故本於超脫個人私利，綜合真正的勇氣、仁慈和包容的坦誠動機，於一九四六年成立了 PHP(Peace and Happiness Through Prosperity) 研究所，旨在研究先哲學說和當代傑出人物的思想，並把研究成果應用於政治、經濟、教育、宗教等各個領域，通過經濟繁榮來求得廣大民眾的和平與幸福，培育能夠推進與實現廿一世紀繁榮的人才。

松下幸之助認為，該公司是製造人才的地方，兼而製造電器產品。職工們的工作至少占職工們睡眠以外一半的時間，所以一個人在企業工作的活動經歷，必可塑造一個人的個性，只有通過企業文化，尤其是企業精神，才能塑造職工的個性，培養職工的情懷，陶冶職工的情操。如此觀之，松下電器公司對企業文化的建立和強化，幾乎演化成了一種「企業宗教」、「企業布道」和「企業洗禮」的活動。[76]

回顧《聯合報》發展紀錄，似亦符合一般企業精神形成與塑造必經的三個階段之說：即企業精神的確認階段、倡導階段和深化階段。特別是王惕吾在功成名就之後，企業決策開始超越有形的盈利，著手嚴肅思考企業對國家社會的責任，與松下創辦人相似，開始認真關注吾土吾民，開始宏觀前瞻歷史進程。王惕吾雖然才學不足以親自布道，但晚年總結其經營新聞事業心得為「正派辦報」，成立「國學文獻館」、聯合報系文化基金會贊助學術研究及新聞教育等行動，均係取法乎上的「準布道」行為。

新聞事業分分秒秒都在競爭，朝朝暮暮都在總結運作的成效與成敗，創新求變以獲取不可少的領先，更是同業間的最大榮耀，因此，在企業競爭力的概念中，雖未必完成適用一般產業的成本效益與生產

---

[76] 朱成全主編：《企業文化概論》，大連，東北財經大學出版社，2005 年 8 月，頁 41,42。

營銷理念，但凡事追求卓越和爭取領袖群倫的拼戰精神，講究「勝利是無可取代」的快感和享受王者滋味的特質，則是毫無差異的。

首先，企業精神確認階段的任務是將企業精神及其核心價值認定下來，明確它的名稱、內涵及其外延；進行企業文化、企業精神一般知識的宣傳、普及，營造企業文化氛圍，提高認知理解，以奠定良好的思想基礎。

在確認企業價值觀時，領導者要對核心價值觀作出詳盡的解釋，讓大家清楚企業倡導的價值取向是什麼，即群體應當遵守的基本價值標準、大家判斷事物和行為的是非標準是什麼；應當崇尚什麼、反對什麼；大家要為群體奉獻什麼；企業為社會和員工提供什麼；企業的使命和願景是什麼；為達成目標所採用的實現手段是什麼；員工在企業中的角色是什麼；企業與股東和競爭者的關係、繼承與創新的關係等等，這些應當都是價值觀的內容。

其次，企業精神的倡導階段，是廣泛宣傳企業精神，使員工了解、接受，並以行動開始實踐它、體現它。

最後，企業精神的深化階段，是導引員工在意識和行動上，從「公司要我做」變成「我要主動做」，其任務是將企業精神人格化，將簡練、抽象的企業精神具體化、形象化，並轉化為群體精神的個體意識，使員工成為有企業精神的「企業人」，企業精神成為員工完全自覺的行為，成為一種「本能」。[77]

---

[77] 參見：（1）申望編著：《企業文化實務與成功案例》，北京，民主與建設出版社，2003 年 10 月，頁 151,152。（2）王吉鵬主編：《企業文化理念體系構建實務》，北京，中央編譯出版社，2005 年 2 月，頁 133。

　　既然企業精神如此重要，那麼又該如何建設、塑造企業精神呢？企業精神實際上是指引員工的價值理念，這種價值理念體現在每個員工的意識上，最終成為指導員工行為的一種思想，使企業精神最終作為企業的靈魂而存在。美國管理專家勞倫斯·米勒（Lawrence Miller）認為，塑造企業精神的有八大原則：

一、　目標原則：成功的企業必須具有價值的目標，企業目標未必只是為了獲利；「管理者」與「領導者」是兩種不同的人，前者主要精力放在事務處理上，有控制和使用他人的力量；後者具有崇高的目標，並把目標傳達給他人，具有競爭力的領導者會把靈魂與工作連在一起，並因有真正的擁護者和追隨者，而使企業實現長遠而崇高的目標。

二、　卓越原則：卓越並非指成就，而是指一種精神，一種動力，一種工作倫理，不斷求好求新求變，及更上一層樓的精神；它掌握一個人或企業的生命和靈魂，使之走向成功。追求完美是不現實和有害的。如果以「求好」為目標，就可經常刺激引發人們進步向上。成功的企管人員都不斷提倡三件事：標準、激勵和回饋。卓越的實例往往就是員工行的標準；真正的獎賞應予當之無愧的人，而且成效傑出時的獎賞也應當不尋常；回饋則具有導航機能，經常互動就能有效地總結經驗，決不致盲目運作。

三、　共識原則：老式企業領導者總是身先士卒，被一種「權勢欲」和「指揮文化」迷住了，當今企業成功與否，要看它能否聚集眾人創意，能否激勵員工和管理人員一起從事創造性的思考和工作；在民主大潮之下，全球都在緩緩轉向以共識形成決策的「參與文化」，因此爭取員工全心服務，不僅僅靠薪水，還要使人得到滿足感的工作環境，如此企業才會成功。

四、 親密原則：親密就像存在於企業組織、主管和員工之間的一條看
　　 不見的線，親密感是人性的基本要求，就是給予和接受的能力；
　　 當個人與組織間關係健全時，親密感就隨之而生，這樣才能提高
　　 信任、犧牲和忠誠的程度。缺乏親密關係的必然結果便是管理階
　　 層與員工間的敵對，以及工會運動的產生；在日本，人們採用企
　　 業工會的組織形勢緩和勞資關係，但在西方社會，到處都是行業
　　 工會，工會與資方常處於對立狀態。親密感與創造力關聯甚密，
　　 一個企業的成功日益依靠創造力而非機器的性能；創造力只能在
　　 實施親密原則的文化中發揮，那採用威嚇手段或拼命宣傳要求員
　　 工順應的企業文化只會扼殺創造力。

五、 一體原則：現在的員工不再與責任無關，他們希望承擔責任，參
　　 加競爭，並使企業獲勝。應從文化的角度來認識「所有權」，把
　　 它看成一種自我擁有的心理狀況，而非法律狀況。當個人是企業
　　 組織的一員時，員工願意保護組織，使企業免於受傷；減少不必
　　 要的管理階層，讓員工自己承擔責任，最大限度地強調員工的參
　　 與和共識，管理者要做的是通過表率作用，指導員工產生「自我
　　 擁有」的滿足感，並表現出對他們的信任。

六、 實證原則：企業成功的概率，在一定程度上取決於企業決策是否
　　 具有科學態度和是否講求實證主義。日本企管藝術中非常重要一
　　 環就是「品管圈」，其創造者就是被譽為「日本的質量與生產力
　　 之父」的美國統計學家戴明博士。他為員工提供統計方法方面的
　　 訓練，讓他們學會找出品質和生產力上的問題，從而使低員工也
　　 分享著權力和參與改革。其實戴明傳授的不僅是一套用以作為基
　　 礎的質量管理技術，而是一套新的管理哲學，亦即要求管理人員
　　 對成效負責，而不是責怪部下，並應學會對成效的好壞進行分

析、思考；因思考素質的好壞，決定一家企業生存發展能力的高低。

七、　成效原則：企業每一部門都有獎懲的權力，因此須對結果負責。晉升、分紅、加薪、工作保障、上司讚賞、得到培訓機會及獲得更多公司股權等等，都是每一公司常用的獎賞方式。但許多企業組織最高層和最基層，有時並不擅長運用此一藝術，且顯得異常無能。美國俄亥俄州的林肯電氣公司自一九三四年起就按成效付薪，每年紅利經常等於一年薪水，該公司也因實行高紅利制度而遐邇聞名；且自一九四九年起，即使在公司不景氣時也不解雇一個員工，公司為員工做出犧牲，員工也投桃報李，以更大的工作績效來報答公司。對成效給予獎賞是必要的，但並不代表答案的全部，更重要的是給予員工榮譽，亦即精神上的獎賞，並使之深植人心，蔚然成風。

八、　正直原則：正直就是誠實，前後一致，它能使人們以負責的態度採取行動。米勒強調：「共識可以不完全，目標偶爾也可以不清楚或轉變，卓越可以打折扣，成效可以大致符合標準。但是，正直卻不能有偏差。」因為在米勒看來，正直，是新企業文化的基石，更是新領導者不可或缺的品質。在廣泛基礎上，美國管理學會總結出十五項最受推崇的管理者品質：氣度恢弘、有才幹、合作精神強、可靠、決心強、公正民主、富於創造力、正直、聰敏、有領導能力、忠誠、成熟、坦誠、能體諒人、能支持人。其中管理人員最重視的三項品質，正直是其中之一。管理人員都會辨別「違法」與「守法」，但法律未規定何事是正確的，法律也不能

用以指導企業決策，因此，只有當管理人員有能力辨識何事合乎
正直原則，並能身體力行時，才能給企業帶來建設性力量。[78]

如果要深入理解《聯合報》企業文化的起源，則必須從王惕吾進
入報界的第一個事業《民族報》談起。

《民族報》創刊於民國三十八年五月四日，內政部登記證為穗警
臺字第一九三號，王永濤為創辦人，賀楚強為監事長兼總主筆，李漢
儀為常務董事，周之鳴擔任發行人，何敢擔任社長，王永清任副社長。
民國三十九年元月，發行人、社長均請辭，由王惕吾自同年二月一日
起擔任發行人兼社長。

四十一年後，王氏旗下第八個報紙、第四個海外報紙《香港聯合
報》創刊日亦選在五月四日，似乎亦隱含了為紀念早年經營之《民族
報》為其後報系奠定基業，而特別選在同日創刊的深意。

民國三十八年十月中旬，王惕吾在中國國民黨革命實踐研究院第
一期研究員「自述」中寫道：民國三十八年春，與「慷慨有志，重義
厚情，與人交無不誠摯出自肺腑，其任事盡忠負責，毫不苟且」[79]之至
友王翊群，以及何敢、周之鳴、李漢儀、呂季陶、陳桐英，何功揚、
賀楚強、周大謀等九位袍澤共同發起創辦《民族報》。

王惕吾筆下的「至友王翊群」，是民國三十九年七月十一日參加革
實院第七期受訓的聯勤總部軍需署軍需監組長、湖北省咸寧縣的王逸
芬。「翊群」是王逸芬的別號，王逸芬其後又改名王永濤，故王逸芬、

---

[78] 申望編著：《企業文化實務與成功案例》，北京，民主與建設出版社，2003
年 10 月，頁 152-160。

[79] 王惕吾：「自述」，革命實踐研究院第一期受訓研究員檔案，民國 38 年
10 月 16 日。

王翊群、王永濤實為同一人；且是惕老在報界初奠基業時的大恩人。

如果從客觀條件評量，王惕吾當年入主《民族報》是「時勢造英雄」的比重約略大過「英雄造時勢」的。

民國三十八年十月十六日中央軍校第八期步科畢業的王惕吾，以原名王瑞鍾參加革命實踐研究院第一期受訓時，職務為：陸軍第六軍駐宜蘭三六三師上校副師長。

對於自己軍人出身的紀錄，王惕吾是一向引以自豪的，他在《我與新聞事業》一書相當快慰地、開宗明義地指出：「我不知道世界各國有沒有一位職業軍人改行從事新聞事業，而在『新聞戰線』打了四十多年的『仗』；而我，則是由完完全全的一個職業軍人，轉而到新聞界，走上『輿論報國』之途的。」「我不祇不後悔我當年的選擇與決定，而且我還認定新聞事業是我永遠的事業，如果說士兵是軍人基本的身分，記者是新聞從業人員的基本身分，記者已是我永遠的身分。就軍人來說，我已是老兵，就新聞事業來說，四十年的歷練，我已有資格稱為資深記者了。」「如果允文允武可以解釋為士兵與記者的雙重奮鬥，我有機緣在文武兩方面報效國家，實是個人最幸運的事業。」[80]

他在革命實踐研究院呈繳的「自述」中解釋：新報紙定名為《民族報》是「遵奉總裁訓示：吾人以復興民族為己任之旨」。至於合夥辦報的股本，顯然彼時所能具體貢獻者絕非現金，而係「各盡所能，有力出力」。惕老自承當時經濟狀況為：「余秉儉以養廉之古訓，克勤克儉，省吃儉用，量入為出，收支勉可平衡。惟來日兒女成人，教育費

---

[80]　王惕吾：《我與新聞事業》，臺北，聯經出版公司，民國 80 年 9 月，頁 1,220。

用似不勝負擔」。[81]倘其財力是連子女教育費用都要憂心的話，那麼，籌辦新報的大筆資金必另有出處了。

據非正式的資料顯示，《民族報》創刊時的資金股本總額為舊臺幣壹拾億五千萬元（折合新台幣二萬六千兩百五十元），董事何敢、王翊群（永濤）出資舊臺幣三億五千萬元，周之鳴等五人各出資壹億四千萬元；呂季陶提供臺北市昆明街二三五號房屋、李漢儀提供泉州街日產房屋供編採、社務及工廠使用；王惕吾、賀楚強、周大謀等三人則皆為參加報社編務的勞務股，亦即通稱之乾股，未出分文。[82]

民國三十八年一月廿一日蔣中正總統宣布下野前，特別將王逸芬由國民政府警備師司令部軍需處長，調往臺灣擔任聯勤總司令部臺灣收支處主任。王逸芬的繼配王愛筠亦為浙江奉化人，故備受層峰倚重，奉命協同看管自上海中央銀行搶運來臺的二百六十萬兩黃金[83]、白銀、外匯美鈔等國有財資。民國三十九年三月蔣公能以國民黨總裁身分繼續掌控黨政軍人事，繼而復行視事，維繫國家法統，這批黃金成為極重要的奧援。其中極小比例的央行黃金，還在形勢空前危急狀況下，成為鼎力支持《民族報》創刊，並逐步崛起的重要支柱。

81　習賢德：〈革命實踐研究院檔案中的王惕吾與余紀忠〉，《傳記文學》第84卷2期，民國93年2月，頁9。

82　鄒郎：《當代報閥王惕吾歪傳》，臺北，新聞透視出版社，1989年，頁77,161。

83　根據周宏濤的回憶錄，民國37年2月8日中央銀行副總裁劉攻芸於上海外灘面告當時全國黃金存量狀況為：運到臺北260萬兩、廈門90萬兩、放在美國38萬兩，上海僅存20萬兩、承兌支用40萬兩，以及敵偽珠寶約一千一百條，準備運到香港貯存。參見：周宏濤口述、汪士淳撰寫：《蔣公與我：見證中華民國關鍵變局》，臺北，天下遠見文化公司，2003年9月，頁94。

　　曾任王瑞鍾團長麾下第八連連長的葉邦宗指出：民國三十六年底，彭孟緝於平定「二二八事件」後向中央建議：臺灣需要派駐一支部隊，並規劃人選；軍務局長俞濟時乃向蔣中正總統進言，大陸情勢惡化，臺灣是最後落腳地，必須以精銳的親兵屯駐，於是擱置彭孟緝規劃的名冊，官佐全由總統府警衛總隊派任，主要幹部名單為：警衛總隊副總隊長任世桂少將為旅長，俞濟時的機要劉鐵君上校為參謀長，總隊附王瑞鍾上校為第二團團長，童承啟為副團長，第一營營長應人、第三營營長何銓，連、排、班長全由官邸派出，於民國三十七年二月來臺成軍。

　　由於王瑞鍾能力很強，第二團訓練精良，彭孟緝十分瞭解這支先頭部隊大有來頭，因此一直伺機報復俞濟時換掉彭系人馬的仇，於是向東南軍政長官公署陳誠報告臺灣警備旅成立的經過，且明言：這支勁旅是蔣介石來臺後保命的本錢，不會為陳所用。陳誠竟中了彭孟緝此一公報私仇之計，突於民國三十八年五月十六日下令：將王瑞鍾上校調為臺灣省警備總司令部高參，改派追隨陳誠多年的汪奉曾上校接任。

　　但官邸人馬除了蔣總裁、俞濟時，一向無人能下令替換，此舉立即引起第二團全團官兵大譁，幾乎演成兵變。結果，汪上校未到差，原團長王瑞鍾亦抗命不交，人就躲在臺北市杭州南路由該團第八連看管的前聯勤總部黃金倉庫裡，致彭孟緝四處捉拿王團長，但毫無下落。陳誠這道干犯官邸人事慣例的調職令發布次日，蔣總裁即飛抵澎湖馬公；同年六月十六日王瑞鍾調任高參的命令只發布了一個月，即又改為：升任臺灣省警備旅上校參謀長。[84]

---

[84] 參見：葉邦宗：《蔣介石秘史：我在官邸的日子及一段遭到留白的歷史》，板橋，四方書城公司，2002 年 10 月，頁 219-223。

　　王惕吾於民國三十八年十一月七日自革實院第一期結業,理論上
有望晉升少將師長,或再回總統官邸,但均告落空。

　　王惕吾決定退役投身新聞事業時,《民族報》亦正陷於停刊的低
潮;因該報刊出一篇呼籲軍公教人員應該調薪,標題為「非不能也,
是不為也!」的社論觸怒了當局。筆者個人訪查的結果,這篇社論的
撰稿主筆是殷海光,殷氏其後與國民黨漸行漸遠,此一風波正是決裂
起點,但殷終其一生都避談此事。[85]唯按《聯合報》第四任總編輯王繼
樸的回憶,《民族報》創刊不久即被罰停刊三個月,起因為張鐵君的一
篇社論。[86]故究竟是殷海光還是張鐵君筆下肇禍?仍待確認。

　　停刊將近滿月時,社內幹部包括王逸芬、呂季陶及何敢、何功揚
兄弟等在內的湖北同鄉,央請鄂省鄉長、軍委會侍從室文膽陶希聖代
為疏通,請求准許復刊;蔣公順勢同意,指示陶希聖再與俞濟時洽談
細節。

　　俞濟時是浙江省奉化縣人,民國十三年十二月自黃埔軍校第一期
畢業,參加東征、北伐諸役;民國三十一年十一月擔任第十集團軍副
總司令時,奉調軍事委員會侍衛長。

　　王惕吾接掌《民族報》時機,出現在當局同意復刊之後。俞濟時
奉蔣公指示調處復刊問題時,即召集王逸芬、李漢儀、何敢、何功揚
等重要幹部面商。俞濟時建議彼時進退維谷而對辦報又頗有興趣的王

[85]　經筆者向資深報界人士查證,均指當時造成《民族報》暫時停刊的社論,
　　確係主筆殷海光所撰,王小癡筆下亦採認此說。參見王小癡批判王惕吾
　　系列作品:〈王惕吾發跡史(二):細說從頭蔣家官邸內侍的吃裡扒外〉,
　　載於《求是報》1991年3月28日,第3版。

[86]　王繼樸:〈開創中國報業的新紀元〉,載於:張作錦主編:《一同走過來
　　時路》,臺北,聯經出版公司,民國80年9月,頁57。

惕吾，即使沒有退伍金，亦無實際辦報經驗，何妨考慮接下正待復刊改組的《民族報》。王惕吾同意了，但亦請求俞濟時給予金援；於是俞濟時指示王逸芬第二次動用央行資金，共撥交兩百根金條另加一筆美金，讓其風光的以獨資方式取得經營實權，躍居《民族報》重新出發的發行人兼社長。

民國三十九年二月一日起，王惕吾接掌《民族報》當天報頭掛名的發行人兼社長，由王惕吾取代了周之鳴。第二版刊出小啟：標題是「王惕吾繼任本報發行人」，內文為：「本報發行人周之鳴，因事不克兼顧，由本報董事會推定王惕吾為發行人兼社長，已奉准自卅九年二月一日更改。」

王惕吾接掌《民族報》後，即顯現超乎常人的新聞狂熱和幹勁，不僅經常自己開著吉普車接送記者往返於重要的採訪場合，[87] 還親自拿了高中及大學聯考的榜單上街散發。[88]

資深記者都很懷念當年編輯部編制雖小，但亦已有相當規模，而惕老卻能親切叫出每個人的名字，個別點出工作表現的績效，隨意而親切地聊上幾句。編輯部晚上發稿時，惕老偶爾下樓看看，也是單槍匹馬悄悄進出，輕聲地與少數主管短暫交談，甚至不發一語，絕不干擾正常作業流程。

王繼樸以美國舊金山《世界日報》社長身分於民國七十八年十二月退休時，王惕吾赴美為其舉行惜別餐會及頒贈金牌後表示，他和王

---

[87] 習賢德：〈王惕吾、王永濤與《民族報》崛起的相關考證〉，傳記文學 86 卷 2 期，民國 94 年 2 月，頁 35。

[88] 羊汝德：《西窗舊話：新聞生涯四十年》，臺北，尚書文化公司，2002 年 1 月，頁 251。

繼樸是在四十年前《民族報》開始共事的,「我是不懂報紙,我經常站在王社長背後看他編,他是我的新聞老師,四十年來如兄弟般共同生活,四十年能不離開要特別珍惜。所以大家有緣在這裡相會,要如兄弟姐妹融洽在一起,發揮《聯合報》精神。」

王繼樸是《聯合報》繼闕潔民、劉昌平、馬克任之後的第四任總編輯,三報合作發行的第一號要聞版就是他編的;他和馬克任都視《民族報》、《聯合報》及《世界日報》為三個大家「共同的夢」,一點一點地實現的「三個夢」。他解釋自己是加上在《民族報》的年資才有四十年,並謙稱「以我這樣庸庸碌碌的人,能在報系服務四十年,說明董事長的寬厚待人。」[89]

有關惕老度量寬宏,常能容忍下屬頂撞,是報系老一輩同仁最常掛在嘴邊的公開秘密。不少資深同仁憶往,一方面固為惕老容人的度量表示欽服,但亦為當年敢向老闆犯顏直諫,陳明己見的勇氣頗感自豪。

據劉潔回憶,早年因其個性剛烈,生性傲上,致對惕老常常失禮。某次,因處理一則影星的新聞,惕老對遣詞用字的問題與其相左,於是去電對他大加斥責,又不讓他申辯就掛掉電話,強烈的自尊心迫使劉潔立刻決定辭職。未料,惕老夫人隨後便打電話為其夫婿錯怪下屬失言之事緩頰,僵局也就化解了。其後,編輯部有個退役軍人出身的工友說:「我到報社以後,慢慢知道編輯最大,因為董事長來的時候,劉潔長官都不站起來!」其實,劉潔不站起來,是因為編輯部工作一直很忙,惕老有事指示,坐著聽省事,何必弄那些肅立如儀的俗套?劉潔強調:不站起來跟長其十二歲的惕老應對,絕不缺少敬意,但這

---

[89] 楊芳芷:〈王繼樸不忮不求〉,《聯合報系月刊》第 85 期,民國 79 年 1 月,頁 17-19。

也要惕老能夠體諒才行。[90]

前《經濟日報》社長應鎮國也有一段被王惕吾摔算盤，但又隨即獲惕老重賞的往事。某次全國性選舉開票時，惕老親自坐鎮聯合報編輯部，當時擔任聯合報通訊總主任的應鎮國就坐在不遠處用算盤核算票數，惕老走過來問他結果出來沒有？他的回答卻一直是：「再等一下。」結果問到第三次的時候，惕老二話不說，就把他手中的算盤拿起來，狠狠的往地下一摔，大罵：「都什麼時代了，人家用電子計算機了，你還用算盤在這裡慢慢算！」結果應鎮國也二話不說，摸摸鼻子把算盤從地上撿起來繼續算票。第二天，《聯合報》除了新聞最正確，也比對手報早了整整一小時，等於打了一次漂亮的勝仗。幾天後，應鎮國收到一個新臺幣五萬元大紅包，相當於八個月的薪水和兩個星期的榮譽假，應鎮國欣然收下紅包，但告訴惕老：休假就別人去好了。[91]

王惕吾待人比較厚道，但人總是人，誰都有火氣上來，血壓升高的時候，但惕老的長處是火氣退得很快，在夥計對他發火時，他有容人的胸襟。早年在編輯部曾對採訪組記者吉承進略有指責，吉承進則覺得惕老冤枉了他，火也上來了，把桌子一拍：「王老闆，你這個脾氣發的沒有道理。」王老闆沒有再回嘴，轉個頭就離開編輯部。[92]

報系首位自採訪主任轉任中央民代的鍾榮吉回憶，多年前亦曾遭惕老依據檢舉函公開指責有兩名記者收受某家電影公司紅包撰發假新

[90] 劉潔：〈吵吵鬧鬧的故事：話舊勵新，為本報三十大慶添壽〉，《聯合報社務月刊》第 203 期，民國 70 年 3 月，頁 33。

[91] 吳仁麟：〈半世紀的聯合報系生涯：專訪應鎮國社長〉，《聯合報系月刊》第 219 期，民國 90 年 3 月，頁 26。

[92] 王景弘：《慣看秋月春風：一個臺灣記者的回顧》，臺北，前衛出版社，2004 年 7 月，頁 78。

聞;鍾榮吉當場冒火反駁,認為未深入查明真相即責罵下屬是不對的,惕老亦未再堅持,但事後卻證明:檢舉函內容並非虛構,這兩名社會記者則另因不同原因先後去職。

由《中央日報》跳槽且極受王家器重的《民生報》首任總編輯石敏,亦曾因社長王效蘭在工作日誌上批示:處理華航女籃隊某教練侵犯球員的報導「有小報作風」,且於次日引發惕老在常董會上跟進罵人,而立即當場口頭辯解後離席,立刻收拾私人物件請辭走人;最後由惕老一再調解挽留,親自帶著「頂撞有理」的石敏重返編輯部,就坐在石敏對面陪著上班長達一個半小時才離去。

惕老唯一的男孫王文杉是「全報系最不想升官的人」[93]在他心目中,惕老這位中文報業帝國的創辦人是「多面亞當」。他曾目睹有人面見惕老,連公文夾也被摔了出來,但那人剛走,惕老卻笑著從房裡出來,親切的問他中午想吃些什麼?王文杉回想這段往事,覺得惕老當時並非真的生氣,而是在表達他的不滿,「算是一種管理的技巧」。[94]

陳亞敏則總結早年記者編輯同仁的共同經驗是:總編輯罵人是「罵過也就算了,不會放在心裡,但希望挨罵的人在自己工作上力求進步。」董事長罵人次數不多,但一定令你畢生難忘。他個人的心得是:「挨了罵,千萬不要介意,你看,在座的主任、副主任,那個沒挨過罵;他們都是在挨罵中長大。」[95]可見,在王惕吾領導的聯合報系企業文化

---

[93] 何琦瑜:〈圓熟的 e 世代:王文杉的童年與接班歷程〉,《數位時代》,1999
年 8 月號,頁 40。

[94] 吳仁麟:〈您所不知道的創辦人〉,《聯合報系月刊》第 219 期,民國 90
年 3 月,頁 6。

[95] 陳亞敏:〈挨罵的故事〉,《聯合報社務月刊》第 207 期,民國 71 年 3 月,

中，不單單只有獎勵，更有令人刻骨銘心的、來自上級的嚴厲糾正、嚴詞責難和必須靠自己排解的情緒壓力。

民國七十七年八月，王惕吾邀請新成立的「聯合報產業工會」全體理監事列席常董會，暢談辦報理念時感性地指出：企業經營的最高指導是分層負責、分工合作，「假使不分層負責，我一個人那能管那麼多繁複的事情，所以報系的事是整體的，是分層的，不是分開的」；「奉勸各位朋友，為了要維護《聯合報》整體的表現，更為了要繼續為社會服務，大家還是要站在一切為報系進步的角度提供意見。如果你們認為我太武斷了，你這位大家長的權利未免太大了，不符合這個時代了，那你們來駁我嘛！看看我沒理，還是你們理由強，我們今天有這麼多同仁在座，大家再來發言的發言、舉手的舉手、投票的投票，都可以呀！我奉勸今天負責任的幹部要任勞、任怨，還要任謗。」；「我也要奉告大家要和顏悅色，大家相與共事，也是一種緣份，所以大家該有一種富情重義的心情彼此照顧，態度不夠友善的，今後要加強改善。全報社中脾氣最壞的是我，常會發脾氣，我認為有不對之處，就要責罵人，這是天生的脾氣。現在有人告訴我，你也要給人家面子嘛！何必這樣給人難看呢？時間相處那麼久了，還生那麼大的脾氣幹什麼？我想想也對，我今年已經七十六了，還動什麼肝火呢？所以我今天將我心情上的感覺說出來給大家聽。」[96]

聯合報系在成長過程中較異於同業的另一項特質，是其人才充裕，充裕到還可以支援利益不會彼此衝突的新聞同業，而在報系實力

頁 14。

[96] 聯合報董事會編：《聯合報、經濟日報、民生報、聯合晚報常務董事會會議紀錄（77 年~82 年）》，臺北，聯合報社，民國 82 年 10 月，頁 74-76。

壯大之後，王惕吾還分擔了為黨國文化宣傳的部份責任，這對凡事應講利的民營企業而言，的確不是一件簡單的事。

早在民國五十三年十月廿五日由原《東方日報》改名的《臺灣日報》在臺中市創刊時，發行人夏曉華即向兵多將廣的《聯合報》借將。夏曉華在其自述《種樹的人》一書中指出：該報編輯部的組成，「我特別感激兩位先生，一位是《聯合報》的王惕吾先生，他在獲知《聯合報》編輯主任劉潔兄有意來《臺灣日報》後，派劉昌平先生約我吃飯，劉先生告訴我：劉潔先生，王先生不能放，但可以推荐丁文治先生來任總編輯。以半年為期，薪金仍由《聯合報》支付。丁先生原在范鶴言先生主持的《經濟時報》工作，三報合併後，在《聯合報》任副總編輯，國共和談時是採訪延安的名記者，我早知其人，當然表示同意。」[97]

剛結束協助《臺灣日報》創刊的工作，民國五十四年四月，《聯合報》再度指派副總編輯丁文治赴馬尼拉協助《新聞日報》復刊改革。

根據第廿九期社務月刊專文所述，《新聞日報》社長為旅菲僑胞吳重生，該報為馬尼拉華文晚報，每日出版四大張，但每逢週一又改出晨報（中文、英文各兩大張）。該報香港版曾與《聯合報》海外航空版交換發行，因民國五十四年三月間該報發生罷工風潮而停刊，四月初計劃復刊，社長吳重生乃致電發行人王惕吾、社長范鶴言，請求借調編採人才一員，經王、范與劉昌平、馬克任等一再研究，「始在不得已情形下抽調了丁副總編輯前往協助」。《新聞日報》整個編輯部包括編、採、譯、校僅有十五人，加上丁文治共計十六人。

丁文治赴菲後主要任務包括：負責設計改革及調整《新聞日報》

---

[97] 夏曉華：《種樹的人》，臺北，作者家屬自印，民國 82 年 3 月，頁 98。

版面；負責審閱各版大樣；逐日撰寫或潤飾社論；負責晨報部份之撰稿與編輯事務；為吳重生社長私人處理有關中文方面之稿件。借調期間，丁文治每天清晨六時上班，十二時下班，下午撰寫時評，晚間撰寫其他稿件及寫信，故整天無任何暇餘。[98]

其後，王惕吾還曾派了幾名印刷技術人員赴南非，協助一家小型中文僑報解決問題。同業間發生了難題，例如《公論報》、《華報》有意讓售，都找上王惕吾；僅有兩次未對同業的困難伸手協助。其一是民國五十多年，我國駐泰大使馬紀壯要求王惕吾接辦黨部控制的泰國《世界日報》，但因泰國對外人辦報管制太嚴，王惕吾雖未應允，但仍派人前往支援，並提供改革意見；到了七十年代，時移勢易，王惕吾還是接辦該報，將它改為純民營報紙。另一次是國民黨希望王惕吾接辦黨營的《香港時報》，王惕吾以該報政治立場鮮明，也未答應。[99]

除了老闆層級的借調個案，《聯合報》記者與採訪對象建立的互信關係密切到一定程度後，同樣會產生借將的動機。徐榮華即於系刊撰文記述她與趙耀東的一段故事。

民國七十年經濟部長趙耀東受總統蔣經國之命，籌辦年產廿萬輛的大汽車廠，趙耀東親自到報社找董事長王惕吾借人，但這件事直到有一天趙部長告訴她：王董事長不答應外借，才知此事。徐榮華寫：「我沒到中鋼公司服務，卻得到一則他受命接辦大汽車廠的大獨家。」[100]此

[98] 編委會：〈丁副總編輯借聘菲律賓，協助《新聞日報》復興工作〉，《聯合報社務月刊》第 29 期，民國 54 年 5 月，頁 11。

[99] 王麗美：《報人王惕吾：聯合報的故事》，臺北，天下文化公司，1994 年 7 月，頁 291,292。

[100] 徐榮華：〈趙耀東與我〉，《聯合報社務月刊》第 207 期，民國 71 年 3 月，

外，政府宣布解嚴前夕，國民黨中央黨部決策當局為整頓黨營文化事業，亦曾一度考慮向《聯合報》借調張作錦主持《中央日報》社務。近年《聯合報》政治要聞記者如陳鳳馨、謝公秉等人先後被連戰、宋楚瑜陣營吸收，成為智囊成員，並擔任發言或代言人，再如嚴智徑、范立達、簡余晏等記者先後被廣電媒體吸收成為名嘴，則早已跨越借將範圍了。

黃天才早年曾任《民族晚報》採訪主任，故於民國七十六年奉派擔任《中央日報》社長時，即向老東家借將，欲指定邀聘自《中國時報》跳槽至《聯合報》的楊喜漢出任採訪主任。面見惕老時，黃天才不但要求答應「放人」，還要求保證將來「收回」。惕老眼睛一瞪，拍著桌面說：「天才，你未免太過份了！你要人的時候，求我放人；你不要了，還要我收回來，你太過份了！」黃天才不知惕老是真生氣還是假生氣，最後完全如願照辦，楊喜漢不但去了中央，兩年後又回了聯合，甚至楊借調期間的《聯合報》薪水仍照常發給，藉以「保證」楊可以隨時回到聯合。如此「千金一諾」的精神令黃天才敬佩無已。[101] 由此可見，從丁文治借調給《新聞日報》的個案開始，王惕吾身為中文報業領袖，一直保有業界罕見的助人的雅量。

葉明勳亦曾寫道：「惕老有很多的長處，處事謹嚴而有魄力，明達而能果斷，兼具宏觀的胸襟、堅忍的風骨，都為人所不及。……而在他的平時生活上，與人交往，寡言，也慎言，如有人信口開河，便以

頁 20。

[101] 黃天才：〈精明與厚道：追念最會帶人的王惕老〉，聯合報系創辦人王惕吾先生紀念集編輯委員會編印：《王惕吾先生紀念集》，臺北，民國 86 年 3 月，頁 139-140。

『廢話』二字責之,『廢話』變成為惕老的口頭禪。」[102]但惕老對資深幹部總能親切以對,甚且不避諱而不虐的綽號以示親切,例如負責第三版編務長達十五年的好手查仞千,因喜邀同仁下班後至寓所做方城之戰,人緣亦佳,惕老便常以「老千」稱之而不名。[103]

在照顧員工生活方面,農曆新春團拜時王惕老會給到場員工眷屬,包括還未結婚的女友在內,一視同仁地親自唱名並發給紅包;惕老雖然並不是基督徒,但偶有記者選在教堂結婚,也會親自到場悄悄坐在後排觀禮,只因為他很喜歡在教堂舉行婚禮的氣氛。早年為老記者舉辦退休餞別酒宴後,還會親自專程送回家交給太太點收後,他才離開;[104]少數資深地方記者與惕老建立深厚情誼後,連親友要投資創業,甚至退休金不夠還債,只要開口求助都會有所回應,某次,惕老竟再送新臺幣八十萬元協助老同仁解決私人難題。[105]

早年王氏夫婦還將單身總編輯劉昌平接到家中,調養嚴重的肺結核病,直至痊癒,更是新聞界的佳話。[106]劉昌平於民國八十年九月出版的《一同走過來時路》收錄的第一篇文章〈從陋巷走出來的〉詳述

---

[102] 葉明勳:〈從「廢話」說起——敬悼惕老〉,《聯合報系月刊》第 159 期,民國 85 年 3 月,頁 141。

[103] 參見:(1)查仞千:〈正派辦報,惕老不老〉,《聯合報系月刊》第 159 期,民國 85 年 3 月,頁 140。(2)趙玉明:〈賀查公七十榮慶〉,《聯合報系月刊》第 215 期,民國 89 年 11 月,頁 98。

[104] 鍾中培:〈留在記憶裡的採訪生涯〉,《聯合報系月刊》第 2 期,民國 72 年 2 月,頁 122。

[105] 吳心白:〈老闆走了〉,《聯合報系月刊》第 159 期,民國 85 年 3 月,頁 154。

[106] 葉邦宗:《報皇王惕吾:蔣介石門生、我的長官、隱瞞的四十年》,板橋,四方書城公司,2004 年 9 月,頁 226。

了自己當年幾乎因肺結核病一命嗚呼，而由創辦人惕老夫婦愛心照顧至痊癒的往事。他寫道：[107]

民國四十二年元旦起，關公專任總主筆，我接任總編輯。同年九月，我生了一場大病幾乎死去。同在臺北的家叔在他的記事中，曾寫下這一段經過：「四十二年九月廿四日，平侄突然間大量咯血，發覺患嚴重肺疾，臥床不能動。惕老先生延至自宅，請朱仰高醫師治療；醫藥飲食之照顧無微弗至。至十二月二十日左右，體溫、脈博、呼吸等才接近正常；至四十三年一月杪，漸能起床。六月廿日起，每日午後四時，至報社辦公兩三小時，至十二月杪斷藥，照常工作。」

我患肺結核疾病，並非突然咯血才發現的。那年九月初感冒長久未癒，去公園路郵政醫院看病，醫生聽診之後說要照 X 光片，三天後再去看片子，診斷右肺有一黑點，膈膜有積水現象，是為肺結核病。當年，「肺癆」被認為是絕症，一聽之下，便覺得這可完了。首先想到的是不可傳染給別人，便到附近的三葉莊旅社開個房間歇下來，然後打電話給同住在昆明街宿舍的王彥彭兄，只告訴他我生病了，請他將我的日常衣物用品送給我，並替我請假。然後，才細想如何就醫。

住在旅社隔壁的友人王康最先聽說了，來和我談，他說立可找人代辦住進松山療養院治療。還有其他幾位來看我的友人也如此說。

王惕吾先生獲悉後立即趕來，問了情況之後，他說：「昌平，我看這個病不必住醫院，我也有弟弟也害過這種病，所以我知道，在家療養好了。我把停車間整理一下，你就住在到我家來，請醫生給你看病。」

---

[107] 劉昌平：〈從陋巷走出來的〉，載於：張作錦主編：《一同走過來時路》，臺北，聯經出版公司，民國 80 年 9 月，頁 10-12。

　　我覺得住在他家，而他家還有幾個孩子，似乎不妥。便答道：「這恐怕不好吧！」他說：「沒有關係，車間和房子是分開的，就這樣辦了！」

　　在他盛情之下，而住院也不知有什麼樣的治療，要住多久，費用要多少，都很難說的情況下，我便住到他家中去療病了。

　　起初一、二十天，我如同常人一樣地作息，范鶴老約朱仰高醫師來看過，打針並留下每天服用的藥，有很多朋友、同事也不避有傳染的可能性來看我。九月廿四日凌晨突然一陣陣一口口地咯血，陪伴我的叔叔不知如何是好，而深夜也無從找醫生，直到天色漸明雞鳴之時忽自動停止。清晨，朱大夫來打了止血針，又另外開了藥。之後未再咯血，但醫囑千萬不能移動身體，就那樣平躺了兩三個月。其間一位任職於空軍總部醫療所的同鄉醫師定期來為我注射鏈黴素，也曾乘救護車至青島東路新設立的結核病防治中心去檢查取藥，初次驗痰無菌屬關閉性，不會傳染給別人，這才住得比較安心。因為，這時接近我的除了王家的人，還有日夜伴我的叔叔和一些朋友。

　　家叔在附近上班，白天抽空來我住處，在那躺著不能動無法自己進食的日子，總是他來餵我。有幾次，他來得遲了，惕吾先生夫人玉仙女士便親自來餵我進食，事實上，每天飲食和用具清洗也都是她一手料理的，因為他們家工友不肯做。四十三年一月間，再經檢查結核部份已纖維化，膈膜積水已消，病算是好了，可是身體還很虛弱，她再替我增加食品的營養，到六月間體重由病前的六十五公斤加到八十公斤，首次回到報社上班時，很多人幾乎不認識我了。

　　劉昌平強調：他與惕吾先生及其夫人非親非故，「從他三十九年元旦接辦《民族報》，到四十二年九月我生病，其間相處不過三年多，他對我在工作上的提拔、庇護，像兄弟般照顧我這一場生死攸關大病的真情，使我萬分感激，難以報答。」

　　新聞界前輩胡健中當年接辦《中央日報》時，曾有意找劉昌平當總編輯，但上級沒有准。但多年後，劉知情後仍堅定的向胡表示：那時即使上面准了，他還是不能離開《聯合報》的。「因為只有他辭退我，沒有我向他辭職的道理。」

　　不僅僅是以子侄輩照顧員工，王惕吾還在事業有成後，不斷參與民間團體的公益活動，幫助眾多具有特殊才能的人士，例如因而受惠於惕老慷慨義行者包括許多傑出運動選手與海外流亡人士者。在其擔任中華田徑協會理事長時，時常告訴選手「你們破紀錄，我來發紅包」。[108]學者余英時推崇王惕吾於一九八九年發生六四北京天安門屠城事件後，「慷慨仗義，救助大陸流亡學人與青年，所費至鉅」，「其中已有多人卒因此得以自立，各有成就」。[109]

　　製聯名家張佛千為位於新竹縣新埔鄉員工休假中心「南園」各棟建物製作長短不一的典雅對聯後，只曾告訴惕老「很想去美國一趟」，結果惕老全額資助他環遊世界。至於鼓勵報系記者出國採訪接受磨練，成全績優員工出國進修之舉，更是許多身受其惠者終生難忘的德澤。

　　前述貼心的小故事，無不傳達著王惕吾宅心仁厚、慷慨大度的一面。王家其他成員在耳濡目染之後，也頗能見賢思齊，比照辦理。例如王夫人趙玉仙女士經常透過跑榮總的記者注意急診室有無急需濟助之貧困人家，捐出的無數善款都以「無名氏」之名捐出。

---

[108] 曾清淡：〈田徑界的大家長：王董事長答應出任文教基金會名譽董事長〉，《聯合報系月刊》第 98 期，民國 80 年 2 月，頁 13。

[109] 編委會：〈唁電及唁函：余英時、陳淑平致必成、必立、效蘭、友蘭、惠蘭兄妹函〉，《聯合報系月刊》第 159 期，民國 85 年 3 月，頁 91。

　　王效蘭也曾對素不相識卻去函求助的未成年山地少女慨伸援手，只因為信中寫著：「王發行人，我不認識您，但是我知道只有您可以幫助我們全家度過難關，謝謝您！」[110]由王必成、王必立、王效蘭共同捐贈每年新臺幣七百萬元的「創辦人王惕吾先生紀念獎學金」，亦傳承了惕老寬厚為懷的精神，幾乎做到同仁子女統統有獎的普及程度。[111]

　　民國八十二年九月十六日王惕吾在社慶談話中強調：辦了四十多年的報紙，若要用一句話來描寫心目中正派報人風範，就是：「心中有自由，筆下有責任！」。他送給年輕員工兩個「有所不」，就是「有所不為」和「有所不避」；報系最寶貴的資產不是漂亮的大樓、精巧的機器和先進的電腦，「而是我們的企業精神：正派辦報！」[112]

　　民國八十五年一月廿九日王惕吾生前最後一次出席股東會議時指出：他最感滿意的就是「聯合報精神」，因此希望大家維持「聯合報精神」，辦報如此，做人亦如此；他提示今後努力的重點包括：第一、要堅持辦報自由化，新聞言論要講求自由，充份發揮在報導和言論上的職責。第二、社會千變萬化，一定要以多元化作法適應現代社會的實際需要。第三、報社各種制度都是考量情、理、法三方面妥善制定的，必須依照制度辦事。第四、中國人辦的報紙要中國化，以中國人的本性，累積多年經驗為中國人服務。[113]

---

[110] 張柏東：〈人間溫情傳入深山，李伊萍家度過難關：譽稱王發行人「活菩薩」〉，《聯合報系月刊》第172期，民國86年4月，頁8,9。

[111] 周恆和：〈申請創辦人王惕吾先生紀念獎學金：同仁子女，統統有獎〉，《聯合報社務月刊》第179期，民國86年11月，頁4,5。

[112] 王惕吾：〈心中有自由，筆下有責任！〉，《聯合報系月刊》第159期，民國85年3月，頁26,27。

[113] 編委會：〈創辦人期勉維持「聯合報精神」〉，《聯合報系月刊》第160期，

其實，外界看似大權已然在握的王惕吾直到民國六十二年五月十一日王永慶退出合夥經營團隊，始真正取得獨斷乾坤的至尊地位，並在《聯合報》改制為股份有限公司後，以其個人意志為火車頭的「聯合報精神」和據以延伸擴展而成的企業文化，方告落實。

《聯合報》一向講究寬厚和人情，前述刻薄寡恩的制度當然被推翻了；但是，事事講求績效，每天經歷著「成王敗寇」殘酷情緒洗禮的新聞工作，又如何可能每天結算糾結不清的個人恩怨和團隊的成敗呢？

馬克任曾扼要記述了早年《聯合報》編輯部的工作景況：「我在《聯合報》做了十三年採訪主任，這樣久的『前線指揮官』任期，在臺灣報業史上是空前的，有人認為將來也可能不會有的，因為採訪主任難以保證每場採訪戰役都能獲勝，有幾次戰役打敗了，『前線指揮官』就會被考慮撤換了。在那十三年期間，自信《聯合報》的採訪組維持著最嚴明的紀律、最凌厲的鬥志，夥伴們都年輕，當時的社會也無複雜的多方面誘惑因素，大家心無二志，夜以繼日只知衝鋒陷陣，為報紙開天闢地。我今天隨時會想到當年並肩作戰的夥伴們，他們的聲音笑貌，他們消夜慶功痛飲生啤酒的豪態，以及偶然漏掉新聞時扼腕嘆息之相。」[114]

在《聯合報》凡事都要搶第一的內外壓力下，幾乎沒有幾個外勤記者能有閒情逸緻享用正常晚飯，因此，各小組及來自上級善意安排策動的下班後的各種消夜場合，反而是同仁間真能放鬆心情享受的「正

民國 85 年 4 月，頁 6。

[114] 馬克任：〈我在聯合報系獲頒兩面大金牌〉，《聯合報系月刊》第 39 期，民國 75 年 3 月，頁 27。

餐」。因為消夜之處，常常就是總結一天戰鬥成敗，與同仁、同業和社內各級長官交心、懇談，化解誤會並展望未來的絕佳機會。而且，《聯合報》有個不成文的習慣，一有大事，一定等大家都忙完，吃個消夜，再回家睡大覺。[115]

　　資深司法記者何振奮撰文回憶，當年沒有什麼新聞獎，新聞打了勝仗，採訪主任馬克任會請大家到路邊攤切幾盤滷菜，叫一瓶酒，然後來一碗麵，吃得又飽又醉。跑社會新聞經常通宵達旦，吃消夜已成習慣。其實報社對採訪費用並不吝嗇，但大家省慣了，如今雖經常吃一席萬金的酒宴，數千元的消夜，但他卻懷念從前的清粥小菜。[116]

　　因此，每天午夜時分至凌晨的各型消夜活動，可以是延後八小時才上桌的正式晚飯兼早餐，也可以是好友間相濡以沫、羅漢請觀音的小型咔啦OK同樂會，也可以是由公費報銷的犒賞歡宴，席間還經常出現各等官員和不同行業的代表性人物；只要發起者用心安排，無不高潮迭起，且伴有諸多人生的驚喜和奇遇，這些看似無奇的點點滴滴，都是記者生涯由青澀轉趨圓熟的過程中，極其珍貴的集體記憶。

　　筆者於民國六十五年秋初入行時，即深感消夜場合是培養新進記者認識行業規矩，建立同行輩份倫常觀念，和開拓交流觀念，及增廣人生見聞的重要場合。如今尚能清晰憶起中時、聯合兩家對手報的採訪主任周天瑞與陳祖華，分別帶同跑社會新聞的弟兄們，相約在臺大校總區前的「西北食堂」大口吃肉、大碗喝酒交誼的陣仗；又依稀記

---

[115] 王景弘：《慣看秋月春風：一個臺灣記者的回顧》，臺北，前衛出版社，2004年7月，頁80。

[116] 何振奮：〈那種愛報的心〉，載於：張作錦主編：《一同走過來時路》，臺北，聯經出版公司，民國80年9月，頁72,73。

得：明明是《聯合報》政治組記者相約吃消夜，卻見《經濟日報》發行人王必立悄悄到來埋單請客，彼時跟著父親出現的小小王文杉，就一臉童稚的坐在筆者身旁的高腳椅上，連腳尖都點不到地哩。

除了下班後的人情濃郁的消夜聚會令同仁感到窩心，就連社方正式的餐敘也很得人心。民國七十二年六月底，王惕吾即曾在常董會上指示：「《聯合報》編採同仁之意見，頗多希望恢復舉辦獎勵性餐會，過去多由本人主持，現在可由三報總編輯輪流安排，人數及形式不拘，每月由五報選出績優同仁與會，以資鼓勵。業務及印務單位亦可舉辦類似活動。」[117]民國七十五年十一月廿四日王惕吾又在常董會表示：「同仁有好表現時，單位主管應主動適時予以獎勵，且要依層次、分輕重敘獎，不要一概而論，此次，我仍以烤乳豬大餐來鼓勵大家，原則上三報分開辦理，細節由三報編輯部自行決定。」[118]

就是這般放鬆心情的觥籌交錯之後，一天乃至長期的身心疲累和辛酸，都可獲得大體痊癒，彼此之間的基本差異、個性與好惡無不原形畢露，無所遁逃；而社方藉機略施小惠，滿足同仁有限的口腹之慾，能與長官親近交談的虛榮之心，每能豐收更敬業忠誠的向心力與工作戰果。如果資方有何重大決策，利用消夜時的輕鬆場合交換意見或形成共識，更屬惠而不費的有利投資。更重要的則是：如斯交心之後，內部凝聚的團隊精神和有形無形的情感與力量，自自然然積累成了某種只可意會、難以言傳的企業文化的重要元素。這種元素每能給予外人一種強烈的感

---

[117] 聯合報董事會編：《聯合報、經濟日報、民生報常務董事會會議紀錄（71~73 年）》，臺北，聯合報社，民國 82 年 12 月，頁 145。

[118] 聯合報董事會編：《聯合報、經濟日報、民生報常務董事會會議紀錄（74~76 年）》，臺北，聯合報社，民國 82 年 12 月，頁 226。

覺，那就是：「你們聯合報系的企業文化意識十分鞏固堅強。在大家庭裡，埋首與向心後的安心，應該是成就的最大因素。」[119]

十分遺憾的是，近年或因營收嚴重滑落，不再允許以公費核銷三至五天就來一次的小型餐敘，再加上少數主管個人對酬酢場合的刻意排斥，不但消夜的意義和附加價值被漠視低貶，亦造成與同仁員工間的日漸疏遠，致使融洽和睦為尚的企業文化，開始淡化、變質、褪色、崩解而不自知。

此外，不少中級幹部本人在職時，同樣安排眷屬在報系大傘之下謀得一枝之棲。表面上，各憑本事吃飯，身分若未經介紹，根本不會知道，但總讓尋常員工覺得最後一定有點差別待遇，因為血統純正者雖未必大紅大紫，但小小出人頭地的機會一定比常人多些。於是，在標榜不靠八行書的《聯合報》企業文化中，還是有特殊管道照顧特殊身分的員工。

事實上，中高級幹部正式退休後能承繼其衣缽者，在報系中早已不是什麼新聞了。此種現象自優點而論，親上加親，信上加信，恩上加恩，自可強化跨代建立的勞資情誼，衍生無可取代的死忠與信任關係，品操和紀律問題可保萬無一失。但自負面觀點分析，皇家部隊人馬一多，內部考核及獎懲之間的客觀公正，難免遭人閒話。

另有特殊的個案顯示，員工即便離職很久，只要王家覺得合適需要，還是照樣被請回來界以重任。例如，民國八十九年五月退休的主任秘書吳江，原於民國五十六年四月《經濟日報》創刊時自《民族晚報》轉入擔任記者；服務五年八個月後，吳江跳槽轉往中華電視臺尋

---

[119] 景小佩：〈楊仁烽是道地的「聯合報人」〉，《聯合報系月刊》第 108 期，民國 80 年 12 月，頁 217。

求發展；長達十四年後，在王必成的力邀下，又從華視回到報系，一直做到退休。[120]能如此風光的兩進兩出，關鍵即為吳江與王必成是住在臺中市時一同成長的總角交。[121]

如此盤根錯節的「親上加親」的人事政策，雖有職務異動和人事考核上的壓力，但如此攀親帶故的員工一多，的確造就了其他職場罕有的融洽氣氛，正如報系同仁於民國八十五年三月十八日祭創辦人一文所言：「聯合報系在工作上有如一個士氣高昂的『大兵團』，而在生活上又如一個溫馨的『大家庭』。」[122]

能令王惕吾生前感到自豪的事必多，但人的和諧親愛，以及對人的重視重用，被其分別定位在「聯合報精神」與《聯合報》企業文化的重要表徵」，應該是他最成功的經營政策，更是其普受敬愛而將其抬舉為一代報人，有別於唯利是圖、利令智昏的一般富豪的關鍵因素。因此，王惕吾常言：「我視同仁如家人，同仁亦視我為家長，我這家長平日關心的是報系同仁的福利，如何設法提高大家的收入，改善生活條件與品質，增進家庭幸福，鼓舞大家工作熱誠。我雖然是大家長，但在經營上非常重視同仁參與，聽取他們的意見，尊重他們的權益。……在報系的任何處理重要事務的場合裡，我都是參與者，而不單純是指揮者。有時我的指揮，實際上是執行一種共同意志。總之，《聯合報》企業文化的人本、人文特質，在整體上就是團隊精神的發

---

[120] 周恆和：〈二進二出，吳主秘榮退：談起歷歷往事，聯合報系令人懷念難忘〉，《聯合報系月刊》第 210 期，民國 89 年 6 月，頁 45。

[121] 據資深員工告訴筆者：王必成、吳江、關中都是早年臺中市省三國小（前身為臺中空軍子弟學校）或師大附中的同班同學。

[122] 編委會：〈聯合報系同仁祭王惕吾先生文〉，《聯合報系月刊》第 159 期，民國 85 年 3 月，頁 21。

揮。」[123]

綜言之，王惕吾留給子孫的重要遺產之一，便是「將心比心，多分人以財」的器度和藉此累積而成的親和形象，而這些以人本、情感和器度所塑造而成的《聯合報》企業文化精髓，能否完好地代代傳承於王氏家成員間，以目前聯合報系正處於調整改造階段的雙重壓力之下，此一考驗顯然還有待觀察。

第三節：從家族企業出發的新聞文化事業集團

民國六十一年十月三十日，社長范鶴言、監察人林頂立為專心主持所經營的其他事業，將持股讓與臺塑董事長王永慶。民國六十二年五月十一日王永慶退出全部股權，《聯合報》正式改為公司組織，結束合夥經營型態，王惕吾終於成為《聯合報》掌握全權的唯一老闆，得次實現個人的全部意志與理想。因此，聯合報系成為家族企業真正起點，始自王永慶退出之後。

據《聯合報》資深員工指出，自王永慶退出後，報社股權就分成七份，其中除了王惕吾夫婦，五名子女也都持有部份股權。按經濟部商業司民國九十四年六月一日之前聯合報系採取「五報合一」措施前的舊檔「聯合報股份有限公司」董事會及各股東持股數登錄資料分析，《聯合報》雖然各項制度優於同業，業務年年創新，人事考核方式亦稱嚴格，但無論員工酬勞股金如何提高，董事長如何大送獎金，畢竟

---

[123] 王惕吾：《我與新聞事業》，臺北，聯經出版公司，民國 80 年 9 月，頁 50,51。

還是一個傳子不傳賢的家族企業，報系旗下各事業單位要達成「突破家族營格局」的理想層次，顯然仍有漫漫長路。

就華人企業來看，家族企業的權力交接有些類似家產的繼承，因此其特點就是父業子承。如果有多個繼承權的子女，一般是在均分財產之後，如企業仍然維持一個整體，集中經營，控制權一般均為長子繼承。由於中國人及華人具有強烈的血緣觀念，很少有讓外姓人士繼承財產所有權或控制權。[124]

此外，所有家族企業面臨的一個共同主題是幾代家族成員共同參與的問題，因為，兩代或兩代以上的成員共同管理或擁有股份可能產生矛盾，首先，必須分享權力，這意味著老一代管理人員必須習慣並接受所承擔的家族和企業角色發生改變的事實。其次，幾代人關於對個人或企業最重要的問題，例如企業戰略選擇和投資機會方面的看法會出現矛盾。隨著時間推移，大多數家族都會擴大，第三代、第四代企業家族可能擁有龐大而多種多樣的股東，這意味著所有權的分散，及股東所有權地位的削弱。

美國學者蘭德爾·卡洛克（Randel S. Carlock）與約翰·沃德（John L. Ward）指出，如果希望家族企業愈辦愈好，就必須創造友好的環境和組織結構；家族成員間不完善的談話傾向於把重點放在公司事務的對錯、企業的好壞以及某個人在企業裡是否成功等問題上。這些話題本身不一定引起矛盾，但它往往會惡化關於管理風格或實踐的分歧，或激發關於哪種風格或想法更好的辯論——是老一輩還是新一代。這些討論得不到任何東西，很多時候只是翻來覆去地重提舊事。因此，

---

[124] 郭躍進主編：《家族企業經營管理》，北京，經濟管理出版社，2003 年 1 月，頁 58。

了解家族企業的文化也許是最重要的教育任務，這是企業對家族價值觀的反映，在贏得家族成員的承諾方面，它比任何其它因素更重要。[125]

但是，沒有任何家族企業的故事不包含某種程度的家庭矛盾。例如：偏愛一個孩子勝過另外一個孩子的父親，相處不融洽的兄弟，認為自己的伴侶操勞過度，但是報酬過低的配偶。[126]

中國家族企業產權在非經濟的屬性上具有「三緣」的特點：血緣、親緣、地緣；三者歸結為一，又使家族企業在產權主體上帶有濃厚的宗法色彩。

古今中外的家族企業都是「家」文化的產物，但世界各國對「家」的理解不同，而使各國家族企業制度色彩各異。華人家族企業以血緣為基礎的「家」文化滲透到家族企業管理的各方面，體現為「家族」管理，即由家庭成員、親戚、姻親等不斷擴散的泛家族成員管理企業。同受儒家文化薰陶的「家」文化，在日本家族企業中則體現為「家族式」管理，即對外部管理資源灌輸「家」的精神或者理念，強調安身立命、相互依賴、和諧統一、高度信任，在制度中保留了濃厚的家族色彩。美國的家族企業「家」的特徵，主要體現在家族對企業最終控制權的牢固掌握，至於企業如何運作、管理資源如何整合、職業經理人如何監督，則更多地是依靠外部的市場制度來約束，和企業內部治理結構的規範。[127]

---

[125] 梁卿譯：《家族企業戰略計劃》，北京，中信出版社，2002 年 3 月，頁154,155,165。

[126] 郭武文、馬風濤、王慶華譯：《打造新一代繼承人》，北京，中國財政經濟出版社，2004 年 4 月，頁 119。

[127] 付文閣：《中國家族企業面臨的緊要問題》，北京，經濟日報出版社，2004

　　家族企業雖然形式不同，但以下各點為其共同特徵：一、以家族成員對企業的擁有和控制為特徵；二、所有權和經營權難以分離；三、家族利益是企業目標；四、集權化的管理模式；五、獨特的家族企業文化。

　　以民國七十六年的統計為例，臺灣地區九十七家企業集團中，屬家族集團的有八十一家，佔 86.6%，非家族集團十三家，佔 13.4%；家族集團中的核心人物屬於一個家族者共有五十六個集團，屬於兩個家族者有十八個集團；全由家長擔任董事長和總經理者共有廿三家。[128]

　　臺灣地區多次傳出新光集團創辦人吳火獅後代吳東進、吳東昇、吳東亮三兄弟因接班、分家失和而不斷內鬨的新聞；另如亞洲化學公司創辦人衣復恩晚年亦因不滿長子投資失誤，而斷然拔除長子權限，再度自任董事長而造成父子關係僵化的消息，均顯示大型家族企業創業維艱，守成不易的共同難題。

　　由於外界較難直接觀察這些家族企業運作紀錄及其主要成員生活細節，因而除非他們自己鬧得丟人現眼，必須對簿公堂，否則都像鴨子划水，表面上都很和諧平靜。王惕吾創建的聯合報系傳承的各種情況，當然備受外界關注，但除了第二代已有夫妻離異、感情偶見不睦，另有手足間意見相左而較疏離等狀況外，尚無重大的摩擦。

　　要觀察聯合報股份有限公司的所有權歸屬，自應從法定之董事會十二位成員了解梗概。據筆者粗略研究，《聯合報》董事會產生方式為：由 59,607,020 股指定法人代表六人，另由 59,510,000 股指定法人代表六人共同組成。這十二人在名單上看似無分軒輊，且王氏家族成

　　年 10 月，頁 72,73。
[128] 付文閣，前引書，頁 64。

員僅王必成、王必立、王效蘭、王文杉等四人入列，但王必成係以長子地位高居董事長，常務董事王效蘭與監察人王必立是姐弟關係，王文杉是祖父親自指定的第三代接班人，這四位大股東權力比重不僅向王氏家族傾斜，外人亦無從取代，因為這是血統決定權力分配法則，無關能力與專業素養。至於非王家的其餘八人，則無一不是創辦人生前親自拔擢、悉心調教至再的楨幹心腹，因此，更無可能形成違逆創辦人遺命的不利態勢。

如自董事會非王氏家族成員名單浮面推測：包括：劉昌平、駱成、黃年、邱光盛、張漢昇、陳建成、黃素娟、簡武雄等八人能被指定為董事，固不宜逕行解讀為非血緣家族成員的內定接班人，但這八人能通過長期培養及重重考核，毫無疑問的，其先決要件必是能否赤忱擁抱《聯合報》企業文化，並忠誠服膺王家領導的大前提。

能被王家授予法人代表的董事席位，就最形式上的意義而言，幾可視同賦予了傳承及充實企業文化內涵之特定使命，更是將其發揚光大的重要旗手與標竿。以下為民國九十四年六月一日之前的十一席董事及監察人名單，及各法人所代表之持股數額：

1. 董事長：王必成，代表民生報股份有限公司：59,607,020 股。

2. 副董事長：劉昌平，代表民生報股份有限公司：59,607,020 股。

3. 常務董事：朱王效蘭，代表民生報股份有限公司：59,607,020 股。

4. 董事：駱成，代表民生報股份有限公司：59,607,020 股。

5. 董事：黃年，代表民生報股份有限公司：59,607,020 股。

6. 董事：邱光盛，代表民生報股份有限公司：59,607,020 股。

7. 董事：張漢昇，代表經濟日報股份有限公司：59,510,000 股。

8. 董事：陳建成，代表經濟日報股份有限公司：59,510,000 股。

9. 董事：黃素娟，代表經濟日報股份有限公司：59,510,000 股。

10. 董事：王文杉，代表經濟日報股份有限公司 59,510,000 股。

11. 董事：簡武雄，代表經濟日報股份有限公司 59,510,000 股。

12. 監察人：王必立，代表經濟日報股份有限公司 59,510,000 股。

　　據資深員工透露，雖然各報都遵循愓老早年所立下的「不分紅」原則，據以處理龐雜的年度營收，但非王家成員的各報董事之法人代表每年仍可獲得一筆可觀的「酬勞金」；以《民生報》為例，被選任為法人代表董事者，在全盛時期每年都有新臺幣五十萬元的進帳，位居報系龍頭的《聯合報》董事「酬勞金」雖想必更為可觀。

　　有人批評《聯合報》是家族企業，並且認定家族企業是《聯合報》營運結構中一切負面現象的最終根源。此一見解誠屬仁智互見，不會有完全一致的答案。但吾人實有必要對家族企業的相關理論和存在樣態，掌握若干最基本的理解。

　　那麼，家族企業究竟是什麼呢？有人認為，中國家族企業是一種「沒有選擇的選擇」。[129]家族企業是一種特殊但又極其普遍的經濟現象和文化現象，其定義為：企業創始者及其最親密的合夥人（和家族）一直掌握大部份股權，與經理人員維持緊密的私人關係，且保留最高層的主要決策權，特別是在有關財務政策、資源分配和高層人員的選拔方面。

　　家族企業內部主要成員由家庭、婚姻、宗族等關係聯繫起來，互相之間有著相同或類似的價值觀念，這些價值觀念以不同形式體現在

---

[129] 此為北京大學光華管理學院教授項兵的觀點。參見：陳炎、許曉暉：《家族力量》，杭州，浙江人民出版社，2003 年 7 月，頁 24。

企業體制、結構、經營管理方式等諸多方面，構成獨特的企業文化。

尤其值得注意觀察的是：在利益取向上，家族企業信奉家族重於國家、集體重於個人、圈內重於圈外、穩定重於發展；在用人機制上，家族企業信奉品行重於才幹、資歷重於能力、經驗重於知識、情感重於理性；在決策機制上，家族企業信奉權威重於集體、集體重於個人、直覺重於科學、平衡重於公正；在誠信機制上，奉行信用重於契約、倫理重於道理、人情重於規章、面子重於事實。[130]

輔仁大學金融研究所教授葉銀華認為，家族企業應具備三個條件：一是家族的持股比例大於臨界持股比例；二是家族成員或具有二親等以內的親屬擔任董事長或總經理；三是家族成員或具有三親等以內的親屬，擔任公司董事的席位超過全部公司董事席位一半以上。[131]

大陸學者劉偉東認為，中國現代家族企業制度的核心內容主要由三部份構成：傳統家族企業制度、企業經營制度和企業文化，故可稱為「三位一體」公式。而傳統家族企業是企業開展初期必然的一種反映，所具有的生命力也是不爭的事實，俗諺所謂：「打虎親兄弟，上陣父子兵。」說明了信任度最高的親屬，才能共同承擔企業危機。但傳統家族企業想要升級，必須處理好三個基本關係：一、公與私的關係；二、血緣序列在企業與家族中的關係；三、「任人唯親」與「任人唯賢」的關係。[132]

---

[130] 付文閣，前引書，頁 89。

[131] 葉銀華：〈家族控股集團、核心企業與報酬互動之研究：臺灣與香港證券市場之比較〉，《管理評論》第 18 卷 2 期，民國 88 年 5 月，頁 65,66。

[132] 劉偉東：〈家族企業的「三位一體」公式〉，收錄於：錢津主編：《企業文化沙龍》2004 年第 2 輯，北京，中國經濟出版社，2004 年 2 月，頁 98-101。

美國組織心理學教授克林・蓋爾西克（Kelin E. Gersick）與劉偉東的概念頗為近似。他與另三位研究同僚針對家族企業特性和傳承模式，提出了「家族企業三環模式」的結構理念模型，用以解析家族企業存續時複雜而又十分清晰的特色。

蓋爾西克的三圓交疊的理念模型，是用三個大小相等、距離相等而又相互交疊的圓圈，分別代表：一、家族成員，二、所有權、合夥人及股東，三、企業體及其受雇者。交疊之後的三圓，總共出現三個最外圍仍保持各自原狀的區域、三個與另個圓圈交互重疊而成的區域，以及位居核心、唯一與三圓都有交集而成的區域。這七種分合或交互重疊的組合狀況，即分別代表家族企業與企業體所有權人之間，同中有異，又異中有同的定位。

按蓋爾西克的觀點，界定家族企業的原則，並非根據公司名稱冠上了家族姓氏，或是有多少親戚擔任了高級管理職務，而應依據企業實際所有權的歸屬為何來判定。他更進一步推出了家族企業發展的三維面向模型，深刻揭示了家族成員在家族企業中的生命週期。

家族企業發展三維模型以三軸線說明家族企業存續現象，先將企業發展軸線（Business Axis）分為：初創期（Start-Up Stage）、擴張期（Expansion/Formalization Stage）、成熟期（Maturity Stage）等三階段。

再將所有權發展軸線（Ownership Axis）分為：一股獨大期（Controlling Stage）、兄弟合夥期（Sibling Partnership Stage）、表親聯盟期（Cousin Consortium Stage）。

最後將家族成員參與企業的工作軸線（Family Axis）分為：青少草創期（Young Business Stage）、初始進入企業期（Entering the Business

Stage)、團結工作期(Working Together Stage)、讓出位置交棒期(Passing the Baton Stage)等四階段。

在一股獨大和青少草創期，企業創辦人和參與創業者年紀都在四十歲以下，資淺小輩則在十八歲以下。在初始進入企業期，資深代的年紀在四十五至五十五歲之間，資淺輩仍在廿歲上下。在兄弟合夥期至團結工作期，資深代年紀在五十五至六十五歲之間，資淺輩已在廿四至四十二歲之間。在讓出位置交棒期及表親聯盟期，資深代已屆六十歲以上，家族企業乃進入世代交替的階段。[133]

相對於前述理念，大陸學者蘇啟林針對家族接棒傳承所作實證研究認為，家族接班週程可分為：一、學習階段：接班人廿五歲左右；二、訓練階段：接班人廿六至卅五歲；三、適應階段：在卅五歲以上。另亦發現，家族企業經營的代次愈高，平均營運的年數愈大，由第三代掌管的家族企業平均雇員數是第一代的五倍以上，企業組織形式也愈來愈有規範，一人公司的比重亦愈來愈低，由第三代掌管的家族企業仍為一人公司的比例，僅及第一代的五分之一。同時，家族企業代次愈高，最高管理層中的非家族成員比例呈直線上升趨勢，而女性家族成員參與的比例則呈直線下降趨勢；家族企業代次愈高，受家族創始人的影響程度愈低，而傾向於採納外部顧問意見的比例呈直線上升趨勢。家族企業的第二、三代與第一代相比，更傾向於採用團隊管理

---

[133] Gersick, Kelin. E., J. A. Davis, M. McCollom Hampton, and I. Lansberg.1997. *Generation to generation:Life cycles of the family busines*s. Boston, Mass.: Harvard Business School press ,pp.4-6,29,32,41,48,62,72,82,92.

模式，運用複雜的財務處理技術。[134]

　　中國大陸著名的方太廚具公司董事長茅理翔在公司業務步上軌道時，公司管理團隊一百七十多人中，除了茅家三人外，沒有一個是家族成員，董事會也吸收了一些非家族成員，因為他認為管理專業化的重要標誌就是：非家族成員也能擔任中高級職位，並得到信任。即便當年二次創業時冒著極高的風險，僅有自己的太太和兒女理解並予支持，但茅理翔堅認：公司發展到一定階段就必須淡化家族制，因此，他是董事長，兒子是總經理，太太是監事會主席，但其下所有中高層幹部沒有一個家族成員，也沒有一個親戚朋友；他認為族制企業中，兄弟姐妹可以共同參股，但不適合共同經營，因此，茅理翔女兒在方太雖有股份，但並不參與經營，而另設一家公司。[135]

　　這些針對一般商業家族企業進行的研究及結論，是否適用於《聯合報》企業文化的形成與傳承，當然會有爭議，且不宜強行對號入座，唯其中提出的觀點還是極有參照價值的。

　　美國哈佛大學研究家族企業的學者羅伯‧唐納利 （Robert G. Donnely）認為：同一個家族至少有兩代參加這個公司的經營管理，並且這兩代銜接的結果，使公司政策和家族的利益與目標又相互影響，且滿足如下七個條件中的一個或數個條件者，即可構成家族企業：（1）家族成員藉他與公司的關係，決定個人一生的事業；（2）家族成員在

[134] 蘇啟林：《家族企業》，北京，經濟科學出版社，2005年2月，頁92-98。
[135] 陳炎、許曉暉：《家族力量》，杭州，浙江人民出版社，2003年7月，頁311。

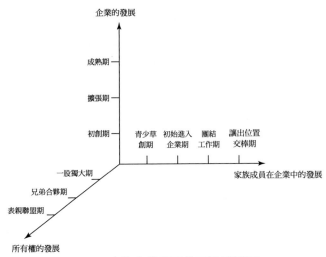

圖 4：家族企業發展的三維模型圖

（轉引自：蘇啓林著（2005）：《家族企業》第 18 頁）

公司的職務影響他在家族中的地位；（3）家族成員以超乎財務的理由，
認為有責任持有這家公司的股票；（4）即使家族成員正式參與公司的
管理，但是他的行為卻反射這家公司的信譽；（5）公司與家族的整體
價值合而為一；（6）現任或是前任董事長、總經理的妻子或兒子位居
董事；（7）家族關係在決定經營管理權以及權力的繼承中，起著重要
作用。

　　美國約有 90% 的企業為家族企業，英國大約有 70% 的企業為家族
企業，臺灣地區除公營和外資企業外，其他企業幾乎都是家族企業。
美國排名前五百名的大企業中，家族企業有 175 家，美國上市的大型
企業中，40% 被家族企業控制。這些數據說明，家族企業是一種普遍
存在的企業形式，市場經濟發達和完善，並沒有讓它消失。

　　美國大多數合夥或合作性質的公司是「夫妻公司」、「親戚公司」

或「朋友公司」。大多數家族企業能夠順利轉變為以契約和財產為基礎的專業化公司，如開業逾兩百年的美國杜邦公司（Du Pont Co.）、開業逾百年的西爾斯公司（Sears, Roebuk & Co.）及柯達公司（Eastman Kodak Co.）等等，但有的無法實現相應轉變而倒閉了，如王安電腦公司。據某些研究顯示，家族式企業壽命一般為廿三年左右，能延續至第二代的家族企業只占 39%，而能延至第三代的家族式企業只有15%。[136]

　　儘管中外均有「富不過三代」的說法，但「富不過三代」的不僅僅是家族企業。據統計，一九七〇年躋身《財富》（Fortune）雜誌五百強的跨國公司至一九八二年後有三分之一都銷聲匿跡了，其中有家族企業，也有非家族企業。有人在企業生命週期理論的指導下，對企業的壽命進行統計分析，結論是企業平均壽命約在四十至五十年間。

　　經分析多數公司的興衰歷程後發現，許多國家 40%的新建公司不到十年便中途夭折，以至於前十年成為企業「死亡率」最高的時期。一般公司壽命為七至八年，一個跨國公司平均為四十至五十年，超過百年的公司寥若晨星。但事實上，歐洲大陸及英國超過三百歲的公司大有人在，且多屬家族企業，可見企業短壽，並非家族企業所獨有的現象。[137]

　　家族企業發展初始階段大多是以「夫妻店」、「兄弟檔」形式出現的，不僅規模小、經營範圍單一，而且所有者和經營者也多限定在家庭範圍以內；因此叫做家庭企業更合適。據調查，海外華人 70%以上

---

[136] 郭躍進主編：《家族企業經營管理》，北京，經濟管理出版社，2003 年 1月，頁 265。

[137] 付文閣，前引書，頁 5。

白手起家的富豪都是由「夫妻店」做起。

當家庭企業規模逐漸擴大，其人員和資金明顯缺乏，需要吸納更多人員參與，於是有些企業逐漸與自己家庭以外的親屬、有一定宗親關係者合作，也就進入家族企業發展的第二階段，即成為家屬加親屬的家族企業。在這種家族企業對企業的控制和經營，如果再進一步發展，將演變成泛家族管理的家族企業，雖然所有權還控制在家族成員手中，但企業開始引進外來管理人才，來實現企業的經營管理。家族企業一旦發展到更高階段，經營者的選擇和股權激勵制度就成為必須面對的問題。

經營者的選擇使經營權外化，股權激勵制度的施行則形成所有權外化，企業愈發展、規模愈大，這種外化的趨勢和客觀需要愈明顯。當然，作為家族企業，家族勢力對所有權的控制還占絕對或相對優勢，但對經營權的控制不再明顯，直至完全由來自外部的職業經理人來完成，而此時家族企業已在形式上實現了現代企業的經營模式，成為現代家族企業，進入家族企業發展的最終階段。如果其後家族成員對所有權的控制愈來愈少，失去優勢地位，那麼這個企業即使沿用原來的名稱，也只是徒有家族企業之名，而無家族企業之實了。

一般而言，家族企業的優勢有四：一、是家族利益目標下的高凝聚力：家族成員間具有特殊的血緣、親緣、地緣和宗族關係，在維護企業利益問題上，能緊密團結起來以全身心地投入，甚至可以不計報酬，非常有利於形成堅強的精神信念和高度的凝聚力。二、是集權管理模式下的高效率：集權式的家長管理制度，是以一個絕對權威的企業創始人為核心，按親屬關係的遠近各司其職，構成企業的管理網絡，雖然此種狀況不很科學化，但卻非常有利於信息的暢通，有利於避免決策執行的偏差，保證企業運轉的高效率。三、是家族文化傳統下精

神理念的高度一致性：創始人既是家族的權威，又是企業領袖，更是企業文化的締造者，因此，創始人的行為和個人風格給企業中的其他家族成員樹立強烈的示範作用，長期的潛移默化加上彼此的信任和了解，形成了共同信念和價值觀，進而產生特殊的家族企業文化，對企業整體行為的協調非常有利。四、是所有權、經營權集於一身，避免了委託——代理關係下的道德風險：在市場完善、法制健全、社會誠信機制有較強約束力的情況下，所有權和經營權分離對企業經營是很有好處的；但在誠信約束機制失靈時，職業經理人一旦翻臉違背承諾，造成假賬或意氣方面衝突的危機，就會迫使家族企業走向回頭路。

至於家族企業的劣勢亦有四點：一是家族企業經營管理中的人才問題：引進外來管理人才對家族企業是一個兩難抉擇，因為大量引進會造成經營權旁落，及道德風險危機，而不引進外來管理者又不利於企業發展。另因家族企業用人涉及複雜的家族關係，使外部管理者很難融入企業中，無法發揮其應有作用。二是集權管理模式下的決策問題：家族企業的家長具有絕對的權威和權力，家族成員又普遍崇拜權威之下，不難針對市場變化作出快速反應；但是，此種決策程序比較簡單，隨意性較強，很多時候由企業家長一人拍板定案，其他成員贊同執行，一旦決策失誤，會帶給企業很大的傷害。三是家族文化對變革的阻力問題：家族文化具有繼承性，其形成是一個漫長的過程，很難改變，在此固定文化氛圍中，價值觀、理念、思維方式不易改變，往往成為企業變革阻力。四是家族關係和企業關係交織的問題：企業內部各家族成員既是職業上的工作關係，又是同一家族的親屬、宗族關係，二者很難分得清楚；因此，家長的權威非常重要，可使兩種關係自動調節，產生一種新的合力，使個人目標和家族目標統一起來。如果家長失去權威，不同利益主體和不同的利益目標就會迅速分化，

也許這正是許多家族企業在第一代創始人經營時非常強大，當創始人退出後卻很快陷入困境，甚至在市場上消失的原因。

吾人對前述家族企業的優勢和劣勢，宜有正確理解，因為前述八點不可能放諸四海而皆準的絕對真理，某一情況下的優勢在另種情況下可能就是劣勢；同樣都是家族企業，有的企業不斷獲得成功，有的卻逐漸陷入困境，可見關鍵不在「是不是家族企業」的本身，而在於如何趨利避害，適應環境的變化。[138]

美國學者沙因（Edgar H. Schein）亦自企業文化的觀點來解釋此種「家道中落」的現象。他認為：企業不斷的成功會締造固執的共同假設，這就形成了強大的文化，如果內部環境和外部環境一直保持穩定，文化就會成為一種優勢。然而，一旦環境發生改變，那些共同假設就會成為負擔，因為他們太過強大。當企業因為市場已經飽和或者產品過時而停滯不前時，常常會達到這個階段。這種情況並不一定和企業年齡、規模和管理層更替有關，而是反映了企業的產出和環境的機遇、限制因素之間的相互作用。[139]

創始人所享有的家長制管理制度，產生於幾個因素，首先，孝道是中國家族文化中的核心，而且「孝」永遠是下輩對上一輩方面的義務，因而在此薰陶下成長的企業創始人的後代，對於既是企業控制者，又是家長的創始人，不僅有行政組織的下級對上級的服從，更有後輩

---

[138] （1）朱成全：《企業文化概論》，大連，東北財經大學出版社，2005 年 8 月，頁 129-136。（2）郭躍進：《家族企業經營》，北京，經濟管理出版社，2003 年 1 月，頁 7。

[139] 郝繼濤譯：《企業文化生存指南》，北京，機械工業出版社，2004 年 5 月，頁 131。

對前輩的恭順，為家族企業創業者的家長權威的形成，提供了合宜的土壤。

大凡成功的家族企業第一代領導人，絕大多數學歷不高，從小本經營起步，在克服了千難萬險，歷經艱辛才有其後輝煌的成就。他們的成功自然會受到後人的崇敬。創業者表現的毅力、勇氣、膽識及遠見，能在家族企業中建立很高的個人影響力，而且不斷強化、擴大之後，最後甚至在相當程度上被神化，使得創業者的指示在家族及其企業中被奉為聖旨。

經營興旺的家族企業一般都會注重子女的教育，由於家族企業的經濟條件比非家族企業優越，家族企業出身的子弟接受教育的時間都比較長；無論過去還是現在，家族企業的創業者都傾向於將子女送進大學，特別是著名大學受教育，因而子女在經濟上的依賴程度相對要比普通家庭要高，為獲得經濟上的支持，子女不得不同意家長的意見，哪怕是違心的。

在家長制形成之後，企業領導者很容易表現出兩類領導作風：一是獨裁式的作風，一為教誨式的作風。前者以老闆為中心，經營決策由老闆一人決定，各部門負責人及其下屬只有建議權，沒有決策權。後者是指家長具有合法權、參照權、專家權、獎酬權及強迫權，從而使得家長與家庭成員間的權力差距拉大，並產生了尊卑的上下級關係，這種關係在領導行為上的體現即是教誨式的行為。

如此專制的家長制管理作風當然會有不利的負面影響，包括：一、壓制家族企業接班人的創新意識：在家長制的威權下，接班人不會有特別的創新，一些創新甚至會被扼殺。二、家長制的作風將影響接班人的風格和個人影響力：由於創業者的成功和家長制風格的存在，接班人很容易將二者聯繫起來，並進行模仿，但他們往往急於求成，有

盡快超過創業者成就的欲望，結果可能將家族企業帶入困境。華人企業常有「富不過三代」之說，其實，在理財已發展成為一門科學的今天，就算一個富家子弟真的揮霍無度，在專業財經人員的匡扶下，也甚少在一兩代間把家財敗壞盡淨。在現代經營環境中，家族企業實際上較少敗在接班人的操守上，更多是接班人既缺乏父輩的眼光和才幹，又急於求功，盲目擴張，終至動搖企業根基。三、家長制會導致極端的矛盾衝突：家長制作風壓制了接班人的能力後，極端的可能會引起接班人的不滿，致使接班人與創業者之間產生尖銳的矛盾衝突，這在西方企業中常有類似的悲劇發生。

瑞士國際管理發展學院（International Institute for Management Development, IMD）研究家族企業的喬希姆‧施瓦茲（Joachim Schwass）教授指出，家族企業從第一代向第二代交接權力出現失敗，與傳奇般的創業者的特性密不可分，他們不願淡出權力中心，而且在培養接班人上也未充分意識到他們應做些什麼，結果第二代經常是以灰心喪氣、令人作嘔以及準備欠佳而告終。[140]

事實上，承繼問題的管理必須經過若干階段的安排和考驗，從創始人和家族管理到中期由總經理管理，這一過程包括了許多變數，公司如何從創始人或創業家族統治下轉向由第二代、第三代和第四代總經理執掌管理大權，大約可以下列典型的過程說明。

這些程序的第一步，通常也是最關鍵的一步，便是企業領導人由創始人轉換為一位首席執行官，不管他是創業家成員還是外界人士。就算是創業人的兒女，或其他家族成員，創業企業家的本性也使他們

---

[140] 郭躍進主編：《家族企業經營管理》，北京，經濟管理出版社，2003 年 1 月，頁 71-76。

難以割捨自己創下的基業。在極端的例子中，創始人甚至會無意識地破壞他的組織，以向世人證明自己是多麼不可或缺。另方面，一些熱衷於不斷創業的企業家則會公開辭職，或將成功的事業移交給朋友或同事。

在過渡階段，員工對文化因素的喜好會造成衝突，這反映出他們對創始人喜好的那些方面，因為文化的大部份都可能是源於創始人個性的外在體現。於是，擁護創始人文化的「保守派」與想要改變文化的「自由主義者」和「激進派」之間展開鬥爭。這一情形帶來的危險在於，對創始人的情感都宣洩在文化上面，領導更迭的努力使得文化的大部份受到挑戰。如果組織成員忘了文化是一整套摸索出來的能夠創造成功、舒適和認同的解決方案，那麼他們可能改掉的恰恰是他們珍視和需要的那些東西。因此，繼承過程應該加以精心設計，從而強化組織文化中能夠提供認同感、創造獨特競爭力和抵禦焦慮的相關部份。這一過程只能由組織內部人員完成，因為外界人士不易理解組織文化的微妙之處，難以理解創始人和員工之間的情感維繫。

承繼的準備往往為創始人和潛在的繼承人帶來一些心理困難，因為典型的企業家都喜歡繼續保持高度的控制權。他們可能會公開地推荐繼承人，但潛意識裡可能會阻止有力的競爭者去行使這種職責。或者，他們指定了繼承人，但是卻不讓繼承人有足夠的職責去學習和實踐領導工作。這種情況可稱之為「亞伯特王子現象」，當年維多利亞女王便沒有給予她的兒子足夠的機會，去鍛鍊如何成為一國之君。[141]如

---

[141] 英國維多利亞女王（1819-1901）育有九名子女，其長子亞伯特‧愛德華（Albert Edward, 1841-1910）即其後愛德華七世；因自幼時雙親都嫌他不及長女聰穎，故女王從未同意讓他接觸國政文件，亦未給予任何實用

果是父子相傳的話，這種模式便有可能發生。

當高級管理階層或創始人面對繼承人挑選標準問題時，文化問題就被迫公開了。如果創始人或創始家族在組織中仍占有領導地位，就不可能期望文化有多大改變，但是他們會致力於解釋、整合、維護和推進這種文化，因為它與創始人被視為一體。當創始人或創始家族最終放棄了控制權後，如果繼承人是有系統的任命和提拔的「混血」，亦即他代表了維繫組織存續的需要，又是保有舊文化的一員，很容易被組織成員接受，於是管理移交後有機會改變文化的發展方向。某些公司連續幾位外部人士擔當首席執行官都以失敗告終，找到一位早期任職的經理來擔當重任，創始家族認為他理解公司，儘管他帶來許多全新的經營管理假設。[142]

前述有關家族企業的論述，無一係特別針對新聞媒體而完成之實證研究，但與本篇論文企圖理解聯合報系家族企業結構的高度需求，竟然若合符節，其中甚多描述，有如特別為《聯合報》王家三代經歷過的和正在面臨的交棒傳承問題而發，顯示了驚人的吻合程度。

王惕吾辦報前十年的困頓，完全符合前述企業「死亡率」最高時期就是前十年之說，除了資金嚴重缺乏之外，臺灣尚未起飛的工商經濟亦無可能提供較佳的廣告收益，對王惕吾、范鶴言及其共同打拼的早年員工而言，創刊之後第十二年才搬入康定路社址的時期，的確意味著酷冬漸遠，這個臺灣報業中的小老弟總算大難不死挺過了夭折風

的工作，亞伯特王子只好無所事事，縱情酒色；其後繼承王位僅在位九年即死於肺炎，享年 69 歲。

[142] 郝繼濤譯：《企業文化生存指南》，北京，機械工業出版社，2004 年 5 月，頁 89,90。

險。而且，從康定路重新出發的《聯合報》，下一站就是往東遷移的忠
孝東路四段的鼎盛時期。

王惕吾生於民國二年，當其接任《民族報》發行人兼社長時，年
方卅七，亦符合前述企業創業始人起步之年都在四十歲以下的情況。
民國六十六年六月一日《聯合報》為發行量突破六十萬份而大發紅包
之年，王惕吾已屆六十四歲，其長子必成及次子必立亦先後接掌國內
兩報要職，符合前述「兄弟合夥期」的特徵；次年《民生報》創刊又
將長女效蘭自國外召回，則更強化了「團結工作期」的特色。民國八
十一年八月長孫王文杉自美國調回臺北，展開了第一代準備全退交棒
的動作；民國八十二年九月王惕吾正式退休時，聯合報系的權力結構
已先部份轉移給具有前述能被家族認同的「混血」式的非家族成員劉
昌平和楊選堂，待鋪好過渡的舞臺，輔翼「小王子」王文杉逐漸融入
企業文化、掌握情況、漸有資望之後，方於民國九十年十一月一日成
為《聯合報》歷來最年輕的社長，三十一歲當家的情況，彷彿啟動了
繼伯父輩之後第三代繼起三度創業的景況。民國九十三年十一月底《可
樂報》的誕生，又為王必成長女王安嘉提供了新崗位，不折不扣的讓
聯合報系的三代攜手步入了「表親聯盟期」。

在創辦人強勢領導風格下，長子王必成雖早被定位在接班人的位
置，卻從不在輪流會簽的公事上積極表態，寧可多聽別人意見之後再
說。看過他將自己名字縮成一團的簽名式者都有同感：如此字跡多少
反映了他被壓抑的心理。王必成看似拘謹木訥審慎，但私底下脾氣亦
有相當火爆的一面；在父親強大身影之下，他很少有大聲說話的機會，
有些中高級主管還根本不把這位「二世主」放在眼裡，凡事直接向大
老闆報告。但王必成還是會找尋機會向員工表達他握有權柄，甚至常
用「我老子」來稱呼其父。王惕吾對子女的關心，同樣表現在對子女

婚姻的意見上，例如長子和長女結婚對象，都是由他間接促成，覺得十分滿意後定奪。

王惕吾早年的軍中歷練和見聞，對其後投資經營報業的風格影響極大。他很喜歡「辦報如打仗」的比喻，但是卻認為「辦報比打仗還辛苦」。他說：「不錯，我們是在打仗。而且我們打的仗比大軍作戰更辛苦。部隊參加一次戰役後，常常有休息整補的機會，我們卻要天天打仗，天天要打勝仗。」[143]他在子女教育方面亦頗嚴格，對子女的生活、求學、工作，都如同軍令；「在不得，也不能不從之餘，做子女的只有服從命令，照章行事。」[144]民國八十三年七月七日惕老抵達美國洛杉磯世界日報社探視同仁時，更鼓勵大家要以企業化、軍事化和家庭化的精神，在海外辦報；他指出：「要企業化，也就是要講究經營管理；要軍事化，也就是要有效率、守紀律；另外要家庭化，亦即重視倫理，大家情同手足。」秉持這三個原則，發揚《聯合報》正派辦報的精神。[145]

他在軍中即仿傚層峰於關鍵時刻致送袍澤落款照片，以示親和獎勉，此一作風同樣帶進了《聯合報》的勞資互動中。民國七十年九月《聯合報》創刊三十周年第二棟大樓落成時，特別邀請員工代表餐敘，並集體參觀新啟用之董事長辦公室；受邀者稍後均獲贈一幅攝於陽明

---

[143] 黃驥：〈董事長召見記〉，《聯合報系月刊》第 33 期，民國 74 年 9 月，頁 130。

[144] 李繼孔：〈中華民國報業界的傑出第二代：王效蘭的天空〉，《華視新聞雜誌》第 13 期，民國 73 年 6 月，頁 52。

[145] 刁冠群：〈企業化、軍事化、家庭化：創辦人巡視洛杉磯世界日報勉同仁秉持辦報三原則〉，《聯合報系月刊創刊》第 140 期，民國 83 年 8 月，頁 15。

山寓所的董事長彩色玉照,由王惕吾落款署名。筆者當時亦忝列編輯部代表之一,故能見證此事。

如以民國八十二年九月十六日宣布退休,由長子王必成繼任董事長為準,王惕吾以其倡導的企業化、軍事化、家庭化等三大原則,全權掌控王氏中文報業王國的時間剛好是廿年。其退休前後,也正是聯合報系最重視詮釋宣揚企業文化的時期。

民國七十六年五月五日王惕吾向總社編採同仁重申其「正派辦報」的理念,與絕對信任、授權給專業經理人的辦報立場。他指出:

「董事長的責任,簡單的說,只能把舵,把住《聯合報》辦報的方向,要辦一張『正』報:正正大大的報紙,正正派派的報紙,不偏右,不偏左,不走中間路線,不投機,不取巧,……這是我把舵的主向!所以言論、新聞自由,我可以說兩句話:沒有一椿事不能談,沒有一件新聞不能登;只看你怎麼寫、怎麼處理,這是總主筆、總編輯的權。我不會『封殺』言論和新聞,假如這樣做,豈不毀了這張報紙?我怎麼可以這樣做?」[146]

談及編採方面的事務,王惕吾表示:「《聯合報》一向本客觀公正之編採原則報導新聞,絕不含任何私人不當目的。……本人僅在編採導向未臻妥切時,提請編輯部注意而已。報紙內容如何?本人也是在次晨翻開報紙才知道,此為歷任總編輯、採訪、通訊主任所深知。」[147]

前述所指「事後提請注意」的監督方式,民國七十八年十月卅日

---

[146] 阮筆彬記錄:〈雙向溝通大家談:董事長宴請聯合報採訪同仁座談紀錄〉,《聯合報系月刊》第 54 期,民國 76 年 6 月,頁 11,19,20。

[147] 聯合報董事會編:《聯合報、經濟日報、民生報常務董事會會議紀錄(71~73 年)》,臺北,聯合報社,民國 82 年 12 月,頁 270。

常董會紀錄所載個案即為一例。王惕吾談及《民生報》改版後的風評時認為，一時還看不出明顯的道理，但「遺憾的是改版第一天，就把輔仁大學一位研究生的碩士論文調查資料，在第一版大肆刊登。……我們是堂堂第一大報，……試問，普通一位大學研究生的調查，又不是新聞，值得如此重視嗎？希望今後報系各報均以此事為戒，對外界一般沒有公信力的民意調查一概不採用。」[148]

民國八十七年四月，報系總管理處副總經理王文杉以「報系企業文化」為題演講時指出，企業文化和工作精神是很難用語言表達的，往往要用心體會，同仁除了要有傳承精神，將報社同仁「使命、正義、榮譽感」的精神發揚光大，更應有辨別大是大非的能力；報業經營除了企業化、專業化和國際化，另應加上人性化；因此提出宏觀、正派、慈悲、揚善、團隊、執著、求好和謙虛等「八顆心」與同仁互勉，希望透過這「八顆心」幫助同仁在新聞職涯中愉快工作，進而使社會更美好。

《聯合報》於創刊五十周年時總結報系事業成功的關鍵，即在：創辦人王惕吾開拓報系的志業、決策、毅力、奮鬥創新，以及報系全體同仁以「公」、「誠」、「愛」三者密切結合所凝結的「聯合報精神」所形成的團隊力量，是《聯合報》這個新聞企業能夠不斷成長茁壯的基因。[149]

王必成主持《聯合報》五十年大慶時承認：近年臺灣的政治和經濟情勢的改變都遠遠超過過去五十年，在此劇烈變動的年代，必須作

---

[148] 聯合報董事會編：《聯合報、經濟日報、民生報、聯合晚報常務董事會會議紀錄（77~82年）》，臺北，聯合報社，民國82年10月，頁186。

[149] 聯合報編輯部編：《聯合報五十年（民國四十年至九十年）》，臺北，聯合報社，民國90年9月，頁18。

好各應變準備，才能化危機為轉機，那就是「報業經營的合理化、知
識化與創新化」。王必成引用創辦人王惕吾的觀點詮釋：「聯合報精神
就是報系一體的觀念，也就是同仁以報系為共同利害、共同榮譽及共
同奉獻、共同使命的觀念。每個同仁把報系視為自己理想的實現場
所，情感的依歸，報紙由全體同仁共治共享。」[150]

　　中國大陸成功企業家郭梓林認為，企業家的思想本來就應該成為
一個企業的文化主導，身處企業文化之下的員工基於自由的信念，原
本就應認真思考去留的問題，亦即接受這個企業文化你就留，不接受
你可以走。一個企業家在其成長過程中，肯定需要不斷地修正自己的
思想，企業家有了自信之後，才敢於拿出自己的思想，他必須是在充
分的調查研究和成熟的思考基礎上建立了自信，然後再來傾聽大家的
意見，這時即使出現這樣那樣的疏漏，但仍是在一個主體框架基礎上
的修正，通過吸納來自各方面的意見，形成更加完善的思想體系。這
個體系肯定更符合客觀實際或更適合於企業的實際情況。因此，這實
際上是對企業家的智慧和包容心的檢驗，不僅僅是關乎個人自信心的
問題了。

　　企業家文化來自實踐，從不斷創新的實踐中總結出來，然後積極
地致力於傳播這些建立在充分自信基礎之上的正確思想，通過開會、
辦企業內刊物，傳播自己的思想，傳播企業理念。

　　企業家們有資格坐到企業領導崗位上，需要得到市場證明的。在
沒有建立起自信之前，只有在實際的過程中繼續摸爬滾打，繼續尋找
能支撐得起自信的某種力量；一旦他坐上了企業家的位置，就是社會

---

[150] 編委會：〈傳承與感恩：董事長在聯合報五十周年社慶大會上講話〉，《聯
　　合報系月刊》第 225 期，民國 90 年 9 月，頁 9,11。

對他的實踐活動和自信力量的一種認可，至少是在某一個範圍內、某一個群體中、某一個時段裡，他成功檢驗了自己的思想，所以，他有資格也應該將他的成功繼續推廣開去，把他的自信和未來的美好期望「灌輸」給他所領導的員工。只有這樣的企業家，才可能成為企業驕子。於是，企業文化也就成為企業家們實現自身生命超越的一種途徑。

郭梓林強調，當某位企業家沒有想到要為自己立德、立功、立言的時候，他就犯不著花錢請人在他那裡辦什麼企業內刊物，更不會去想把刊物辦出特色、辦出成就來。「如果你覺得這個企業家已經到了想要立德、立功、立言的階段，你就可以到他的企業裡面去辦一個企業刊物，去做你想做和能做的事，做一點所謂『繼承、創新和傳播』的工作，因為企業家本人需要有『意義』。在這個前提下你去辦企業內的刊物，你才會找到工作的『意義』。」

他指出，既然繼承、創新和傳播是企業內刊物必須承擔的三個功能，當代中國企業內刊物的定位，實際上就是企業文化的內化和外化。當企業家自己讀企業內刊物時，企業內刊物是兒子——親；外人讀的時候，企業內刊物是情人——倩；員工讀的時候，企業內刊物是元配——尊。但兒子總是自己的好，所以，你必須從老闆那裡弄一點基因過來，然後在這個基礎上再去創新。創新是否成功，關鍵在於你是否搔到了老闆癢處，他是不是正想說這個意思，例如，老闆現在正在思考哪些重要問題？企業結構改造？未來市場戰略設計？還是正在犯愁，如何才能讓大家團結一心？如能正中下懷，創新就很容易得到老闆支持，所以，這種創新是不能離開老闆的意圖和企業現實的。至於傳播的手段和形式，三至五年，電子信箱和網路還不至於完全取代傳統的出版。企業文化刊物必須報導那些生活中、工作中，身邊看得見、摸得著的事寫出來，傳播出去，同時表達出企業家和員工對這些事情

的判斷和理解。「這樣的刊物社會是否需要暫且不論,至少企業是需要
的。」[151]

　　以上是郭梓林於二〇〇〇年十月,於瀋陽市舉行的第五屆泰山企
業內刊研討會上以「企業家、企業文化與企業內刊」為題的發言;談
的雖然是中國大陸改革開放以來企業界的一些問題,但是有關企業發
行內部流通的企業內刊物的見解,幾乎與《聯合報》發行社刊的功能
和目的完全一致。

　　郭梓林於一九九二年七月廿八日與六個原本平凡的青年,以五萬
元人民幣起家,立志做成一件「百年老字號」的大事業,隨之吸引更
多的人聚在一起,開始了一次面向二〇九二年的遠征,創建起一家頗
具規模、強調創新的的民營企業。科瑞集團創辦之初並未對「科瑞」
這個字的英譯作過認真研究,首次做標誌設計時,只是借鑑 SONY 和
TOYOTA 的形式,按漢語拼音寫成 KARA;朋友們一看,開玩笑說:
怎麼成了「卡啦 OK」了?於是,一九九五年決定做企業 CI 時,開始
翻英文大字典,起初有人建議用 GREAT——偉大,大家覺得不大好,
太張狂;後來找到了 CREAT——創造,令大家喜出望外。

　　一九九二年一月十八日至二月廿三日,中共領導人鄧小平以八十
八歲高齡南巡武昌、深圳、珠海、上海等地,並於途中發表重要的南
巡講話,指示應堅定信念,強調發展,明言改革開放的膽子要大一點,
敢於實驗,看準了就大膽地試,大膽地闖,對中國大陸九〇年代的經
濟改革與社會進步起了關鍵的推動作用。中共中央同年十月十二日至
十九日在北京召開第十四屆全國代表大會,正式宣布建立社會主義市

---

[151] 郭梓林:《隱規則:企業中的真實對局》,北京,朝華出版社,2004 年 7
　　月,頁 202-207。

場經濟體制。

科瑞集團就在此一形勢下創建。他們創造的理念主要集中在體現三個方面：一、創造一種新的利益機制：解決「票子」的問題；二、創立一個遠大事業目標：解決「位子」的問題；三、創造一種良好的文化氛圍，使大家心情愉快，感覺做人有味道，做人不苦惱：解決「面子」的問題。

二○○二年七月廿八日科瑞集團成立十週年，它的企業內刊《科瑞人》亦發刊第三百期；郭梓林在紀念特刊卷首語中寫道：「二○○二年八月號的《科瑞人》是這個普通的刊物的三百期，這同樣是一個值得紀念的數字——第三個一百，又是一個重要的里程碑！科瑞人不僅在時間的尺度上留下了自己的奮鬥足跡，而且還把成長的歷史印在了三百期《科瑞人》的每一個字裡行間。如果將流淌在我們頭腦中的思想比喻為飄蕩在空中的『氣體』，流露於人們互相交流時的語言則像是灑落在地上的『液體』；那麼，惟有將思想和語言變成文字之後，它才能成為跨越時空進行更廣泛交流的『固體』——正是本著這樣一種思考，《科瑞人》承擔起了『讓歷史告訴未來』的責任。我們要告訴未來的是：科瑞人是一批有理想的人；科瑞人是一批有責任感的人；科瑞人是一批把報國志向與個人價值相結合的理想的現實主義者；科瑞人是一批試圖把市場經濟規則與傳統文化理念融為一體的現代企業制度的探索者。」[152]

《科瑞人》雖然並非中國大陸新聞媒體的企業內刊，但卻與海峽對岸的《聯合報系月刊》、《聯合系刊》的宗旨和功能，幾乎完全一致，

---

[152] 同前註，頁 72,73,187,188。

高度表現了對於自身特有的企業文化的尊崇與眷戀。此一現象頗與「人同此心，心同此理」八字吻合，因為，任何企業在創業者做出第一項決策時，就已經形成了該公司最初的文化定位，而這種定位往往會控制企業的發展路徑，限定企業的經營境界，左右企業最終的命運。

　　為了具體理解《聯合報》企業文化如何運用各期社務月刊與報系月刊封面人物之取捨，以傳達經營者辦報成效、理念與身分威望等各種訊息，筆者分批約請輔仁大學學生擔任研究助理，針對筆者逐年自《聯合報》退休同仁處蒐集所得之社務月刊與報系月刊進行統計分析，並再前往《聯合報》總社資料中心大量補充影印缺漏之各期；雖然仍有少數不足之處，但大體已足夠解析探討所需。唯受限於個人經費及人手短缺，加上歷年助理研究成果各自獨立，故本研究僅統計至八十九年五月號系刊為止。

　　附表 2-1-1，為統計民國五十二至六十一年社刊封面人物之結果。附表 2-1-2，為統計民國六十二至七十一年社刊封面人物之結果。附表 2-1-3，為統計民國七十二年至八十九年報系月刊封面人物之結果。附表 2-2，則係總計民國五十二年一月至七十年十二月第一至第二一三期《聯合報社務月刊》；及民國七十二年一月改版至八十九年五月《聯合報系月刊》第一至二〇九期之封面人物的統計。

　　《聯合報社務月刊》創刊時，報社權力結構表面上似仍處於「三頭馬車」狀態，但若自社刊封面人物量化統計觀之，則三位合夥人中真正握有編務和廣告、發行實權的王惕吾早已取得主導的絕對優勢。自民國五十二年一月第一期至五十九年十二月第九十期為止，號稱與王、范兩公維持「三強鼎立」的林頂立，則因長期從政，亦未實際進駐報社辦公發揮過實際作用，份量顯得最微不足道，故從未成為社務月刊封面人物。

　　依據統計，《聯合報社務月刊》於王、范共治時期，王惕吾出現次數最多，總共四十三次；范鶴言有七次；另王、范共同出現者則有二十次。另王惕吾與馬克任、范鶴言與馬克任共同出現的次數各一次；曾位居總編輯、總主筆的關潔民則無此榮幸，其中隱含之意義，與馬克任其後發展之路線兩相對照，可見社刊對封面人物的選擇，絕非毫無意義的隨機組合。

　　如再自民國五十二年一月統計至民國八十九年五月的數據觀察，王惕吾成為封面人物之次數多達一百七十二次；三十七年間，王惕吾成為封面人物的次數全年達六次及六次以上者更多達十九年。由此可證：王惕吾不僅是報社最重要的奠基者，更是其交棒前，決定企業發展路線及企業文化內涵走向的唯一舵手。若謂「聯合報精神」就是「王惕吾精神」，由前述數據觀之，顯然確有所本，更屬理所當然。位居報系最威權的靈魂人物，王惕吾的身影一直都是社刊、系刊封面的首選與最愛。

　　至於王家第二代在社刊、系刊封面出現的順序亦頗為有趣，長子王必成自美學成歸國，照片首次單獨出現於封面，是在民國六十七年五月第一百七十期社務月刊；次子王必立則在民國七十二年八月系刊第八期單獨出現；但在此之前，兄弟二人曾在民國六十六年十月第一六三期社務月刊並肩出現於封底，其說明文字是：「本報發行人王必成和《經濟日報》發行人王必立在社慶宴會上向同仁舉杯敬酒。」長女王效蘭則在民國七十五年一月系刊第三十七期首次單獨進榜。

　　必成、必立與效蘭等三人出現的先後次序，大致均與其漸漸融入權力核心的時機，若合符節。如此安排，的確在某種程度上，是在對外宣示王家子女已逐步加入經營團隊的訊息。

　　民國七十二年一月至八十九年五月，王必成與王效蘭成為系刊封

面人物的次數，王必成有廿一次，僅比王效蘭多了一次，王必立則遠遜於兄姐，只有五次；就連王惕吾與長子必成、長女效蘭合影成為封面的次數也都是各兩次，王必立雖亦與父親合影成為封面人物，但其次數仍舊比兄姐各少一次。如此巧妙的符合排行倫理的規律，如果不是巧合的話，實在不禁令人猜測：莫非系刊內容最主要的「掌門人」劉昌平的手中，真有一份得以長期調配得宜的清單？

至於被王家子女尊為叔輩的元老人物劉昌平，成為封面人物的次數仍在惕老長子王必成之下；雖然報社上上下下皆知劉昌平的勳勞和地位，絕非侄兒輩的王必成所能取代，但劉卻拿捏得體，知所進退，充份傳達了個人淡泊謙沖的修養與尊重王氏家族企業傳承布局的倫理意義。[153]劉昌平首次單獨成為封面人物，出現在民國六十一年十月一日范鶴言請辭社長職務，王惕吾決定由劉昌平以執行副社長升任社長後出刊的第一一〇期《聯合報社務月刊》。

較為特殊的是，民國七十二年自社務月刊改版為全報系月刊後第一年，竟多達十期完全沒有王家重要成員在封面露臉，王惕吾僅於民國七十二年三月號與《民生報》八位資深員工合影中出現，《經濟日報》發行人王必立與另三人出現於八月號。另有七期係以報系旗下之報刊、書刊等產品，或報社建物等硬體設備為封面主要構圖。

自二〇〇期起，系刊書背亦曾一度充份利用為「不想見到也難」的小小「公告欄」，讓系刊立在書架上立刻顯示各期重點宣達的事項及

---

[153] 據報社資深人士表示，王惕吾早年臥病時唯恐不起，思及子女尚屬幼稚之輩，難以成事，故每於情緒低落之際，屢以托孤的心情，交代劉昌平可在必要時接掌報社大權；但劉昌平篤實忠誠如故，始終未萌二志，令惕老大為感動，由此建立賢君與良相般的情誼。

頁次，例如：「聯合報員工 88 年度優退優離法：4 頁。對受災同仁報系捐款芳名錄：90 頁。四報退休金提撥支付一覽表：131 頁」等要目。[154]隨著聯合報系 e 化工程的大步進展，紙本印刷的系刊大量減少流通後，報社同仁自民國九十年九月起可於報系網站閱讀系刊，系刊封面亦加印一行：「上網看系刊，請到聯 8 達：27681234.com」。

民國九十二年十月起，系刊沿用歷年累計期數的序號再次改版，改以十六開、自左側裝訂、取消書背、內文全部採自左至右橫式走文的全新風貌發行，系刊名稱亦再簡稱為《聯合系刊》，希望能朝更漂亮和更有內涵的方向改進。董事長王必成長女王安嘉在致函《聯合報》顧問兼系刊主編徐榮華表示：「看到新改版的系刊，令人耳目一新，……感覺系刊的角色除了報系的溝通互動，訊息傳達外，更增加了知識平臺。更難得的是系刊不再是歌功頌德，而是把舞臺留給優秀的同仁。」[155]

新版系刊最大的改變是開數放大後，使得封面設計更能貼近流行風尚，封面主角和造型幾乎都經刻意安排，轉化為更親切而貼近年輕世代員工的風格。早年系刊偏好以創辦人王惕吾為主、以重大活動紀錄為輔的編印準則，將封面照片中之人物常如行刑隊般排排坐呈現，以官式公報的風格定位處理。

如今系刊用以展示報史某些嚴肅合影的「封面傳統」已被澈底改造，不但第二代的董事長王必成打扮成耶誕老人向員工賀節，一般員工也常常躍居封面人物亮相，例如退休總監高源流與副總編輯周恆和忘情高歌、攝影中心記者陳易辰因公負傷躺在病床的一雙大腳丫，都

---

[154] 參見：《聯合報系月刊》第 203 期書背所示，民國 88 年 11 月。

[155] 編委會：〈新系刊打了肉毒桿菌〉，《聯合系刊》第 251 期，民國 92 年 11 月，頁 90。

顛覆了過往必須有大功、領大賞才能亮相的刻板模式[156]。此外，封面照片的攝取和運用，不再是平淡無奇的一律水平，大大刷新了早年古板的色彩。

至於具體的內容調整，更表現在王文杉不必再以封面人物爭勝，而改以社長身分定期發表頗有品味與見地的個人專欄「DUNCAN說」，強化與員工溝通理念，明顯地提升王文杉的親和形象。另外，鎖定邀請本土各行各業菁英的「菁英對談」系列設計亦大幅突破了過去「閉門造車，自拉自唱」的老舊傳統；且由於受邀者已具較高的知名度，又由王文杉親自出馬接待或移樽就教，對話主題多鎖定與報系的生存發展有關的現實問題，頗能令員工樂於一口氣讀完，而不致警覺排斥這是有意借外人來診斷問題、來訓人的「和平演變」的企業再造的一種溫和手段，其特色尚表現在一問一答的自由形式，亦不在乎語句是否完整表述，或夾有某些語病，呈現系刊在審稿和修辭方面的標準解除了不少陳年的條框禁忌。

質言之，二度改版的系刊顯然著眼於報系員工年齡結構，已因連年推動的「優退優離政策」造成人事的新陳代謝而大幅降低，既然領導階層亦由王家第三代孫輩逐步接掌，自應配合新世代的需求和感受來強化系刊的效用，故完全以提高可讀性和視覺效果來革新版型、風格與內容是必要的，以免員工一見系刊就懷有排斥感；改版後的系刊讓人耳目一新，油然而生有如翻閱《財訊》、《天下》、《商業週刊》或《讀者文摘》等雜誌的質感，大幅沖淡了過去偏重制式會議紀錄、老

---

[156] 參見以下各期封面：《聯合系刊》第 265 期，民國 94 年 1 月；《聯合系刊》第 267 期，民國 94 年 3 月。《聯合系刊》第 260 期，民國 93 年 8月。

闆訓示和由上而下的政策宣達的比重與色彩，為長期象徵及展示《聯
合報》企業文化的傳播聖壇，建構了全新風格與貼近新世代的吸引力。

　　至於文字方面，亦逐漸加重以 e 世代與「七年級」的生活化口吻
來書寫，反映了報系成員年齡結構益趨年輕化的現實結構；即便要說
教，也常出之以幽默的行文，帶過某些敏感的聯想，達成高高舉起，
又得以輕輕放下的宣示效果。

　　如果聯合報系最近三五年讓外界覺得真的改變了，那麼，從民國
九十二年十月起改版的《聯合系刊》就是第一隻測試春江是否水暖的
鴨子。唯一未變的，是系刊依舊是其記錄、詮釋、宣揚、傳承其企業
文化的重要平臺。

表 2：聯合報社刊、系刊封面人物局部統計簡表

表 2-1-1：出現人物暨次數統計（聯合報社刊時期：民國 52-61 年）

年份	期數	封面人物					備　　　　註
		王	范	王+范	王+馬	范+馬	
52	1-12	4	2				
53	13-24	2	2	1			
54	25-36	1	1	4			
55	37-48	7		5			
56	49-60	6		4			
57	61-72	6	2	2			
58	73-81	2		3	1	1	6.7.11 月未出刊
59	82-90	6		1			2.3.8 月未出刊、缺 85 期
60	91-100	2					1.6 月未出刊
61	101-112	7					106.107 期合刊
	小計	43	7	20	1	1	

註 1： 本表及以下各表出現之人物姓名均以簡稱取代全名：王惕吾簡稱
王；范鶴言簡稱范；劉昌平簡稱劉；馬克任簡稱馬；王必成簡稱成；
王必立簡稱立；王效蘭簡稱蘭。凡各簡稱之間以+號相連，或重疊出
現者，係指兩人同時出現於封面。

表 **2-1-2**：出現人物暨次數統計（聯合報社刊時期：民國 **62-71** 年）

年份	期數	封面人物				備　　　　註
		王	劉	王+劉	成	
62	113-123	9				
63	124-136	8		2		124,125 期合刊
64	137-147	7		1		137,138 期及 139,140 期合刊
65	148-155	6		1		148,149 期合刊；3,5,7,9,11 月未出刊
66	156-165	3		2		1,3 月未出刊
67	166-177	4			1	173,174 期合刊（註 2）
68	178-188	4	2			184,185 期合刊
69	189-196	3				
70	197-205	7				
71	206-213	4	2			
	小計	55	4	6	1	

註 2：民國 67 年 5 月/第 170 期/王必成第一次出現在封面。

表 **2-1-3**：出現人物暨次數統計（聯合報系刊時期：民國 **72-89** 年）

年份	期數	封面人物					備　　　註
		王	成	立	蘭	成+蘭	
72	1-12	1		1			（註3）
73	13-24	8					
74	25-36	8					
75	37-48	5	2		2		（註4）
76	49-60	8					
77	61-72	6					
78	73-84	6					
79	85-96	6	1				
80	97-108	7		1	1		
81	109-120	9	1				
82	121-132	9				1	王惕吾於是年 9 月交棒
83	133-144	5	2		3		
84	145-156	1	3	2			
85	157-168	4	2		3		王惕吾於是年 3 月逝世
86	169-180	1	2	1	6		
87	181-192		4		3	1	
88	193-204		2		2	1	
89	205-209		2				統計截至民國 89 年 5 月
	小計	74	21	5	20	3	

註 3：民國 72 年 8 月/報系月刊第 8 期/王必立第一次出現在封面。
註 4：民國 75 年 1 月/報系月刊第 37 期/王效蘭第一次出現在封面。
註 5：其他人物出現年份暨次數：劉昌平：民國 79 年 1 次；王惕吾+劉昌平：
　　　民國 80 年 1 次；王惕吾+王必成：民國 75 年、79 年各 1 次；王惕吾+
　　　王必立：民國 72 年 1 次；王惕吾+王效蘭：民國 81 年、82 年各 1 次；
　　　王必成+王必立：民國 74 年、86 年各 1 次。

表 2-2：主要封面人物出現次數總計（民國 52 年－89 年）

人名	王	王范	成	王蘭	王劉	范	劉	立	王馬	范馬	成蘭	王成	王蘭	成立	王立
出現次數	172	20	22	20	7	7	5	5	3	3	3	2	2	**2**	1

註 6： 王惕吾：社務月刊時期出現 98 次、報系系刊時期為 74 次，共計 172 次。

註 7： 王必成：社務月刊時期出現 1 次、報系系刊時期出現 21 次，共計 22 次。

註 8： 王惕吾+劉昌平：社務月刊時期 6 次、報系系刊時期 2 次，共計 8 次。

註 9： 劉昌平：社務月刊時期 4 次、報系系刊時期 1 次，共計 5 次。

第三章：
自企業文化解讀員工獎懲與到離職紀錄

　　企業管理的發展經歷了三個階段：經驗管理、科學管理和文化管理。一個企想要做大，要想成為行業裡的佼佼者，必須重視企業文化管理。[1]企業文化是由企業管理思想和管理實踐兩個部份構成的。從管理思想的角度來看，企業文化是企業管理部門通過自己的管理實踐，精心培植、倡導、塑造的一種全體成員共同遵守、奉行的價值觀念和行為準則。從實踐角度來看，其構成要素主要包含企業宗旨、價值觀念、行為規則、道德規範、人員素質、企業形象等。

　　企業文化是在企業長期的經營活動中，不斷總結成功經驗和失敗教訓後，逐漸形成發展起來的，其核心內容是企業精神和企業價值觀。企業作為一種以盈利為目的的經濟組織，它作為一種經濟存在，同時也作為一種文化存在。人類經濟形態在經歷了採集經濟、農業經濟和工業經濟之後，目前已面臨一種全球化、信息化、網絡化和以知識驅動為基本特徵的嶄新的社會經濟形態——知識經濟。

　　知識經濟強調知識和信息在經濟發展中的作用，一切都以知識為基礎，所有「財富」的核心都是知識，在創造財富的要素中，知識是最基本的生產要素，其他要素都靠知識來裝備、更新。知識經濟強調

---

[1]　申望編著：《企業文化實務與成功案例》，北京，民主與建設出版社，2003年10月，頁12。

190

人力資源的開發，特別是人力資源創造力的開發在經濟發展中的價值。人才成為企業之間、國家之間爭奪的焦點。知識經濟所引發的這場世界經濟革命，遠比當年的工業革命更偉大，影響更深刻、廣泛。[2]

美國鋼鐵大王卡內基（Andrew Carnegie）說過這樣的名言：「將我所有工廠、設備、資金都奪去，只要保留我的組織、人員，十年後，我將仍是一個鋼鐵大王。」日本著名企業家松下幸之助認為，企業是由人組成的，沒有設備可以買，沒有資金可以貸，但是沒有人，什麼也幹不了。所以他的經營哲學是：「先造就人，後造就產品。」日本豐田前任汽車工業會長石田退之認為：「事業在於人。人要陸續地培養教育，一代一代地接下去。任何工作，任何事業，要想大力發展，給它打下堅實基礎，最要緊的一條是造就人才。」豐田汽車銷售公司會長神谷正太郎也認為：「員工不是單純提供勞動的人。我們的資產是人才。推動和發展企業的是人，也就是員工。」

以人為本的企業文化，具有超凡的能力，在知識經濟的時代，這種能量必將愈來愈大。自廿世紀七〇年代以來，人們已將「人事管理」逐步轉變為「人力資源管理」。目前企業管理仍面臨著兩個普遍的困惑：一個是人的激勵機制，怎麼使企業人才能夠最大程度地把他們的聰明才智發揮出來；另一個則是組織結構之間的溝通和交流。[3]

企業對人才的最大愛護，莫過於發現他們的才能，並提供必要的機會讓他們施展才能。許多優秀企業家都把選用人才作為他們的神聖

---

[2]　常智山編著：《塑造企業文化的 12 大方略》，北京，中國紡織出版社，2005 年 1 月，頁 6-9。

[3]　羅爭玉：《企業的文化管理》，廣州，廣東經濟出版社，204 年 1 月，頁 20。

職責。中外許多大公司對人才的發現、使用和管理都很重視。IBM 公司為了使其卓越精神能夠長久發揚下去，在人事管理上做到了六個堅持：一、堅持在工作中發現人才；二、堅持合理使用人才；三、堅持重視培訓人才；四、堅持為員工發揮其才能，創造良好工作環境；五、堅持定期評定員工的工作業績，對員工進行適當的指導和幫助；六、堅持管理者經常了解員工需要什麼、關心什麼，以便進行雙向溝通。[4]

但無論制度如何規定，企業領導人對人性最在意的獎懲更應有明晰的策略。例如王永慶的臺塑公司自民國四十六年生產 PVC 塑料粉以來，至民國七十六年成為全球最大的 PVC 生產廠家。其關鍵在於王永慶採用中央集權式的壓力管理，一個運籌帷幄的指揮中心：總經理室，下設營業、生產、財務、人事、資材、工程、經營分析、電腦等八個組，各個部門業務，大到投資計畫的評估，小到放假的宣布，全都經過總經理室審慎處理才下達各部門。在此種集權式的壓力管理之下，生產部門員工每週工作四十八小時，王永慶自己每週工作一百小時，各級主每週亦在七十小時以上。這是「推」的管理。

此外，王永慶用獎金制度來貫徹「拉」的管理。臺塑主要有年終獎金和改善獎金，年終獎金一般相當於五個月的薪水；改善獎金是王永慶私下給的「包」，一種是臺塑內部稱之為「黑包」的，另一種是給特殊有功者的「紅包」。「黑包」通常是新臺幣十萬到一百萬元不等；「紅包」是二百萬至四百萬元。這樣就使得臺塑經理們有的年薪僅七、八十萬，有的則高達四、五百萬，差距拉開了，工作積極性當然提高。另為鼓勵員工積極參與，公司還實施提案制度，改善提案的效益的

---

[4] 同前註，頁 8-11。

1%，作為獎金給予提案者，通常為一百元至二萬元不等。除以上獎勵外，公司還有行政獎勵、獎狀及由臺塑企業雜誌發布等精神上的獎勵。因此，王永慶對部屬要求近乎苛刻，但對部屬的獎金也高得驚人，這一「推」（壓力管理）和一「拉」（獎勵管理），收放與拿捏之間恰到好處，所以能夠養成員工積極工作的態度，大多數員工績效卓著，以身為「臺塑人」為榮。[5]

王永慶事業的成功，當然絕非單靠前述獎勵手段即可達成，但絕對符合激勵的方法：明確標準、重視成績、大膽獎勵的執行準則。[6]企業文化是圍繞人展開的，企業文化推進實施的重點就在於如何把企業文化工作與人力資源結合起來，而獎懲制度是與薪酬制度正是互為表裡的一種制度化工具，亦在極大程度上決定了員工的敬業態度和去留的因素。觀察《聯合報》企業文化如何有效發揮功能，獎懲方式成了重要的一環。

第一節：偏向「獎多懲少」的激勵制度

企業文化對人力資源管理的導向作用，主要是指這種企業價值觀念和思維方式的導向作用。企業文化與人力資源管理相結合的可能性，在於企業文化的二元性特徵。企業文化、企業特有的價值觀和行為準則，一方面是由一些特定的、與企業有關的價值觀念和思維方式所構成，例如顧客至上，質量第一，沒有最好只有更好等；另一方面

---

[5]　華銳主編：《企業文化教程》，北京，企業管理出版社，2003 年 6 月，頁 110,111。

[6]　常智山編著：《塑造企業文化的 12 大方略》，北京，中國紡織出版社，2005 年 1 月，頁 222。

也是由個人在社會化過程中帶到企業中的社會文化、價值觀念和思維方式的結果。

　　企業在招聘員工時即已開始導引企業文化的特色，它以宣傳本身光榮傳統和各項優點，吸引認同企業宗旨和信念的人應試。錄用新進人員後定向的培訓程序主要內容有三：一是進行公司各種規章、制度、獎懲、紀律方面的綜合教育；二是進行企業發展史的教育，灌輸本企業好的傳統；三是進行「師徒制」的見習試用階段，考察基本素質和潛力。

　　為了長期鼓勵並誘導員工向企業文化產生靠攏、認同，進而強力支持維護的積極意識，企業激勵機制必須和企業文化結合才會有效；激勵包括三個方面：物質激勵、精神激勵和工作激勵，因為薪酬和獎勵的作用不僅僅是對員工貢獻的認可和回報，還是一套公司戰略目標和價值觀轉化為具體的行動方案，支持員工實施這些行動的管理流程。因為成功的企業高水準的薪水、各種福利計畫，都表明了對員工的尊重和承認，體現把員工看作是一個利益共同體的理念。以新聞傳媒的特性而言，無論是口頭表揚，還是實際金錢的獎勵，及時性和大事張揚是獎勵的基本經驗法則。[7]

　　一般而言，無論《聯合報》社刊、系刊頁數多寡，各期最受基層員工關注者，除具有政策指標性質的例行社務會議、董事會議、評鑑及座談等文字紀錄外，針對各單位績效優劣所發布的獎懲公告，及人事升調、新聘、辭離等異動訊息，則為間接研究《聯合報》社務發展和內部權力結構變化最具體的參考資料。

---

[7]　王吉鵬：《企業文化理念體系構建實務》，北京，中央編譯出版社，2005年2月，頁169-172。

以下分別探討四十多年來，社刊與系刊在獎懲和員工到離職等異動方面的統計所得與相關發現，以做為理解《聯合報》企業文化的核心建構，與企業文化傳承形式的人事基礎。

民國五十五年二月，採訪組副主任譚瀛在第三十八期《聯合報社務月刊》中寫道：「多獎勵，少責罰，是本報一貫的仁厚精神，也是促進本報在進步中更求精進的一大動力。」[8]如果《聯合報》真有獎多懲少的現象，究竟只是員工的一種感覺，還是社方執行有年的一種「飴多於鞭」的管理策略呢？

如自制度變遷的歷程分析，顯然此種重獎勵而輕罰責的傾向，是基於工作要求與業務成長的實況而來的。例如，東遷忠孝東路之後才大張旗鼓地選拔年度模範記者的作法，是民國六十一年七月才推出的全新獎勵制度，以年度模範記者推荐條件而言，當年係注重五方面的表現，包括：一、工作成績優良，有突出之表現者；二、態度和藹謙虛，有良好之風度者；三、負責盡職，充分發揮本報之團隊精神者；四、互助合作，具有無爭、無私、無求之胸懷者；五、生活嚴肅，任勞任怨，值得同仁效法者。[9]同年九月社慶，全報社僅有採訪組女記者江陵燕獲選，並首次頒給一座象徵榮譽和自強不息的「金像獎」。

在頒獎儀式中，王惕吾特別指出，「記者」應該是一個通稱，不論發行人、社長、副社長、總編輯……都是記者。名記者在社會上的地位，並不下於政治家和企業家；目前我們一般人的觀念是，記者的地

8　譚瀛：〈市郊版「編採合一」漫談〉，《聯合報社務月刊》第 38 期，民國 55 年 2 月，頁 8。

9　編委會：「聯合報模範記者推選與獎勵辦法」，《聯合報社務月刊》第 108 期，民國 61 年 8 月，頁 43。

位沒有社長、總編輯高，這種觀念該澈底改一改。今後我們對記者，要重其表現與貢獻，但不一定要調升其職位。

王惕吾特別提到採訪組同仁葉耿漢與鍾榮吉二人，稱讚他們新聞跑得好也寫得好，乃當眾宣布：他們雖不升為副主任，但支領副主任薪級，以資鼓勵；並期待建立這種制度，養成這種風氣，「希望本報的記者，待遇比總編輯多，名氣比發行人大。」[10]

次年社慶，社方選出兩位採訪組記者顏文閂、吳添福，及兩位通訊組記者張溪木、曾伯加為模範記者，均各獲「金像獎」乙座。另有三名推銷員、八名送報生及臨時送報生共十七人，亦獲頒獎狀與獎金表揚。由此可見，新制頒獎初期受獎名額相當節制，名義和榮譽的比重，實遠大於獎金，與其後非得有高額獎金才算獎勵的情況，可謂大異其趣。

民國七十二年九月五日社慶前夕，王惕吾指示：「社慶敘獎名額，多年來已有浮濫現象，未能確實達到論功給獎的目的。『人人得獎，樣樣給獎』的態度已嚴重影響領獎的意義。自明年社慶起改為只發特殊貢獻及模範人員獎，取消績優獎，績優人員之獎勵與年終考績一併辦理。」[11]自此之後，給獎寬濫之風才稍見收束降溫。

民國七十六年底報禁即將開放，王惕吾親自下達軍令狀，要求從七十七年元旦第一天就要先聲奪人，務使增張表現一炮而紅，整體版

---

[10] 張靖國：〈版版權威，條條精彩，全面第一，處處第一：發行人頒獎本年模範記者，勉全體同仁不斷進步創新〉，《聯合報社務月刊》第 109 期，民國 61 年 9 月，頁 1,2。

[11] 聯合報董事會編：《聯合報、經濟日報、民生報常務董事會會議紀錄（71~73 年）》，臺北，聯合報社，民國 82 年 12 月，頁 164。

面內容要與其他報紙比較，每一版也要詳細比較；對內，每一組每一位同仁的表現要分別考評，指定專人來作，必要時定期公布成效。王惕吾強調如此上緊發條是「因為過去編輯部往往『獎』多『懲』少，這次大會戰要訂定具體獎懲辦法，嚴格執行。……編輯部的作法如此，業務部、印務部的作法亦然，由總管理處依分工、分事、分地作全權督導，以期達成目標，爭取最高榮譽。十二月三十一日晚上下達總動員令，……希望在座同仁務必將此意轉達下去，我們是穩操勝算的。」[12]

不過，究竟該如何獎勵才算公平，不算浮濫，要不要盛大獎勵，最後仍得由王惕吾一人來定奪。

為強化並突顯編採部門在新聞產製中的特殊地位，《聯合報》一向特重外勤記者的各種福利待遇和工作表現，待遇結構和福利事項更長期居同業之冠，不但外勤加給絕不苛扣，稍有突出表現便發給獨家獎金鼓勵表揚，遇有特殊重大的傑出表現，例如採得全球性的大獨家時，其獎勵更令同業咋舌稱羨。

例如，駐南韓漢城記者朱立熙於民國七十四年八月廿五日全球獨家報導中共軍機投奔自由迫降南韓、編輯部特派記者周玉蔻於民國七十六年三月四日於馬尼拉全球媒體最早專訪藉街頭風起雲湧的「人民力量」推翻馬可仕的菲律賓新任女總統柯拉蓉、駐泰國曼谷特派員寇維勇於民國八十三年二月十六日獨家報導李登輝總統會晤泰皇浦美蓬等重大工作表現，各獲美金一萬元的特殊獎勵。[13]

---

[12] 聯合報董事會編：《聯合報、經濟日報、民生報常務董事會會議紀錄（74~76 年）》，臺北，聯合報社，民國 82 年 12 月，頁 351-352。

[13] 高惠宇：〈寇維勇獨家權威報導李總統會晤泰皇消息：創辦人嘉勉頒獎

　　另對特殊事件中同仁的賣力表現，亦不忘特別敘獎鼓勵。例如，民國七十八年六月十二日王惕吾於常董會上指示：中共血洗天安門當晚，在北京現場採訪的四位記者，每人發獎金貳拾萬元，五兩重金質紀念牌一面，另由總編輯按個別狀況簽核升級。六月四日以後增援記者及學運期間，派在北京記者，以及這段期間，社內支援作業有功人員，一併論功獎勵。[14]

　　同年七月三日中午，王惕吾親自主持「聯合報系大陸民運新聞績優人員頒獎典禮」，以表揚報系記者不懼艱險，邊採邊寫，屢進屢出，親身參與了天安門血腥鎮壓的重大歷史事件。他表示：「今天獲獎同仁得到的獎牌、獎章，固然是各位一生經歷中的一項紀念，但亦具有傳給子孫的價值，甚至傳之於宗室，作為你家裡的傳家寶，因為這件事極具歷史意義。……今天頒獎是獎勵同仁全面的、整體的表現。……我們報系的記者是『全能的表現』，……像這次在大陸採訪，就是『全壘打』。各位在大陸的表現，不僅是門門能採，是全能，而且有第一流的表現，也使我們的報社感到非常驕傲。」[15]

　　為了記錄天安門血腥鎮壓事件報系同仁的參與及表現，第七十九期系刊用了多達一百二十頁，來處理並表彰編採同仁在北京現場及後勤支援的見聞及心得。

　　此次盛大頒獎受獎個人多達七十三人次，因表現傑出貢獻重大而

　　金萬元美元〉，《聯合報系月刊》第 135 期，民國 83 年 3 月，頁 6。

[14] 聯合報董事會編：《聯合報、經濟日報、民生報、聯合晚報常務董事會會議紀錄（77~82 年）》，臺北，聯合報社，民國 82 年 10 月，頁 151。

[15] 阮肇彬記錄：〈董事長嘉勉編採大陸民運新聞績優人員：突破創新自我超越，全能表現努力奮進〉，《聯合系月刊》第 79 期，民國 78 年 7 月，頁 7,8。

給予特殊獎勵者有六人，包括：王震邦、汪士淳、孫揚明、景小佩、蒲叔華、高源流等，每人各頒發獎金二十萬元、一兩重黃金獎牌一座、四兩重黃金報徽一枚、薪俸等級晉一級。另有六個單位發團體獎。《聯合報》總編輯黃年指出：「在記憶中，報系為一件新聞個案，舉行這樣盛大隆重的頒獎典禮，這是第一次。……所以我想藉這次頒獎的機會，特別強調這種『榮辱與共』、『成敗與共』、『甘苦與共』的團隊精神。」[16]

　　由此觀之，王惕吾給獎似乎並不在乎獎金金額的多少，而是隨機且隨性的依據主觀感受與客觀評價，做自己認為值得做的事，頒自己認為值得頒的獎而已。這種全無制度的獎勵方式，每能讓基層員工有中了大獎的驚喜，感念之情也是歷久而彌新的。就像解除戒嚴之前，社方准不准記者出國採訪一樣，都知道出國採訪固有任務在身，但畢竟兼有觀光並增廣見聞的好處，更是官方開放觀光護照前的一種特權與福利。

　　民國八十九年底，時任總管處副總經理的王文杉即感慨表示：「我最贊成的是沒有制度的獎勵，像創辦人在時一高興給你一個大紅包，你開心，他也開心。」王文杉之以所以如此懷舊，純係針對彼時勞資關係因「優退優離方案」趨於緊張的形勢而發，他還表示：「就如同《聯合報》的獎勵制度，一旦訂為制度，大家都認為這是應得的，毫無愉悅的心情。」[17]制度化原本為了追求並落實更公正、公開、公平的考核，

---

[16]　黃年：〈團隊實力強，英雄趁勢起：編採人員得獎感言〉，《聯合系月刊》第 79 期，民國 78 年 7 月，頁 10,11。

[17]　林鳳菁：〈汪仲瑜與王副總對談「優退優離」方案〉，《聯工月刊》第 149 期，民國 89 年 12 月，第 4 版。

但卻在心理上變質為一切努力只是為了獎勵，沒有獎勵就不肯勤奮工作。這樣的矛盾，對許多企業而言可能較易於化解，但對於每天都要計較大大小小的成敗，每天都得清算、結賬的新聞從業人員而言，可能還是比較符合人性的「必要之惡」吧。

《聯合報》之所以偏向「獎多懲少」是因為自始理解凝聚文人必須動之以情，待之以禮，而帶人必先帶心的基本道理，不在法家的信賞必罰而已，而在比儒家還包容的肯認錯就好商量好解決的對策，使得多數員工不待長官責備，即知如何善後自處，再加上王惕吾能容乃大的個性，對「多分人以財」的江湖道義有極深刻的理解，除了有功必賞，又處處頒獎，自能廣結人緣，贏得好感。自創刊以來的各期社務月刊及系刊，幾乎自封面開始就在努力傳達這些令人振奮的佳音喜訊和圖像，於是王惕吾除了目光遠大，說話算話，更成了慈眉善目，各方歡迎，以布施打賞為己任的王老闆，《聯合報》也被包裝成可以終身受僱的成功企業。

王家兒女作風各殊，但亦懂得向乃父看齊，視不同狀況向員工略施小惠。最常見的作法是當員工出國前往辭行，一定會當面致送一筆美金以壯行色；與員工餐敘同樂必主動買單結帳，且總不忘多買瓶酒存放店中供大家再來享用等等。

《聯合報》自創刊起，即特重人才的培育訓練和引進，務使各安其位，均能充份發揮戰鬥能力，在企業仰賴勞力密集的時期，這是必走之路，本無足為奇。

因此，王惕吾生前多次向員工表示：《聯合報》最大的資產不是華廈和機器，而是人才；《聯合報》寧可沒有前二者，也要留下別人無從取得的優秀人才。但是，進用新人仍有本末先後之分，考核亦應從嚴，以保持充沛的戰力。

　　惕老於民國六十九年初公開宣示：「今後，我們的做法，採訪組用
人，不必受員額的限制，有好的人才，有傑出的人才，可以先培養儲備。
其他各組也一樣，各組主任報上來，我一定准；如果報上來的人，儲備
培養之後不能用，則要負知人不明、用人不當的責任。只要是人才，我
們絕對歡迎，我們用人才，我們也要淘汰，所以我們要實施績效考核，
不能倚老賣老，一個事業機構，要有蓬勃的朝氣，要有創新的衝勁。我
們是辦一個事業，不是養老院，也不是救濟院。從今年開始，工作上沒
有貢獻的人，我們要調職，要資遣。……如果不服氣，也可以舉出實際
的資料，提出異議，我們自會有公平的評斷。」[18]

　　此外，更有諸多購屋、購車等貸款和休假、獎助進修等制度，[19]以

---

[18]　編委會：〈提高水準，充實內容：董事長在新春編採會議講話〉，《聯合
　　報社務月刊》第 190 期，民國 69 年 2,3 月，頁 5-6。

[19]　聯合報系員工福利至少可分以下十類：一、結婚：1.每人兩萬元祝賀金；
　　2.婚假八天一次休完。二、生育：1.每次生產補助八千元；2.費用較高可
　　改申請醫藥補助；3.產假八星期，可在產前或產後開始請假，薪水照支；
　　4.男性同仁可請三天陪產假。三、教育：1.員工托兒所；2.助學金：國小
　　學生為對象；3.獎學金：國、高中及大學生為對象；4.王惕吾先生紀念
　　獎學金：大學院校碩博士研究生為對象；5.同仁在職進修教育補助；6.
　　現職同仁子女出國深造留學貸金。四、醫療：1.醫療補助費；2.員工診
　　療所；3.殘廢給付：慰問金三萬元；4.免費定期健康檢查；5.災難無息貸
　　款。五、喪葬：1.在職過世：喪葬補助費五萬元；2.父母或配偶過世：
　　慰問金三萬元；3.子女過世：慰問金兩萬元。六、貸款：1.現職同仁子
　　女出國深造留學貸金；2.災難無息貸款；3.購買自用住宅貸款；4.中信局
　　首次購屋優惠房貸。七、消費：1.員工餐廳；2.員工福利社；3.洗衣部；
　　4.聯經出版社購書折扣優惠；5.訂閱報系報紙及雜誌優惠；6.特約商店。
　　八、育樂：1.文康社團；2.員工渡假中心：南園。九、保險：1.健康、勞
　　保；2.團險：包括壽險、傷害險及意外險；3.因公出國旅遊平安險。十、
　　退休：1.醫療診療所就診；2.醫療給付：全年度四萬元、配偶兩萬元；

免記者實質收入和生活素質太低，在執行任務時因各色引誘和蠅頭小利而喪失尊嚴，遭人恥笑。

另值得一提的是，根據《聯合報》財務處資料，《聯合報》民國六十六年六月發行突破六十萬份時，曾發給每位同仁紀念獎金新臺幣一千元；民國六十九年九月發行逾百萬份時，又曾發給同仁紀念獎金一萬元及餐具一組。[20]

為更進一步鼓勵同仁提升編採競爭力，民國八十二年十二月起又訂定「社外得獎相對獎金核發辦法」，規定《聯合報》系旗下四報編輯部同仁獲行政院新聞「金鼎獎」、「吳舜文新聞獎」、「曾虛白新聞事業公共服務獎」、「李國鼎科技新聞報導獎」、「花旗銀行報導獎」、「兩岸關係暨大陸新聞報導獎」等六項新聞獎者，社方另酌發獎金以資鼓勵；前述之前三項得獎者各發相對獎金新臺幣十萬元，後三項得獎者各發五萬元，均於社慶時統一頒發。[21]

如此「獎上加獎」的策略似乎是有加乘效果的。民國八十五年底系刊專文指出：今年各項新聞報導的獎項已陸續揭曉，報系延續多年傳統，獲獎項目之多仍居媒體之冠，而在個人獎方面，連莊、常勝軍幾乎早已成慣例。《民生報》是四連莊拿下「金鼎獎」公共服務獎；《聯

3.重大疾病給付：一年度十萬元、配偶五萬元；4.急難救助：最高金額十萬元；5.贈報及優惠訂報；6.過世：報社奠儀五萬元、退休同仁聯誼會一萬元。參見：楊選堂總編撰：《聯合報五十年（民國四十年至九十年）》，臺北，聯合報社，民國 90 年 9 月，頁 266。

[20] 編委會：〈聯合報兩次發紀念獎金〉，《聯合報系月刊》第 20 期，民國 73 年 8 月，頁 153。

[21] 編委會：〈社外得獎相對獎金核發辦法〉，《聯合報系月刊》第 180 期，民國 86 年 12 月，頁 59。

合報》則自民國七十二年至八十五年的十四年間，共贏得十一次「金鼎獎」新聞編輯獎；「曾虛白新聞事業公共服務獎」則自民國六十八年至八十五年，分別由《聯合報》與《民生報》輪流包辦共贏得了十五次之多。[22]隔年又是大豐收，報系更一舉拿下「曾虛白新聞事業公共服務獎」平面媒體全部獎項；頒獎日由王效蘭親自領軍到場觀禮，「就好像是報系在社內頒獎，看到的都是熟面孔。」[23]

如以《聯合報五十年（民國四十年至九十年）》一書所羅列之報系各單位歷年得獎紀錄為準，旗下各單位自民國六十九年至八十九年止，共贏得行政院新聞局「金鼎獎」九十三人次；自民國七十五年起至八十九年止，共贏得「吳舜文新聞獎」六十六人次；自民國六十四年起至八十九年止，共贏得「曾虛白新聞事業公共服務獎」一百零七人次；自民國八十三年至八十九年止，共贏得「李國鼎科技新聞報導獎」十一人次；自民國八十六年起至九十年止，共贏得「花旗銀行報導獎」十二人次；自八十六年起至八十九年止，共贏得「兩岸關係暨大陸新聞報導獎」十一人次。

雖然新聞界為了爭取得獎提升企業形象，而浮現若干為得獎而刻意安排設計的不公現象，但無論如何，歷年累積下來，聯合報系總計前述六種獎項之得獎紀錄已多達三百人次，此一數字尚未包括其後陸續得獎的部份，更未納入其他獎項的戰果在內。這在臺灣新聞史上，的確是一項令同業不得不欽羨的輝煌成就；對每天都想打勝杖的大報

---

[22] 周恆和：〈今年新聞報導獎項聯合報系仍居媒體之冠〉，《聯合報系月刊》第 168 期，民國 85 年 12 月，頁 20-25。

[23] 周恆和：〈年度新聞獎報系大贏家，紛紛捐出獎金，「智士」也是仁人〉，《聯合報系月刊》第 180 期，民國 86 年 12 月，頁 52-56。

團而言，能一再延續這種突破重圍，並年年領先同業的地位，自然有
助於鼓舞內外勤同仁夜以繼日的奉獻精神，並進而鞏衛精誠團結的企
業文化。

　　不過，在獎多懲少的《聯合報》企業文化中，亦有觀念與技術面
修正。例如，民國七十八年九月十一日社慶前夕，王惕吾指示：「今年
《聯合報》社慶敘獎的辦法與往年不同，只發獎牌不發獎金。由於今
年有多起重大新聞，且有關亞銀年會及大陸學運等新聞處理的傑出編
採同仁，當時均已特別獎勵，因此，編輯部決定社慶時不再重複給獎，
同時也取消了團體獎。我認為社慶敘獎主要目的是要提高士氣，獎勵
辦法也不必一成不變。凡有顯著工作績效的同仁，主管有責任適時加
以適當的獎勵，該賞則賞，名額是沒有限制的，唯應做到公正無私，
使大家都心服。」[24]

　　民國八十年二月王惕吾因胃出血住院，故改由王必成以副董事長
身分主持四報常董會，王必成在會中指示：二月份報系的七家報社中
有四個報適逢社慶，但是「今年均將從簡，《民生報》及《聯合晚報》
的社慶將於二月廿日工作會報後，舉行聯合紀念會及頒獎績效同仁。
美國《世界日報》及泰國《世界日報》社慶，董事長例致賀電慰勉，
由秘書室擬發。」這是報系成立以來，原本一向循例盛大舉行的社慶
慶祝儀式辦得最低調的一次；其因素固與王惕吾健康欠佳有關，但為
各報每年一度的社慶大肆慶祝的傳統，亦因民國七十九年九月下旬，
王惕吾即已坦承：「現在業務營收遠比不上各項費用的支出，雖曾苦
口婆心要大家開源節流，唯效果不彰，長此以往，後果相當嚴重，特

---

[24]　聯合報董事會編：《聯合報、經濟日報、民生報、聯合晚報常務董事會
　　　會議紀錄（77~82 年）》，臺北，聯合報社，民國 82 年 10 月，頁 172。

再懇請全體同仁共體時艱，全面撙節，能省則省。……希報系全體同仁在『人財兩節』方面共同配合，努力達成增加盈餘的目標。」[25]景況如此，自然不得不適時縮減能省則省的例行慶祝儀式了。

自發刊第一天開始，《聯合報》創辦人王惕吾的經營政策便標榜「創造利潤，分享同仁」的大原則。至王惕吾去世後，依舊強調以下兩大指標：「普遍照顧同仁：維持《聯合報》一貫的傳統；獎勵努力同仁：創造一種新的服務精神」。[26]

《經濟日報》與《民生報》先後創刊後，外界多以「姐妹報」來稱呼三報的關係，但王惕吾對內一宣再重申後來的兩報與《聯合報》其實應該是「母子報」的關係。至報系規模粗具之後，惕老更公開宣示了以《聯合報》為旗下各報共同母體的原則，無論是各報建制待遇、員工人事遷調及日常福利和退休金核算等，均以《聯合報》為結構中的頂層，優秀人才亦以逐次調往《聯合報》為升遷常例，《聯合報》的人事編制也比報系其他單位相同職稱者的地位和待遇為高。

為此，未設印刷廠的《經濟日報》三十年前曾於農曆新年時特別支付《聯合報》全體員工一筆「答謝回饋金」；《聯合報》編輯部出身者之待遇和出路，在報系中亦均屬最優渥，立有功勞者即便無法在《聯合報》編制中登頂，亦每多以空降形式，安排至報系其他單位升遷。至於報系其他單位員工升遷則每以能調往《聯合報》視同針對領導能

---

[25] 聯合報董事會編：《聯合報、經濟日報、民生報、聯合晚報常務董事會會議紀錄（77~82年）》，臺北，聯合報社，民國82年10月，頁244。

[26] 編委會：〈董事長在八十六年年終工作會報上講話：報館照顧同仁，同仁支持報館：共同事業要一起打拼〉，《聯合報社務月刊》第180期，民國86年12月，特輯頁5。

力、工作表現等方面的肯定，及接受進一步培養、歷練乃至儲訓的制
度化形式。

　　無論是新聘員工或是職務異動，均有公文派令為憑，每年考績和
人事獎懲亦多有書面通知。任何員工初任及其後逐年晉升的薪等，均
有類似軍公教人員的薪級結構可資比敘；年終獎金、考績獎金亦都依
照常董會核算之年度營運收益訂定級數核給；報系各單位主管的一進
一出，與職務調整安排之模式，都隱含著下一次擢升的保證。於是，
報系內其他次級主管職務調升亦多比照類似軌跡，循序漸進，長久下
來，自然形成頗為穩定、平靜的人事異動規律和現象。正因為不輕易
調動熟手，尊重資深的人事政策，報系外勤記者在人脈方面的布建與
累積效益，屢使同業望塵莫及。

　　例如：《聯合報》採訪主任、總編輯和社長等三項職務，除少數由
空降部隊取得，主要人選均自曾在《聯合晚報》、《經濟日報》等報編輯
部歷練過且考績卓著者。[27]如此著重安定的人事政策，同樣反映在看似
不很重要、迎來送往的臺北國際機場路線上，攝影記者程川康駐守於
斯，從臺北松山機場轉至桃園中正機場一直幹到退休為止；而同一時期
的對手報《中國時報》前後已經換了七位記者。[28]

　　如此審慎而力求安定的人事策略，更反映於編輯部最重要的主管

---

[27]　由於王效蘭本身的堅持，《民生報》不喜歡報系內部在「她的民生報」
　　挖角，所以《民生報》在「聯合王國」內自成一格，極少與其它姐妹報
　　人事交流。參見：林瑩秋：〈「小王子」學習統治聯合報王國：後王惕吾
　　時代「聯合報王國」接班實況〉，《財訊》242 期，2002 年 5 月號，頁
　　85。

[28]　周恆和：〈採訪新聞有兩把刷子：程川康服務廿八年退休〉，《聯合報系
　　月刊》第 171 期，民國 86 年 3 月，頁 42-47。

人事異動紀錄上。五十多年來，除非遇有突發狀況、個案需求或特殊決策考量，早已形成了僅在每年年初和九月中旬社慶前後，才予更動布達的不成文慣例。如此遵循慣例推動人事新陳代謝的企業文化，自然形成了某種敦厚是尚的工作氛圍，和講究輩分排比的傳統人情網絡，使得《聯合報》各單位都能運作安定，免於突如其來的「人事地震」可能造成的衝擊和不安。

在《聯合報》五十多年的用人紀錄中，引起新聞同業和傳播學界側目的人事異動很少，長期循序漸進的人事輪替政策，即便有風風雨雨的意見，但決策者極少受到左右。例如，民國八十七年八月王惕吾在報系主管工作聯合工作會報中特地為項國寧闢謠，他頗不尋常地表示：「近有謠言謂《聯合報》總編輯職位將有異動，空穴來風，此乃有心人士刻意製造不實傳言，破壞報社人事和諧安定，大家應主動予澄清。」[29]有大老闆親自加持，果然讓項國寧的總編輯寶座由八十五年社慶安穩的坐到九十年社慶才交捧。交接之日，張作錦稱讚項國寧任勞任怨，默默地做好報社交付的每項任務，因為總管理處五年來要求各單位能因應內外情勢變遷，他一直不願把自己的壓力與情緒影響到同仁，也能為報社各方面著想，真的是「識大體」才足以形容；過去兩年來一直有項總編輯異動的傳聞，報社安排升任《民生報》社長，就是肯定他過去的表現。

較特殊的個案，似為民國八十五年九月社慶，楊仁烽從並無編採資歷的業務部總經理身分接掌《聯合晚報》總編輯。其中當然有王惕吾不次拔擢之意，但也引發外界一陣議論。

---

[29] 編委會：〈聯合報系八十七年八月份主管聯合工作會報：董事長講話〉，《聯合報系月刊》第 189 期，民國 87 年 9 月，頁 85。

　　在此之前，新聞史上從無掌理業務經驗的編採老幹部，一旦編輯部遇到瓶頸，就被調升業務部門主管，以資安撫者比比皆是，且均被視同高升和上級美意。例如聯合報系唯一一任滿五十年才退休的前《經濟日報》社長應鎮國接掌中經社總經理後，歷經七個月即轉虧為盈，首開編務高級主管轉戰業務主管獲得成功的可喜紀錄；應老不懂英文，卻掌管臺灣有史以來第一家經濟專業英文新聞通訊社「中國經濟通訊社」，且接續發行一系列專業刊物。[30]類似成功模式，無論當事人是否新聞科班出身，如今在各媒體幾乎早已司空見慣。那麼，楊仁烽反向從「業」跨行到「編」，就不足為奇了。

　　此外，隨著報系逐年擴充和不斷新增單位，主管每多由具有外勤資歷之資深老幹部出任。不少人認為：這正是資方有情有義、回饋功臣、分享福澤與形塑《聯合報》企業文化最成功的高招。

　　於是，新進員工自報到之日起，幾乎就可預見未來的待遇和前途發展，因為個人的工作表現、服務年資和對報社的向心力、對工作團隊的忠誠度的綜合考核，決定了個人升遷的緩速和機遇的優劣。

　　但是，再嚴謹優質的企業文化，爭功諉過的現象還是不易革除的，早在民國六十年《聯合報》東遷忠孝東路四段前夕，廣告組發生了一件必須在社務月刊內文第一頁就強調的一項教訓。文中指出：[31]

　　所謂敬業精神，是指全體員工在為本報工作時，那種兢兢業業的表現；在為讀者服務時，那種勤勤懇懇的態度。但令人惋惜的是，由

---

[30] 吳仁麟：〈半世紀的聯合報系生涯：專訪應鎮國社長〉，《聯合報系月刊》第 219 期，民國 90 年 3 月，頁 26-27。

[31] 編委會：〈本報企業精神受挑戰：記取廣告組一項錯誤的教訓〉，《聯合報社務月刊》第 91 期，民國 60 年 2 月，頁 1,2。

於部份同仁疏忽大意，在廣告業務上，竟造成一次錯誤，是在本報駐美特派員毛樹清先生女公子德茜小姐，一則結婚啟事上發生的：毛德茜小姐已於元月十五日在紐約舉行嘉禮，到廿日晚上，毛特派員將這則啟事親自送來報社，要刊登在廿一日的本報，和本報國外版，以及《經濟日報》。毛先生一定要遲五天才刊出啟事，正是他的廉介不可及處。當時收稿的王股長因版面登記本已送二樓，未註明刊登日期、版面，即將原稿交排字房練習生張臺雲，轉送副主任楊浩烈，值楊副主任回家用膳，返社後逕赴三樓，督導拼版看樣，也沒有立即清點桌上稿件，至廿一日下午，始發現此稿，再交回門市部副主任吳木烈，吳副主任誤認為結婚日期已過，未曾及時詢問處理，延至廿三日，這則啟事始行刊出。當錯誤被發現後，副總經理錢存棠馬上去拜會毛特派員，當面解釋，並致歉忱，接著召集廣告組有關同仁對廣告發稿工作，切實檢討，研究改進，另由鄭主任以書面簽報發行人。

王惕吾在原件上批示：「廣告組三負責主管如此不負責任，糊塗疏忽，影響報譽，應向全體同仁，負疚告罪。」「最高負責主管，對屬下重大錯誤不簽請議處，只做從輕處分，尤屬不當。」「王股長秉乾收稿發稿，為何不交代清楚日期、版面、發稿程序？次日不見報，亦不查問，辦事如此糊塗，不負責任，何以領導？」「楊副主任膳後上班，不清點稿子，前後時間不連繫，疏忽之至。」「吳副主任次日接到稿子，何以不處理？」

這是社務月刊及系刊有史以來難得一見的「高層震怒全紀錄」，其關鍵即在毛樹清不是泛泛之輩，卻因報社員工一連串的漫不經心，傷害了一位有資望的新聞界老前輩。

毛樹清為浙江省桐鄉縣人，中央政校新聞系畢業，是二次大戰歐洲戰地第一批隨軍記者之一，也是美國國會中第一位出席的中國記

者,被公認是名教授、名政論家、名電視評論家,受各方敬仰。抗戰勝利後擔任上海《申報》駐美記者。大陸淪陷後,以自編自寫方式在美國自辦一份中文報《紐約中國時報》。其後受聘出任《香港時報》董事長兼社長。他在臺灣居住了十四年,一生共經歷三次婚姻,第一次和德國小姐結婚,生一女;第二次和美國小姐結婚,生一男;最後於六十九歲時,又與屏東潮州的郭進英小姐成婚,育有一男一女。婚後不久他自淡江大學退休,赴美國舊金山定居,一九九四年獲聘為史丹福大學胡佛研究所研究員。民國八十六年一月廿四日逝於舊金山。[32]

針對自己人委刊的啟事都會莫名其妙的出錯,王惕吾於次月工作會報,再次為此錯誤指示:「報社對員工獎罰之事例,似乎獎多而罰少,同仁有過失,未能挺身認錯受罰,主管亦未切實負責,如廣告組最近處理毛樹清先生交刊啟事事件,根據廣告組簽報,發現原稿上未註明刊登日期、版面、價格。延期刊登之責任,主辦業務主管又未肯切負責,手續既不完備,承辦者又推過卸責,究竟錯誤誰屬,應將本案交社刊發表,公意裁決。此後希望各單位主管對同仁功過獎罰,切實執行,凡同仁有過失,主管不予處罰者,均比照辦理,交社刊發表。」[33]

《聯合報》另項比常規化的獎懲制度更有意義的制度,應為實施資深記者制。為了避免記者因工作績效優良即晉升行政職務而失去報導舞臺的損失,資深記者的培養和延續其專業使命的話題,一直是業界和學界共同關切的老話題。

---

[32] 丁中江:〈駐美國務院第一位中國新聞記者:毛樹清〉,《中央日報》副刊,民國年 86 月 3 日 28。

[33] 編委會:〈民國六十年二月份工作會報紀錄〉,《聯合報社務月刊》第 92 期,民國 60 年 3 月,頁 32。

但要建立資深記者制，首先就得在媒體內部形成一種循序漸進，崇功報德，尊重倫理，並力求工作環境安定的組織結構與企業文化，唯能做到這些不忮不求的個人品格，而又通過名實相副的周延程序，方能逐步甄選具有特殊潛力及特殊貢獻者適用此種比勛章更佳美的制度。

而此種陳義極高的理念，至今亦只有聯合報系長期的辦報理想和後天提供的條件，方得具體落實。聯合報系設有高級資深記者、績優記者評審辦法，即植根於此種理念的實踐。

民國五十三年九月十六日《聯合報》就訂定「資深績優記者獎勵辦法」，編輯部優秀人員經評審通過即可突破薪級一個等級，至民國八十年後，月薪可增加好幾千元。[34]民國七十九年王惕吾在常務董事會上指示，為免除優秀成熟的記者一旦升任行政職務而棄守採訪崗位，造成報社、記者個人與社會的重大損失，因而主張「一位資深績優記者最高可支總編輯待遇」。民國八十一年三月一日報系同時公布旗下四報實施資深記者、資深績優記者、高級資深績優記者評審辦法，基層記者可逐級躍級晉升薪給，最高可比副總編輯薪給還高一級。此一顧及理論與實務的人事考核制度，確是我國新聞事業中的創舉。

雖然資深記者制度剛起步時亦曾有「漸趨浮濫」的現象，亦曾出現不公平現象，一旦晉入績優門檻的記者，猶如天之驕子，儘管也有因表現不理想而被警告的前例，但實質懲罰則未見。因此，自民國八十二年七月一日起，再增列考核評審關卡，資深記者連續三年考績未獲特優，第三年起即喪失資格，不得再晉級；而資深績優、高級資深

34　編委會：〈53 年：本報一年大事記〉，《聯合報社務月刊》第 25 期，民國
　　54 年 1 月，頁 14。

績優記者則增定連續三年未晉級,第四年起取消資格的追蹤考核新制,以消除報系旗下四家報社考核寬嚴不一的漏洞。[35]

根據統計,自八十一至八十九年度《聯合報》編輯部獲評審通過取得資深記者等三項榮銜者共有 255 人,占編輯部總人數 626 人的 34.4%;其中資深記者 157 人、資深績優記者 26 人、高級資深績優記者 32 人。至於享有頂級榮冠的高級資深績優記者 32 人的分布狀況為:地方新聞中心 17 人、編輯部本部 8 人、副刊組 2 人、採訪中心 1 人、綜藝新聞中心 1 人、大陸新聞中心 1 人、國際新聞中心 1 人、編輯中心 1 人。[36]

由此可見,如何積極引進及獎掖人才,鼓舞工作士氣,安定工作環境,一直都是《聯合報》各部門開展業務的不二法門。欲有效傳達並落實相關政策,自然必須借重內部流通刊物的宣導。

《聯工月刊》則於民國八十二年八月提出批判:編輯部高級資深績優記者、資深績優記者及資深記者評審辦法發布的時機,適巧是編輯部每年社慶前人事調整的「地震高峰期」,此一安撫「人瑞級記者」的辦法,其實是為因應臺灣不正常的新聞從業員文化而不得不強調的「多此一舉」。一般狀況下,新進記者跑個五、六年就會有召集人、組長之類的芝麻官來肯定,但不少人一蹲就是十年,腦袋上頂的還是小圓帽——記者,連個最起碼的大盤帽——召集人都混不上,晉升無望,

---

[35] 周恆和:〈資深記者不進則退:避免浮濫考核從嚴,連續三年考績未獲特優即喪失資格〉,《聯合報系月刊》第 131 期,民國 82 年 11 月,頁 182,183。

[36] 楊選堂總編撰:《聯合報五十年(民國四十年至九十年)》,臺北,聯合報社,民國 90 年 9 月,頁 260-261。

遂萌去意；報禁開放初期來挖角的新報，對《聯合報》同仁可是優禮有加，最起碼也先送個副總編輯頭銜。以目前《聯合報》「錢多事少離家近，最是愉快當呆人」的編輯部用人觀，把中生代全給凍結起來的作法，根本用不著去搞一套資深績優制度，一方面這些呆人早就不和這樣的工作環境一般見識，樂得自顧自的找樂子、找調劑；另方面，當呆人每年有考績就不錯了，還怎麼去奢求「五年三特優」，就算有了，還要看那些未必夠水準的評審小姐先生們關愛的眼神，何必自做孽呢？萬一搞上了資深績優，還真是自己找個箍子套在頭上，非得侍候主管不可，否則主管拿考績修理你，到時候給剝奪「資深績優」資格，還真是出洋相。文章中直批：第一套制度「養老而已」，第二套制度又在「裹小腳布」。「如同董事長講的：編輯部是鋼鐵般的陣容，但是發現有了鏽跡不去除掉，反而上漆掩飾，可能的後果當然是鏽蝕得愈發嚴重，屆時可能真的沒藥救了。資深績優記者制度當然要建立，但是在觀念上要先釐清，不是讓人瑞變老賊，安心拿高薪當呆人，而是讓老朽再出發，以智慧的光芒奉獻報社，這是尊重、榮譽。編輯部的人事當然該適時調整，只不過不該是『汰舊換新』的表面意義，更應該是經驗傳承、提升戰力的考慮。面對如此險惡的報業環境，每一步都得謹慎、小心，切記，切記！」[37]

為具體掌握《聯合報》人事異動及獎懲的完整數據，本研究曾多次擬自《聯合報》相關部門及退休同仁處，情商可否參酌較周延的補充資料，惜均難如願，故僅能根據社刊及系刊已發布的有限內容，做量化統計並予分析，其必然存在的諸多盲點，尚請各方先進寬諒。

---

[37] 鄭斯文：〈「資深績優」制度「積憂」〉，《聯工月刊》第 61 期，民國 82 年 8 月，第 6,7 版。

　　根據表 3：聯合報社刊、系刊員工獎懲、到離職異動統計簡表顯示，《聯合報》的確存在著獎多於懲的企業文化特色。

　　自民國五十二年一月至六十年十二月：獎勵 32 人次、懲處 35 人次，獎比懲少 3 人次。此階段獎懲人數均偏低，似乎還無法看出獎懲所能表現的功能。

　　自民國六十一年一月至七十年十二月：獎勵 665 人次、懲處 92 人次，不僅懲處人次低於 100 人次，受獎者比受懲者竟多了 573 人次，充份顯示此一階段因報系業務大幅進展，激勵員工的手段已更為積極而有效。

　　自民國七十一年一月至八十年十二月：獎勵 373 人次、懲處 286 人次，獎懲數字又開始拉近，受獎者仍比受懲者多了 87 人次。

　　自民國八十一年一月至九十年十二月：受獎者 316 人次，比受懲者 456 人次，少了多達 140 人次，顯示報社開始嚴格管控紀律，整頓頹風。

　　自民國九十一年一月至九十四年七月：受獎者 98 人次，受懲者 75 人次，似又恢復了獎比懲多的傳統現象。如合計民國五十二年一月至民國九十四年七月獎懲的總人次，受獎人次為 1484 人次，受懲者則為 944 人次，受獎者較受懲者多了 540 人次。

　　前述量化統計的結果，未必就能反映歷年真確的紀錄，但總算為多年來在員工間口耳相傳的所謂「獎多懲少」之說，找到了確切憑據。

　　民國七十三年九月社慶時王惕吾認為各單位呈報獎勵時太浮濫，而公開要求敘獎應將「功」與「勞」分開。因為年度社慶敘獎，獎的是「功」，每年年終考績，獎的則是「勞」；兩者要有分野，不可混為一談，以免重複敘獎。他特別肯定印務部能切實按「功」與「勞」分開評比辦理敘獎，且其年終考績均係以平時紀錄為依據，所以大家都

無話可說,「但其他部門缺乏紀錄,就難免以印象為多,考績以後,閒話很多。」王惕吾再度強調:「任何一個團體或事業必須講求獎罰嚴明,作為一個主管,對好的部屬一定要獎勵,反之則一定要懲罰,如果弄到好的不獎,壞的不罰,那這個事業還有甚麼紀律可言,其對事的危害,也就不言可喻了。」

　　為了避免敘獎太寬,惕老下令成立「聯合報系人事評鑑委員會」,由《經濟日報》副社長應鎮國兼任主任委員,今後國內三家報社社慶敘獎名單,應於社慶前一個月提出,經「聯合報系人事評鑑委員會」評鑑後再行呈核。[38]

表3:聯合報社刊、系刊員工獎懲、到離職局部異動統計簡表

統計年度	獎勵	懲處	新進	離職	備　　註
民國 52 年至 60 年	32	35	392	134	《經濟日報》創刊。結束康定路時代,總社遷往忠孝東路新廈營運。
民國 61 年至 70 年	665	92	566	285	《世界日報》、《民生報》及《聯合月刊》創刊。「南園」員工休假中心啟用。發行量破一百萬份。

[38] 編委會:〈董事長指示:七十三年九月份聯合報系主管聯合工作會報紀錄〉,《聯合報系月刊》第 22 期,民國 73 年 10 月,頁 126,127。

民國71年至80年	373	286	1718	1018	《歐洲日報》、《歷史月刊》及《聯合晚報》創刊；接辦泰國《世界日報》。
民國81年至90年	316	456	908	1178	《星報》、印尼《世界日報》創刊。楊仁烽調升《聯合晚報》副社長兼總編輯。王文杉調升《聯合報》社長。
民國91年至94年7月	98	75	285	1167	因報業競爭激烈，員工自願優離、優退者累計655人、資遣19人。
總　　　計	1484	944	3869	3782	各筆數字均採自聯合報社刊系刊刊布資料，實際數字仍待進一步查核。

　　由此觀之，所謂「獎多懲少」的企業文化，在王惕吾的心目中絕非「重獎而輕罰」的政策性作為，極可能只是基於報系業務長期營收良好，發得出各種名目的獎勵，再加上必須考量文化事業員工士氣宜不斷激勵的主客觀需求，在總的長期紀錄上呈現了「獎多懲少」的量化結果。

　　除了行政方面的獎懲方式，編輯部門針對外勤記者每日見報新聞的評比表現所核發的「馬上獎」，亦為激勵士氣的重要設計。此為民國七十一年黃年擔任採訪主任提出的構想，是有鑑於「新聞需每日算帳，

新聞的時效性只有一天，記者要不斷地自我超越所產生的獎金管理制。」

「馬上獎」由編輯部各組主管每日簽報，成為採訪主任層層授權、考核瞭解記者工作動態的一個工具。得到獎勵者，每晚由編政組負責派發給得獎者簽收，每個紅包袋上印著燙金字體：「成功是一點一滴累積的，勝利是一分一秒爭來的：今天你的表現使報社生色，你個人光彩，我們全體也很光彩。特向你致賀、致敬！」雖然金額多以三、五百元為獎勵單位，但其精神意義遠大於其物質意義。至於特殊的重大表現，社方會另以專案簽報獎金。[39]由於外勤記者絕大多數基於個人榮譽無不拼戰不懈，因此領到獎金者相當普遍，因漏新聞或錯發新聞而遭告誡或實際懲處者極少，故又加深了一般人「獎多懲少」的刻板印象。

民國七十六年六月廿二日，王惕吾在常董會上針對獎勵制度，宣布在編輯部增設「即日獎」，編採同仁在新聞上有表現時當天發獎，方法是每天下午在編務會談時提出報告，作成決定立即發獎。由財務處撥一百萬元交總編輯全權運用，以鼓勵編採同仁努力表現，超越自己。[40]

除了見報有賞，自民國七十九年二月起，未見報的參考消息也有賞。王惕吾鑑於有些參考消息雖未見報，但仍深具新聞價值，記者對此等消息之取得也煞費心血，為獎勵記者之採訪能力，乃於常董會中

---

[39] 曹冰瑩：〈《聯合報》每天散發大疊紅包〉，《聯合報系月刊》第 87 期，民國 79 年 3 月，頁 184-185。

[40] 聯合報董事會編：《聯合報、經濟日報、民生報常務董事會會議紀錄（74~76 年）》，臺北，聯合報社，民國 82 年 12 月，頁 301。

指示：「即日起特設參考消息獎，由採訪主任簽報總編輯核發。」[41]但具體的個案則未見發布，唯據一般經驗，重要的參考消息除了可供編輯部主管留參，也會呈送言論部參採，更重要的是，外勤記者可藉此免除漏新聞或私自暗槓新聞的質疑。

遺憾的是，如此重視獎勵的企業文化並未能留住眾多菁英出走的心思，被全報系尊為最傑出楷模的三位一萬美元重賞得主都先後離職，其中周玉蔻甚至一路扶搖直上幹到了採訪主任，最後還是因為處理新聞失當而下臺。此處特別強調三人的離職，重點不在追考三人離職的個別因素為何，而在突顯重賞固然可喜，顯示老闆出手大方給得起，員工也揚名立萬欣然領受，但最終依舊是「重賞之下雖有勇夫，畢竟難買一生忠誠」的現實寫照。

最早獲得重賞的朱立熙，於民國七十六年十二月十二日自漢城駐地以傳真函請辭，距立功之日：七十四年八月廿四日僅兩年不到。周玉蔻於民國八十二年五月廿一日離職，距立功之日：七十六年三月四日僅六年。寇維勇於民國八十六年三月七日請辭，距立功之日：八十三年二月十六日僅三年餘。

聯合報系獎多懲少的現象，亦有單月紀錄被顛覆的紀錄。民國九十年八月號《聯合報系月刊》公布之民國九十年七月份獎懲名單，在17人中，獲嘉獎者僅有1人，受懲處者則多達16人，其中記大過者1人、記過二次者1人、記過一次者10人、記申誡二次者1人、記申誡一次者3人。如此懸殊的獎懲人數，或許還是空前的。[42]

---

[41] 聯合報董事會編：《聯合報、經濟日報、民生報常務董事會會議紀錄（77年~82年）》，臺北，聯合報社，民國82年10月，頁205。

[42] 編委會：〈聯合報九十年七月份獎懲人員名單〉，《聯合報系月刊》第224

值得注意的是：自民國九十三年十月至九十四年七月間，多達九個月未見系刊發布相關獎勵名單，另有五個月未見懲處名單。究竟只是巧合，各月未發生任何獎懲個案，抑或意味著報系總管理處正在推動另種類型的管理策略，技術性地保留發布紀錄，則有待進一步觀察研究。

第二節：高薪及挖角策略造成的包袱與升遷僵化

由於《聯合報》總社東遷忠孝東路後，決策權逐漸集中於董事長王惕吾一人之手，加上廣告與發行長期營收良好，人事政策及其結構乃於報系需求加速之後益形進取而為之膨脹，為了追求本業中的龍頭地位，聯合報系開始更具體的吸納各方熟手高手，以高薪和無上限的挖角戰術，來擴大領先差距，並鞏固領先地位。

從人力資源管理的觀點出發，任何企業本有自行決定有關獎勵員工與支付員工薪酬的政策，但這一切都必須建立在充沛的財務基礎之上，財大方能氣粗，家大自然業大；相對的，報社一旦失去業務優勢，無法繼續供應禮聘人才和收買人心的財源之後，此一壯大的聲勢與榮景，就如同戰場上一旦痛失優質的後勤補給，很容易不戰而敗。

自企業文化的立場分析，企業領導者在決定自身企業的文化價值觀後，即須對現實的獎酬管理做成決定，而獎酬管理正反映了領導者對本企業員工的本性與價值的認識。有關獎酬戰略，包括在市場上本企業的獎酬水平應定在哪一個位置上，是全行業最高，力挫群雄，總

期，民國 90 年 8 月，頁 100,101。

攬天下英才；還是不做出頭鳥，而緊跟獎酬最高企業之後；還是甘居中游，既不冒尖又不落後；或者保持低姿態，取偏低獎酬而維持盡可能低的人力成本，以增強本企業產品的競爭力。再如，在企業內部的獎酬分配方面，是嚴格地按貢獻付酬，搞重賞重罰，不惜拉大收入差距，還是照顧大多數，適當平均，以避免激化及爆發矛盾。若實行績效與獎酬掛鉤，是以個人績效還是集體的績效為基礎。在獎酬的形式上，工資、獎勵與福利，三者以什麼樣的比例搭配；獎勵是否封頂、保底，獎酬制度是全企業統一，而且由企業最高層控制，還是放權到中層或基層，讓他們根據各自情況自主決定。對於企業中各種不同的「特殊職務族」，是否要制定和執行專門的傾斜與優惠政策，例如對管理幹部、高級專家、重體力勞動者、女工等。

總之，在企業獎酬的總體水平方面，其決策主要是在人才市場競爭性與產品成本經濟性之間有所權衡。每一特定職務或崗位的具體薪酬水平，則取決於既定政策與人事部門間務實的考量，易言之，不同層級的職務薪酬是由某種統一原則來確定的，獎酬差距確定，是用有邏輯的理由來說明的，決不是任意的、武斷的。至於獎酬支付及提升形式亦須考量，是否按個別的功績提升，還是到一定時間全體一致自動總體調整，薪酬、獎勵之間的比例如何，這二者與福利金在總額中具體的比例如何等。

無論影響獎酬制度制定的外在因素如何複雜，包括：勞力市場供需與競爭狀況、地區與行業的特點與慣例、當地生活水平、國家有關法令和法規如何要求等等，其實，最能影響企業薪酬及獎勵政策的最根本因素，仍在於企業的內在因素，特別是企業本身的結構定位、投入生產的方式和員工素質等特性，所牽動的實際本益比；而公司的管理哲學和企業文化的內涵，更大幅決定了員工對於獎酬制度的切身感

受和延伸的期待。表面上看來，公司的經營狀況與財政實力似乎是決定性因素，但經營好壞並無絕對的判斷標準，員工們一般不願憑此來評價公司付酬的合理性，故經營狀況對薪酬的影響只是間接的和遠期性的。[43]

《聯合報》各部門擴編或增加人手並無一定常軌可循，最常見的模式是依據由上而下的指示辦理，通常都是來自王惕吾本人有感而發，或各部門的特定需求的意見反映，逐次形成某種用人計畫。在文字紀錄中，報系發展雖然光明、樂觀的正面報導居多，但有關人事精簡、人事凍結的政策，似乎從也未斷過。

民國七十一年三月廿日，王惕吾表示：「我特別希望大家負起保舉人才的責任，所謂『中興以人才為本』，國家如此，本報系亦復如是，各位不僅要在本職崗位上有所表現，還要為報系發掘優秀人才，並設法延攬，這才算盡主管應盡的責任；但千萬不能囿於人情、戚友關係，所舉薦與延攬的不是本報系所需要的人才，甚至是庸才，這將阻礙報系進步。關於人才培植，除在職訓練外，編輯部今後對出國研究考察項目，要選擇報系最需要的部門，選派最有潛力的人前往在這一方面最具權威的國家去學習，使我們的工作條件永遠位於尖端。」[44]

民國七十一年六月廿八日，王惕吾指出：「在人事任用方面，不說『凍結』，但要避免無意義的膨脹，非新增業務或非特別優秀人才，將暫不進用新人，現職出缺時，原有工作儘量由內部調人或由單位同仁

---

[43] 余凱成等編著：《人力資源管理》，大連，大連理工大學出版社，1999年7月，頁 163-165。

[44] 編委會：〈聯合報系主管聯合工作會報：王董事長綜合指示〉，《聯合報系月刊》第 208 期，民國 71 年 6 月，頁 53。

分攤。一般人才如欲來本報求職，均由人事室統一登記建卡，各單位有需要時，可從中選用。介紹人、保證人，對於所保薦舉之人選要有充分之了解，並恪遵保證責任。」[45]民國七十二年三月七日王惕吾指示：「本報用人向採公開招考及試用方式，希各單位主管務必把握『用人唯才』的原則，勿使用人流於浮濫，先用後報的情形應絕對避免。」[46]七十三年七月三十日又說：「目前新進人員暫行凍結，視勞基法與施行細則確定後，再進行調整遞補。」[47]

　　民國七十三年九月十六日社慶王惕吾重申：引進人才不講背景，不論出身，是人才我們樂意引進培養，給他最大的發展機會，「目前重要幹部中，有臺大、政大、師大、文化、輔仁、世新等各校的，有來自軍中自學有成的，也有國外深造來的，只問他的工作表現，只問他對報社的貢獻，不講任何關係，在人才的管道上，我們的大門是敞開的。」他還強調：「我們事業單位這麼多，人礦到底完全開發了沒有？各單位負責人一定要懂得發掘人才，用人絕對不能有私心，有私心很可能會埋沒人才；如果推舉人才能形成一種風氣，做到學以致用，專才專業，真的人盡其才，豈不是最理想的事。」[48]

　　民國八十三年六月廿日王惕吾又有類似重要指示：「近據人事室統計報告，報系在臺北四報去年一年進用新人 167 人，佔報系員額 3.5%，每月薪津支出七百萬元左右，還不包括其他間接費用、福利退

---

[45] 聯合報董事會編：《聯合報、經濟日報、民生報常務董事會會議紀錄（71~73 年）》，臺北，聯合報社，民國 82 年 12 月，頁 59。

[46] 同前註，頁 116。

[47] 同前註，頁 254。

[48] 聯合報董事會編：《聯合報、經濟日報、民生報常務董事會會議紀錄（71~73 年）》，臺北，聯合報社，民國 82 年 12 月，頁 10。

休金等支出。因業務需要而增加人力乃是天經地義，但人事如此膨脹不免有違報社人力規劃的精兵政策。……各單位進用新人，不一定完全看學歷，學歷再高，學問再好，要是工作意願不高，企圖心不夠，這樣的人多了不僅不能增加力量，反而會有負面的影響，希望在進用新人之際，在這一方面也要多加甄別。」[49]

民國八十五年十月廿八日王必立在總管理處主管工作會報指出：「雖然大家已有用人從嚴的共識，但四報人事費用仍舊偏高，未來在現有編制內遇缺時，應慎重考量是否真的需要補人，尤其是行政、業務部門等單位，在這一年內人事上仍有不少的增長，用人方面應特別謹慎。」[50]

聯合報系從不介意旗下員工待過其他報社，反而十分在意在轉入之前有無傑出表現的傳統，源自於三報《聯合版》時代所鑄造的「有容乃大，百川納海」量才器使的用人度量。至《聯合報》業務崛起領先群雄之後，為不斷拉大領先對手的差距，採訪主任或部門主管都會三不五時口頭指示同仁注意同業中有無可以栽培的好手，只要編制許可，時機適當，約談後立即接受跳槽的事例，可謂不勝枚舉。為求鞏固龍頭地位，《聯合報》長期以來都以高於同業的待遇激勵士氣，無論是新聘自行培訓新人，或是對外挖角禮聘的熟手，均核敘較一般同業稍高的待遇，特別是動員挖角來的「名角」，敘薪更是加碼從優，以廣招徠，建立能讓員工安心的優渥環境。

---

[49] 編委會：〈聯合報系八十三年六月份主管聯合工作會報紀錄：董事長講話〉，《聯合報系月刊》第 139 期，民國 83 年 7 月，頁 134。

[50] 潘正德記錄：〈聯合報系八十五年總管理處主管工作會報紀錄（十一）：王兼總經理指示〉，《聯合報系月刊》第 167 期，民國 85 年 11 月，頁 79。

此外，循序漸進的升遷政策，亦為與高薪政策並存的配套策略。通常若無特殊的狀況，例如刻意磨練或機動補缺，一位新人到職之後就不會輕易再動，至少兩三年之內都不動，以利新人熟悉狀況、進入狀況。報系第二、三級單位主管出缺，最常見的遞補順位就是按年資排比，最資深的同仁最有機會接棒，除非當事人能力太差、考績太遜或根本沒有意願才有例外。早年直接追隨過王惕吾的老幹部，每逢報系出現新創單位時，最重要的職務幾乎無一例外，都由董事長依例論功行賞，老將無不當先，充份反映了報系人事政策中特重的倫理色彩。

這種高薪制和資深制固然很能吸引並說服員工安身立命，但也頗易造成怠惰傾向，因為人多好辦事，天塌了有高個子頂著，大鍋飯一旦吃慣了，不懂得把握機會力求表現，便很難在人才濟濟的報系汪洋中獲得青睞。

聯合報系的人事包袱，並非全因挖角頻仍所造成的，資深制無從落實，有了制度亦形同虛設才是主因。無論考核如何公正無私，不少大學同窗同日進報社後的升遷緩速，經常有如天壤，遑論先來後到間，少不了爭功諉過的心結在焉。為講求倫理，兼為避免人事調度產生劇烈摩擦，最常見的疏通方式就是「安樂死式」的職務調遣，把失勢或失寵者調離，再指派其擔任明升暗降的虛位名銜，伴以制式的榮調歡送加歌頌儀式，即足以消除情緒和顏面上的反彈因素。最重要的則是薪水實質收入不但一文不減，必要時還可酌增，以示資方安撫誠意。例如，中時報系曾任命多達八位副社長的空前紀錄，正是解決類似難題的典型副產品。

但是挖角跳槽最大的難處，尚非買方的高薪高職等承諾能否與賣方快速談攏的問題；最困難的狀況，在於銀貨兩訖後，如何適應全新的企業文化的折磨。

　　民國七十一年三月第二〇七期《聯合報社務月刊》，刊出了自中時報系跳槽已逾三年的「大陸問題研究室」主任葉洪生的「適應自白書」，十分鮮活的描繪了跳槽適應的難題。他寫道：記得三年前的夏天，由於工作上諸多不合理的壓力，以及黃年兄「緊迫盯人」的拳拳盛意，我終於告別了親手策劃籌創的時報大陸研究室，加入本報大家庭，而成為一個「過河卒子」。初來本報，舉目無「親」，唯黃年兄馬首是瞻；幸得陳祖老多方照拂，給予我「再教育」的機會。然而由於我素有強烈的「歷史癖」（凡事必將始末交代清楚），一向寫慣長篇大論，未能馬上適應報紙要聞版上短小精悍的要求；是故在頭半年內，主、客雙方幾乎均產生「信心危機」。我始終難忘，當張總編輯讓黃年兄傳話給我說：「不要陳義太高，Could be better⋯⋯」時，在我心中激起了掀天巨浪。「我那時的挫折感頗深，對自己的認知能力感到懷疑，一度曾萌去志。所幸半年後，倒啃甘蔗，漸入佳境；銳氣雖磨掉不少，卻也能在理想與現實的夾縫中，找到心理上的平衡點，伺機而動，發揮所長。」[51]

　　民國七十五年十月，王惕吾針對報系業務逐步擴充，有必要擴大培育人才的談話中指出：「編務人才要造就，業務和印務人才也要造就，做到報系內各項人才都能棒棒相接，老中青每個階段的人才不斷，老的由中的來接，中的由青的來接，一棒接一棒，一棒勝一棒，這是非常重要的。老的撇開不談，中青人才一方面可在現有幹部中遴選提拔，一方面則從有更高成就而合我們報社需要的人才，自各種途徑去羅致，亦因如此，以後報社提供同仁國內外去深造，要以報社的需要及其個人從事新聞事業的理想，兩者共同考慮來培養，決不以其

---

[51] 葉洪生：〈「大陸問題研究室」的發展概況〉，《聯合報社務月刊》第 207 期，民國 71 年 3 月，頁 38,39。

個人的興趣來抉擇。……假如有一位深造的同仁中途變更初衷,甚或不再回來為報社貢獻,花錢事小,最大損失是培養的時間,我們會發生人才補充中斷的現象。」[52]

此一階段報系的人才吸納政策,似以採取機動式的對外羅致高級人力,與中期的自報社同仁中擇優送往國外深造,兩者並重的方式加速進行。

民國八十二年元月十三日,王惕吾在邀請許倬雲教授以「文化建設與新聞」為題發表演講後向同仁補充指出,大家一定要先研究如何使報紙的質與量如何提升,研究如何使報紙適應發展中的社會,報紙的生命才會可久可大。「像我們這樣一個大報系,有報紙、有出版公司,可以了解到全世界的脈動。……我們可以做的事實在是太多了,我們的條件也太好太好了。我一再講要投資,從沒有限制投資,也沒有限制用人,如此大的一個事業機構我們並沒有充份利用,也沒有充分發揮,這實在太可惜了。」[53]

聯合報系員工總數的成長,是隨著業務不斷成長擴大而逐年遞增的。民國六十年七月《聯合報》遷入忠孝東路四段新廈後總社員工為1,073 人。[54]其後達到巔峰時的總人數,大約在 5,200 至 5,500 人之間,但前述數字都只是社方高級主管即興式的口頭說明,並無明確的資料出處可供印證。

---

[52] 編委會:〈維護國本,服務讀者:十月廿日董事長在主管工會報上的講話〉,《聯合報系月刊》第 47 期,民國 75 年 11 月,頁 9。

[53] 孫揚明:〈掌握全民文化,辦報應有開創作法:王董事長元月十三日講話〉,《聯合報系月刊》第 122 期,民國 82 年 2 月,頁 18。

[54] 于衡:《聯合報二十年》,臺北,聯合報社,民國 60 年 9 月,頁 45。

近年歷經幾波優退優離精簡動作之後，民國九十四年八月《聯合系刊》公布之五報同仁勞退新舊制選擇統計表，係由人資處經理劉芳枝提出的正式報告，應屬報系員工人數核計最精準的一次。

五報員工選擇新舊制的總人數分別為：《聯合報》1855 人（新制257 人，舊制 1598 人）；《經濟日報》303 三人（新制 147 人，舊制 156 人）；《民生報》319 人（新制 88 人，舊制 231 人）；《聯合晚報》143 人（新制 53 人，舊制 90 人）；《星報》65 人（新制 57 人，舊制 8 人）。五報員工總人數為 2,685 人。[55]

民國九十一年十月，董事長王必成在主管聯合工作會報中坦承，聽了業務單位的報告之後心情很沉重，因為外在情勢不好，他們再怎麼努力，業績還是有限，但如果不努力，情形可能更糟，尤其九十二年香港《蘋果日報》要來臺灣，希望年底前做個總檢討，看看還有什麼要補強的。另在節流方面，報系各單位對人事問題還是要抓緊，不可認為多一個人無所謂，同時，要加緊處理工作意願不強、成效不好，對報社沒有什麼貢獻的人，因為沒有生產力的人危害很大，努力工作的看到有人懈怠、扯後腿，就會影響士氣；打混的人沒有了，整個工作場所的氣氛就會好，對努力的人也是一種肯定，因此，「無論如何在年底以前，要把生產力太低的同仁做個處理，明年開年後，就可全力迎接新的挑戰。」[56]

民國九十三年九月，總管理處兼總經理王必立要求同仁訂定所謂

---

[55] 編委會：〈總管理處主管工作會報會議紀錄（二）〉：報系決成立決策委員會〉，《聯合系刊》第 272 期，民國 94 年 8 月，頁 6。

[56] 編委會：〈董事長指示：聯合報系九十一年十月主管聯合工作會報紀錄〉，《聯合報系月刊》第 239 期，民國 91 年 11 月，頁 66。

「好」的和「最有身價者」（MVP）的標準。他指出，編、業、印每個單位都應把自己單位認為「好」的標準弄清楚，要對單位、對報系有貢獻才能稱得上「好」，「要讓聯合報系成為好的人才能出頭的機構，才能把整個經營環境調整得更好。」[57]

民國九十三年九月王文杉與王德林作「未來領袖看聯合報系」對談時，來賓力主「通常要變就要換腦袋，但換腦袋等於換人，表示可以快點進行改變。這種說法有點血淋淋，不過為了主力艦可以在航道上繼續走下去，必須這樣做。」[58]

民國九十四年一月楊仁烽以顧問身分回娘家談成本控制時，同樣表達了必須務實才能自救的建議。

楊仁烽指出，成本撙節是管理的第一課，做任何事都應該回到本業來檢視問題。蔡萬霖先生曾說：「賺錢是徒弟，存（省）錢是師父。」松下幸之助說：「利潤是溫暖的，成本是冷酷的。」當你不關心成本時，成本就容易變成大怪物，最後就可能把公司吃掉。高清愿看似彌勒佛，但要求成本管控的精神就如同要「從沙子中擠出油來」。長庚企業常使用成本魚骨圖來作為管理架構，王永慶不像一般人只看中間這個脊椎，更注意到魚骨分布下的每一個細刺，亦即不僅要看「單位」，還要看每個單位的「單元」成本；如同臺大商學院陳定國教授所言「五層洋蔥理論」，要一直剝了五層洋蔥外皮後，才會發現到成本的核心。

楊仁烽談及如何節省成本時，提出 AT&T 總裁季寧的一句名言：

---

[57] 編委會：〈總管理處主管工作會報會議紀錄（二）：考績合理，職務檢討〉，《聯合系刊》第 261 期，民國 93 年 9 月，頁 7。

[58] 彭慧明：〈「想要改變，就要換腦袋」〉，《聯合系刊》第 262 期，民國 93 年 10 月，頁 48。

"Shake the unshakable fact."（搖撼不可搖動的事實）；成本就像一棵大樹，用力搖晃（挑戰）樹幹後，一定能搖下（撙節）一些樹葉（費用），與高清愿所說的「從沙子中擠出油來」是一樣的道理。[59]

如今，這場「用力搖晃樹幹」的精簡政策仍在進行，何時能夠恢復王惕吾在世時的榮景，恐怕不是此項政策的優先目的，如何檢討過去用人管道寬鬆、考核流於形式、獎酬制度偏高的現象，著手於重新塑造較為務實而素樸、知恥屬行的企業文化才是重點。

無可諱言的，聯合報系近年進行自稱不是裁員的瘦身行動，不是為了減薪而完成的「五報合一」組織扁平化的措施，乃至發行都會捷運免費報──《可樂報》另闢盈收通路，及民國九十四年九月一度擬與對手中時報系共同發行一份晚報[60]，都是報系基於連年大幅虧損、企圖自救的必要手段；但是，這些手段似乎重心都傾向開源節流的物質層面，而忽略了企業文化再造及其相關的精神層面。

企業領導人是否願意審時度勢，從企業進一步生存和發展的大局出發，來改換一種思維方式，實行企業全面再造，這個觀念變化的問題可說是實施企業再造首當其衝的問題。居安思危、超前謀劃說起來

---

[59] 何智綺：〈楊仁烽：成本是每一位主管的責任〉，《聯合系刊》第 266 期，民國 94 年 2 月，頁 82。

[60] 《中國時報》與《聯合報》為解決各自晚報銷路嚴重下滑的危機，一度協議旗下晚報同時停刊，並合辦一份晚報的對策，但因涉及公平交易法細部規定，及原按抽籤方式決定編輯、廣告及發行等分工合作原則時，聯合方面事後反悔，不願讓出編輯大權而胎死腹中。民國 94 年 10 月 28 日《中時晚報》宣布自 11 月 1 日起停刊，並集中資金調度，於 12 月 26 日併購國民黨黨營的華夏投資公司及華夏旗下的中國電視公司、中國廣播公司及中央電影公司股權，顯見臺灣兩大報團在企業再造的前提下，仍在摸索脫困的各種對策。

都認為有道理，但一旦真要落實到行動上，往往會顯得瞻前顧後，猶豫不決。如果企業家不能改變安於現狀、小幅改造的觀念，不斷地使企業能給消費者一些新感覺和新服務，企業終將被消費者所拋棄。

企業全面再造是一場企業內部的管理變革，工作流程的重新設計、流程的多樣化、組織的重新設置，都涉及企業內各部門、各項具體人員間的利益調整。企業的內環境包括人、財、物等因素，其中人是保持內環境穩定性最為關鍵的因素。任何改革必然伴隨著金錢、權力、榮譽等方面利益的重新分配，會損害一部份既得利益者的權益，因此，根本的困難是來自內部，特別是原來有著密切感情、曾為企業做出過重要貢獻、現仍居企業內部重要位置的同盟者。員工對此的認識和承受能力如何，均直接影響企業再造策略的落實與成功與否。

作為一種管理思潮，企業文化理論並未在臺灣各行各業受到如同在中國大陸地區那樣的重視，特別是企業呈現衰退之際，過去朗朗上口的光輝紀錄和祖傳家訓就此銷聲匿跡，不便再提好漢的當年勇了。但任何企業自誕生第一天開始便形成了自己獨特的文化現象，且逐步滲透貫穿於企業生產經營、管理的運作之中，並以此形成企業特有的價值觀念、行為準則、道德規範和文化氛圍。因此，企業著手啟動再造工程時，實質上，是在進行一種企業文化的再創造，其中不僅反映了管理高層因世代交替產生的領導決策及其風格的必然變異，更夾雜了企業面對嚴峻的外在挑戰時，必須果斷因應的制度性經營路線的重大變革。而企業組織有無進行根本性變革的能力，必定成為廿一世紀企業的生存法則。

事實上，早在廿世紀八〇年代人們就意識到變革的重要性了。許多企業花費巨資請諮詢公司幫助他們設計變革方案，於是「全面質量管理」、「企業重組」、「企業再造」等運動此起彼伏，但收效甚微。根

據麥可‧海默（Michael Hammer）的一項調查，美國企業一九九四年花在企業再造方面的支出高達三百廿億美元，而其中的兩百億美元純屬浪費。經追蹤許多公司的變革方案之後發現：幾乎所有的人都反對變革，人們不僅抵制不利於自己的變革，同時也抵制明顯有利於自己的變革，令人百思不解。綜合歸納造成這些抵制的原因有六：[61]

一、 消極的思維方式：聯想集團總裁柳傳志反覆強調企業最大的問題就是消極的思維方式，他引述魯迅所說：「在中國搬個桌子都要流血。」是桌子沉嗎？不，這是思維方式的問題。人們抵制變革是因主觀認為利益將受損害，變革可能危及權力、地位、自由、工作條件，從而產生輕視、放棄和害怕變革的消極思維。

二、 陳舊的價值觀念：固有的價值觀念遭到挑戰，必將引發員工反抗、沮喪和失落的心理，特別是擔心變革可能帶來更多工作，因為變革會改變員工與組織間的個人契約關係，例如合同、職務、成就感、工作的社會聲望等。

三、 不良的習慣影響：要打破一系列的習慣並不容易，因為變革意味著諸多而非單一的改變，好比要一個人同時戒掉吸煙、喝酒、暴食等不良嗜好。

四、 矛盾的領導言行及缺乏交流：變革必須由高層率先垂範，最忌言行不一。進行變革前不能只由上而下發布簡要訊息即予啟動，員工須要知道更多細節，最重要的是應知道為何要進行變革。

---

[61] 參見：(1) 郭咸綱：《G 管理模式‧12 個子模式：企業全面再造模式》，北京，清華大學，2005 年 4 月，頁 13-15。(2) 郭咸綱：《G 管理模式‧12 個子模式：企業文化擴張模式》，北京，清華大學，2005 年 4 月，頁 113-117。

五、 模糊的理論指導，變革方案與整個組織未形成配套辦法：企業變革常無完善的理論支持，全憑摸著石頭過河，走一步算一步，得過且過。任何變革努力必須與組織結構、經營體制、核心技術、核心競爭力、員工知識與技能，以及企業文化等有機地結合起來，如此方能獲得最後成功。

六、 薄弱的執行耐力，急於求功且強加於員工頭上：企業欲實現變革非得有三至五年的時間才能落實，必須堅持不懈才能取得真正的成功。代為研訂變革方案的專業諮詢公司並不了解員工的實況和經歷，加上企業變革方案常常只要求員工盲目執行，而不允許他們提出問題，致牴觸情緒難免。

被譽為全球第一 CEO 的美國前通用電氣公司總裁傑克·韋爾奇（Jack Welch）在 GE 二〇〇〇年度報告中，將其員工分為三類：第一類是既能為公司創造價值又符合公司的文化精神、價值標準的人，對於這樣的員工要提拔重用；第二類是目前不能為創造價值，但其思維方式、價值觀符合公司的文化精神、價值標準的人，對於這樣的員工要其進行培訓，為其創造發展機會；第三類是能為公司創造價值的人，但其思維方式、價值觀卻不符合公司的文化精神和價值標準，對於他們，只有開除掉。這是全球第一 CEO 的真知灼見，確實只有同心同德、眾志成城，企業才能夠發展。[62]

領導 GE 廿年的傑克·韋爾奇對公司企業文化最徹底的變革，表現在兩個方面：其一，消除員工中普遍存在的滿於現狀、不思進取的精神狀態，樹立了員工主動求變、積極進取的精神文化；其二，營造

---

[62] 張雲紅編著：《完美執行之最佳企業文化》，北京，中國時代經濟出版社，2005 年 1 月，頁 115。

了員工爭強好勝、數一數二的經營文化。在企業文化創新方面，韋爾奇所提供的經驗有兩項：一是要有足夠的魄力，二是要盡可能讓被動變革者成為主動變革者。

在樹立「思變」與「進取」的精神過程中，韋爾奇對人性的感悟確實高人一等，他認識到「沒有人喜歡改變」，因而使員工樹立「思變」的思想是「商場上最為困難的一件事」，也是最為關鍵的事。雖然他接任時公司並未面臨明顯的困境，且當時即使最樂於變革的人，也認為沒有變革的必要，這使得他倡導「思變」觀念阻力重重；但韋爾奇認定「沒有什麼好懼怕的」，依然大刀闊斧地進行改革政策。以至於後來人們解讀韋爾奇時認識到：在韋爾奇保持的經營理念中，位於第一位的就是：「力圖改變，否則就太遲了！」[63]

通用電氣自一八七九年愛迪生創辦電燈公司開始，業績即歷久不衰，特別是近廿多年來，GE 以每年 10%以上的速率增長，長期位居世界五百強的前五名。其成功在很大程度上得益於一九八一年起擔任董事長兼 CEO 的韋爾奇所致力創建的強調變革的企業文化。他推動此一變革工程的三大重點如下：

一、 減少工作量，做真正該做的事：韋爾奇談到企業領導的「忙碌」與「閒適」時說，有人告訴他一週工作九十小時，他會說，你完全錯了。寫下廿項每週讓你忙碌九十小時的工作，仔細審視後，將會發現其中至少有十項工作是沒有意義的，或是可以請人代勞的。

每一個主管或領導只有想明白自己最該做什麼，才能提高自己的

---

[63] 楊婕編著：《接班人計劃》，北京，中國紡織出版社，2005 年 1 月，頁 108,109。

辦事效率；也只有做他真正該做的事，也就是做重要、緊急的事，才能調動別人的工作熱情，從而改善整個企業的運轉效能。

二、 不斷超越自我：韋爾奇提出一個「擴展」的概念，其內涵是不斷向員工提出過高的要求。「擴展」的理念是：當我們想要達成這些看似不可能的目標時，往往會使出渾身解數，展現出一些非凡的能力；而且即使最後沒有成功，我們表現也會比過去更加出色。亦即我們要衡量自己，但所衡量的並非是否實現了目標，而是與前一年的成績相比，在排除環境因素的情況下，是否有顯著的成長與進步，是完成了上級交代的目標，還是跳躍、超越了目標，從而達到了一個更高的境界。這叫做不斷地超越自我。

三、 更精簡、更迅捷、更自信：「精簡、迅捷、自信」這六個字在韋爾奇眼中，是現代企業走向成功的三個必備條件。（1）精簡：其內涵首先是思維集中，他要求所有經理人員必須用書面形式回答提出的五個策略性問題。這些問題主要涉及本公司的過去、現在和未來，以及對手的過去、現在和未來。（2）迅捷：韋爾奇堅稱只有速度夠快的企業才能繼續生存下去，他認為：世界正變得愈來愈不可預測，而唯一可肯定的就是我們必須先發制人，以適應環境的變化；同時，新產品的開發速度也必須加快，因為市場變化加快，產品的生命周期不斷縮短，而精簡就是為了迅捷，簡明的訊息流傳更快，精巧設計更易進入市場，扁平的組織更利於果斷地決策。（3）自信：韋爾奇對此給予極大的重視，他甚至把「永遠自信」列入了美國能夠領先於世界的三大法寶之一。他深刻地認識到：迅捷源於精簡，精簡的基礎則是自信。

臺灣地區媒體再造成功個案並不算多，中華電視公司（CTS）組織再造則被當成學術論文探討。根據張彥清的研究，華視再造前人員

編制為 747 人（民國九十年六月十日前），再造後人員編制為 575 人（民國九十年七月一日以後）。九十二年四月間總人數約 670 人（含特約人員）。在減編和節省支出的效益方面為：再造第一階段：民國九十年七至十二月：減少 104 人，每月節省支出新臺幣 770 萬元；第二階段：民國九十一年七至十二月：減少 60 人，每月節省支出 490 萬元。[64]

　　由此觀之，華視精簡編制員額的成效不惡，但筆者還是認為，這樣的節流手段其實只在業務萎縮之際會被珍視，早在廿年前臺灣電視老三臺全盛時期風光的業務，又何須在乎一些駢枝單位和閒散人員的存在。

　　為檢視《聯合報》人事包袱形成的確據，筆者依據歷年社務月刊、報系月刊中人事異動資料，逐年做成統計。按表 3：聯合報社刊、系刊員工獎懲、到離職局部異動統計簡表顯示：《聯合報》員工的確是進多出少的。自民國五十二年至六十年：新進 392 人，離職 134 人；新進者比離職者多 258 人。民國六十一年至七十年：新進 566 人，離職 285 人，新進比離職者多 281 人。民國七十一年至八十年：新進 1,718 人，離職 1,018 人，新進比離職多 700 人。

　　這三個階段員工進出及到離狀況，均為進比出多，且由多了 258 人、281 人，再躍增為多了 700 人，顯示報社業務開展逐漸隆盛，需才孔急的實況。唯因欠缺細部資料，致尚難看出報禁開放初期，因跳槽而離職者的實際人數，以及這些離職者的服務年資為何。

　　自民國八十一年至九十年，新進 908 人，離職 1,178 人，首次出現離職比新進者多，且多達 270 人，局部反映了企業成長後自然發生

---

[64] 張彥清：《華視再造關鍵成功因素之研究》，國立中山大學傳播管理研究所碩士論文，民國 93 年 1 月，頁 112。

的屆齡退休浪潮，和因業務減縮，裁減員額政策的具體落實。

民國九十一年至九十四年七月，則更出現了新進僅有 285 人，離職多達 1,167 人，離職者較新進員工多了 882 人。其中，依優離、優退制度離職者多達 655 人，資遣者則有 19 人，合計為 674 人。

由於《聯合報》形成強大報系後已自認天下無敵手，因此對自動請辭者的評價負面居多，僅有出洋留學或「轉行有理者」受到少許祝福，往新聞同業跳槽者幾乎都遭昔日長官及同仁汙名化，視求去不是被視為自甘墮落，便是熱中名利，甚至認定離開聯合報系這棵好遮蔭的大樹，根本就是自我毀滅的開始。

另一項值得玩味的報界話題是：《聯合報》重視人才固為事實，但是否也曾長期倚仗業務營收的巨大優勢，刻意壟斷新聞界各色優秀人才？同樣是同業間多年來口耳相傳，不易確切取證比對的現象。

有人曾經慨嘆，業務鼎盛時期《聯合報》編輯部每天無所事事、坐領高薪之閒散人員數量之多，足以開辦好幾家類似《自立晚報》、《大成報》等小報、新報都不成問題。資方寧願以高薪供養眾多資深卻已無戰鬥力的冗員，造成考評不公與管理鬆散等矛盾現象，亦屬有目共睹的流弊，但是，偏偏報系還是不停的挖角、招考，使得外界有關用錢壟斷人才、用錢拉大與同業的領先差距的揣測，增添了幾許可信的成份。

此種「家大業大」的建制和思維，終於形成沉重而不得不砍的人事包袱，不得不力行企業瘦身的裁員計畫。在一切回歸績效管理考量之後，報社一個警衛每月五、六萬元的待遇被評估為偏高，於是寧可外包給一般保全公司，完全推翻了王惕吾因自己早年出身於蔣家官邸

警衛旅，而相當厚待手下警衛的厚道作風。[65]

王惕吾在世時曾公開自承，「四十年來經過的物資困難、財力匱乏、精神折磨，回想起來依然令我悚然而驚」；但是，為了領先群倫，維持高昂的士氣和凝聚力，王惕吾宣示：縱使是在財務最困難的時候，「我也不稍改變吸收人才、儲備人才的經營方針。」[66]

此種即便自己再窮，也要放手大膽禮聘高手、熟手的用人策略，在報系發展史上屢見不鮮；因為透過挖角，不但可以跳過自己慢慢培訓未能切合急用的空窗期，還能讓被挖走人才的同業急得跳腳，無以為繼。

民國六十八年仲夏，《聯合報》為解決尚未設置研究中國大陸問題專責單位的弱點，乾脆就把當時率先成立的《中國時報》大陸室兩員大將葉洪生、蒲叔華全部挖來，先納入專欄組運作，至次年四月，始獲有關單位核准正式列為「進口特種資料試辦單位」，延至民國七十年十二月相關條件成熟後，常董會才通過成立「中國大陸問題研究室」，成為報系唯一的「匪情供應中心」。[67]

民國七十三年七月，《聯合報》編輯部招考資深編輯，輕易挖走同業年資三年以上，來自《自由日報》、《中央日報》、《中華日報》、《臺灣日報》六位編輯熟手，且被總編輯趙玉明喻之為「六義士」。其中，

---

[65] 林瑩秋：〈「小王子」學習統治「聯合報王國」：後王惕吾時代「聯合報王國」接班實況〉，《財訊》242 期，2002 年 5 月號，頁 85。

[66] 王惕吾：《我與新聞事業》，臺北，聯經出版公司，民國 80 年 9 月，頁50,219。

[67] 葉洪生：〈揭開大陸室「神秘」面紗〉，《聯合報系月刊》第 33 期，民國74 年 9 月，頁 56,57。

康錦卿感念「故主」時寫道:「我對《自由日報》有一份難以言喻的感情。過去三年多來,我陪著他一起在摸索中、在學習中成長。雖然,《自由日報》沒有廣大的發行量,也沒有眾多讀者的回饋,更沒有優渥的待遇與福利;曾經,我也不滿自己將智慧用在這裡。但是,我仍然慶幸,我在走過三年多的編輯歲月之後,才來到《聯合報》。」[68]

民國七十七年二月為因應報禁開放而增辦的《聯合晚報》創刊,同業中薪資低廉的報社記者頓時成為「挖角風」中的搶手貨。如以楊兆景由自立報系轉往聯晚發展的個案為例,當時自立老闆為防止大報、新報挖角,雖已先於民國七十六年底提高月薪約三成,但與聯晚開出的條件對照,即使不含獎金、津貼,依舊有天地之別,自然造成聯晚財經組同事多由自立報系證券、財經等路線跳槽者組成,除因「聯合報系有關待遇、福利透明化,更重要的是,兩年多前甫出社會時,循正常體制未能考進《聯合報》的遺憾,能以體制外較高薪資被挖角的補償心理,更是難以言喻。」[69]

不過,就在報禁開放未久,包括朱立熙、楊憲宏、蔣家語、黃寤蘭、陳清喜等廿多名資深記者,亦集體轉往大理街的中時報系發展。這是兩大報員工投靠對手的「叛離史」上,聯合報系大量失血「出超」至中時的唯一紀錄。

民國八十八年七月,《星報》創刊,不僅總編輯一職由跳槽《大成影劇報》又再回鍋的高愛倫親自掌舵,組長級主要幹部包括採訪中心

---

[68] 康錦卿:〈跳躍在藍天下〉,《聯合報系月刊》第 23 期,民國 73 年 11 月,頁 69。

[69] 楊兆景:《無晃王 8 旦:一名資深證券記者的自省告白》,臺北,酒客雜誌社股份有限公司,2004 年 5 月,頁 27-29。

主任吳玉愛、企劃組長王懿雯、電影組長洪敏祥、唱片組長邱素惠、電視組長楊起鳳等更同日直接從大成挖角。[70]除了批發式的跳槽交易令同業側目，更有不少用人需求即便在人事凍結時亦能以情況特殊為由聘用，到職後雖未能發揮長才，卻因捨不得安定高薪而就此安頓下來，形成皇家御膳房編制雖大，但每個人卻管不了多少事，有如冗員的奇特現象。

平心而論，若是「聯合報精神」也包括因為全恃高薪和福利而不斷吸引同業跳槽，且令員工以此欣然自豪的話，《聯合報》各級主管也就喪失譴責自家員工因個人理念和生涯規畫，毅然琵琶別抱，另棲別枝了。

基於民營報的自主定位及其必須因應市場而靈活用人的彈性經營方式，《聯合報》各部門員工的來源主要靠介紹、推荐和實習擇優留用等方式，看似公正取才的大規模公開招考次數並不多，而且，以考試進入報社者長期留用者極少，能循序漸進者更少。依筆者的見解，招考來的員工離職者似乎比較多，一方面是因統計比較具體，另方面則因其他管道聘用者資料無法掌握之故；考進來的走掉的比較多的現象，或可勉強解釋為：會讀書考試的人，未必會做人做事，更未必懂得拍馬升遷之道，再具體一點的表述，該是考場中的強者通常來自尋常百姓人家，十之八九欠缺紮實的人事背景或來自高層的介紹信；於是，在關鍵時刻常被上級輕忽而漸行漸遠，終至流失，改往其他行業發展。

此處借用「議聘」和「競聘」兩個名詞來說明聯合報系用人的基本方式。議聘是指無競爭對手下的選聘，應用於高層次的人才招聘，

---

[70] 參見編委會：〈《星報》八十八年七月份人事異動名單〉，《聯合報系月刊》第 200 期，民國 88 年 8 月，頁 62。

適合人選不是很多，應試者多為長期競爭中的佼佼者，是有突出紀錄的人才，負責招聘者對應聘人員可進行篩選，對其中最滿意的人先做出議聘的安排，然後通過面試，如果合用就決定聘用，如果未符需求就另找人選，而在一般情況下，除非有特別變化，議聘對象總是能通過最後考察的。競聘則多用於中低層的招聘，是指有兩個以上應聘對象參加的招聘程序，其中必然有人落選，企業負責招聘者向上級推荐的人選是留有餘地的，不論是哪一位應聘成功，都要通過最後的競爭才能得到聘書。[71]

對《聯合報》編輯部編採人員而言，無論是議聘或是競聘，一般狀況敘薪都不會太低，特別是被挖角的至少都會比原薪多上一萬元。但是，這種高薪結構並不適用於其他單位。民國八十二年六月《聯工月刊》第五十九期第六版刊出一篇反映最基層、未獲青睞者的苦悶心聲：「報社傳出將檢討薪資結構，而新聞界也傳出聯合報系以高薪『壟斷人才』的不滿之見，顯然高薪的後遺症不少。可惜所謂高薪是指新進人員和大小官員們，我們這些來報社工作十餘年的老芋仔，拿的絕非高薪，卻有可能在這次調整被開刀。以我個人而言，來報社編輯部十五年，因無才無能又不會拍馬，至今沒有一官半職，考績又無法拿到特優，因此，一年算起來薪水不到九十萬，友人的孩子二年前剛進來做記者，一年年薪和我相同。再回頭看看那些和我同時進報社，如今已做到中級主管的朋友，月薪外加各種名目的津貼，年薪將近一百五十萬元，比我多了一半，他們不但事少，還可以對我大呼小叫的指揮，而我自認能力絕對不比他差，讓我怎能心平氣和？……想想看，《中

---

[71] 關輝啟：〈議聘與競聘〉，收錄於錢津主編：《企業文化沙龍叢書》（三），北京，中國經濟出版社，2005 年 9 月，頁 55,56。

國時報》一名新進記者或編輯的薪水不到三萬元，我們報系的編採人員平均四萬多，但我們的年輕記者採訪的新聞會比他報出色多少？編出的版面又值得這麼高的薪水嗎？報社對新人的高薪制，除了養大他們的胃口，看不出對報社有何好處。我們的官員除了挑剔部下，逢迎長官，並擅長在報社搞鬥爭，他們企劃能力又有多少？他們配領如此高的薪水嗎？在我們報系老人看來，不只是《聯合報》，其他兩報也到了應重新整編的階段，尤其中高級主管最為嚴重，他們一來因生活飽暖，二來則是欲求『更上層樓』，毫無時間進修，每日生活在自己的小圈子裡，營營苟苟，故步自封，和新時代完全脫節，由這樣的一批領導四周強敵環伺的報紙，報系未來的路實在讓人擔心。」[72]

聯合報產業工會成立之初，即在號召全體員工踴躍加入工會的宣傳單中鄭重指出：人事制度僵化，是造成基層同仁消極的主因，原地踏步二十餘年的大有人在，升級無望，工作不帶勁，人力資源不能充份利用，是報社的損失，雖定有五年內考績在甲等以上，而有三年特優時得以特晉一級的辦法，但對資深同仁而言等於虛設，當他年輕力壯時也正是報社舉步維艱期，沒有他們的戮力以赴，不會有現在的局面，本可分享成果時，卻又將他們棄如敝屣的擺在一邊，少加照拂，後進者每思及此，不禁寒生心底，今天的新鞋不就是他日的舊鞋嗎？美式的企業管理不能一成不變的移植到《聯合報》來，因為大環境不如美國，我們還是「情」字當前；如改用日本式的企業經營方法則較能符合我們國情，連美國都得向日本看齊，同文種的我們，還能捨本逐末地緊抱不放嗎？

---

[72] 吳鳴人：〈來稿照登〉，《聯工月刊》第 59 期，民國 82 年 6 月，第 6 版。

　　理論上,《聯合報》工作環境之佳、待遇福利制度等具體保障,長期被同業視為榜首,應該沒什麼理由萌生去意的。但畢竟「不想當將軍的絕對不會是好戰士」,大家拼死拼活的衝刺,最終還是為了於情於理都該論功行賞的某些編採體系的行政職務,但考核升遷必有許多有形無形的人為瓶頸,僧多而又粥少,要每一位力爭上游者卻屢屢期待落空者能毫無怨尤,真是何其難也。加上新聞界資歷一旦接近十年之後,無論內外勤職務,在經年累月的磨練之後,無不升格為見多識廣之輩矣,一旦人事升遷名單出現不孚眾望的人選,不甘雌伏者自然心情浮動,有所盤算。

　　許多企業面臨同樣困擾:每年都重複最為原始的工作,即招聘員工、培訓新人,而精心澆灌下的員工在經過磨練變得成熟後即悄然離去,企業成了「黃埔軍校」。眾所周知,擁有一支穩健的員工隊伍是企業持久發展的根基,員工流失使一部份企業雖已運作了數年,但幾乎停滯於創業初期,難以飛躍。因此,企業欲擺脫困境,不得不認真看待員工流失的問題。員工流失有兩層意義:一是流動,一是失去。根據供需理論,任何企業都存在著員工的有效供給與企業現實需求相匹配的問題。就其相互關係而言,又可分為超匹配員工、匹配員工、低匹配員工。所謂超匹配員工指員工的綜合能力大於企業對人才素質的實際需求能力;反之為低匹配員工;相對而言,匹配員工的綜合素質是「恰到好處」。超匹配員工固然好,但對企業只是曇花一現;低匹配員工無疑會阻礙企業發展。只有匹配員工才是應得到企業關注和重視的人才。

　　松下幸之助說過:「適當這兩個字很要緊,適當的公司,適當的商店,招募適當的人才。」所以,超匹配員工和低匹配員工的流失屬於正常的員工流失。「流水不腐,戶樞不蠹」,這部份員工流動不僅能給

企業帶來新鮮血液，增強企業活力，也是保持企業人員系統更替、建立和諧外部環境的重要方式。相反，匹配員工的流失則會帶給企業不良後果，不僅會增加企業培訓和開發費用，干擾生產進度和秩序，嚴重時可能會導致企業賴以生存的核心技術或商業機密的洩露，使企業面臨嚴峻的競爭壓力。所以企業解決員工流失問題的工作重點，應放在與企業需求相匹配的員工身上，並在三方面入手：

一、企業建立伊始就應樹立崇高的經營願景，與人才的價值觀產生共鳴，使之願意投身於企業；二、企業需要不斷通過選人、育人和用人，將「社會人」向「企業人」轉化；三、企業應把握適當時機與企業員工結成命運共同體。企業要想留住員工，最佳方式就是讓企業成為員工的家，如何營造家的氛圍呢？企業家要搞好「兩手抓」：一手抓企業利益再分配，一手抓企業文化建設。前者不僅表現在工資、福利等對員工初等價值的回報上，更要在企業實力增強和品牌影響力上升之後，選擇適當時機逐步開放和優化企業產權結構，只有讓員工擁有企業，才能讓員工融入企業，把企業作為自己的家。約束與支撐員工行為的企業文化即如同「家訓」，使員工有歸屬感，甘心情願與企業同命運。[73]

另方面，論及用人之道，每每引起爭議的觀念還包括：「最適合的與最優秀的」及「最聽話的與最能幹的」兩組對比概念。

人們目前在「最適合的與最優秀的」區分上還是比較感性的。所謂最適合是適合於企業，還是最適合於他的上司？最適合一詞，

---

[73] 劉海寧：〈如何看待企業員工的流失〉，收錄於：錢津主編：《企業文化沙龍》叢書（一），北京，中國經濟出版社，2005 年 3 月，頁 36-41。

是否意味就是要選擇自己有好感的人，而這種好感的產生必然是一方的得意與另一方的迎合的統一；而在被用而迎合的一方，可能不會有傲氣，且或多或少帶有一定程度上的奴氣。最優秀亦然，宜以何種考核方式才能評定，且按不同的標準必可分出不同的最優秀來，因此，如何以客觀的標準界定清楚也非易事。

　　提及最適合的時，實際上是將最適合的與最優秀的區隔開來，甚至對立起來。這明確地反映了用人者的一種心態，那就是我不用最優秀的。這種以最適合的排斥最優秀的作法，是否認最優秀的與最適合的可以統一，是人為的在理念上降低用人標準的表現，也是一種用人的似乎可以自圓其說的含糊態度。假定一個企業必須選擇業務技能方面的能幹之才，那麼以最適合的排斥最優秀的是怎麼也講不通的。其實，任何考核特別是綜合性的考核都沒有絕對標準，用人的標準就是考核標準，按用人標準去考核而確定是最優秀的，就是最適合的人。如果不是這樣，考核時定一個最優秀的，到用人時，又定一個最適合的，這除非是邏輯上混亂的人，否則不會有這樣的認識結果。總之，企業用人可用自己的標準，但標準必須統一。若用人才，那麼對人才的優秀與最適合也應有一定的標準，關鍵是不能一方面用人才標準講誰最優秀，另一方面用奴才標準講最適合。[74]

　　在現實生活中，可能所有企業都一樣：最能幹的員工，往往不是最聽話的員工。以中國民間說法來解釋，那就是一個人如果特別的能幹，肯定會有個性，肯定沒有好脾氣，肯定不會太聽上司的話。

---

[74] 嚴厲：〈最適合的與最優秀的〉，收錄於：錢津主編：《企業文化沙龍》叢書（一），北京，中國經濟出版社，2005 年 3 月，頁 49-53。

但這種道理已經過時了，因在現代企業中，不需要員工個人英雄主義，任何員工都是企業的一顆螺絲釘；所以企業對員工的要求，只能是聽話與能幹的統一。即最能幹的必須是最聽話的，不能以其能幹而表現出不聽話。

聽話，精確的意義應非指聽某一個人的話，而是表現為對企業規章制度的服從。企業靠制度維護生存，如果不講制度約束，而單靠感情留人，企業是不會長久存在的。現代企業是組織，企業中的個人行為也表現為組織內的行為，所以必須從組織既定的角度來認識員工的聽話還是不聽話的問題；如果有誰不聽話，那實質意味著他不能再留在這個企業裡，即使企業不解除與他的合約，他自己也應向企業請辭。員工是不能讓企業服從自己的，而是讓自己服從企業。

如果說企業裡誰最能幹，那麼多半是指企業的主要領導。但在企業內部分工上，則存在著各崗位最能幹的人，不管位階如何，只要屬於最能幹的人，那在企業裡都是功臣。不論是那一行，企業用人都不能對最能幹的與最聽話的表示出有偏愛。亦即，企業不能表示喜歡最聽話的，而不將最能幹當一回事；也不能表示喜歡最能幹的，而將最聽話的不當一回事。

現實生活中，一個最聽話的人不一定是最能幹的，或是最能幹的不一定是最聽話。但企業管理中絕對不應將這二者關係對立起來，而應同等重視，不可偏愛一方，因為這兩個方面對企業同等重要。企業裡可以不要求人人爭第一，即可以不營造人人爭先的氣氛，但卻不可不營造人人努力工作和人人都自覺地遵守制度的人際環境。這種環境更有利於企業成長，更有利於員工的穩定。企業需要所有的員工都能幹也都聽話，亦即企業不能只有少數能幹的人和少

數聽話的人。最能幹的是企業功臣，最聽話的是企業要樹立的表率，但企業不能靠少數的功臣和表率生存。企業在用人方面應該有營造人際環境的意識，應讓更多的員工在良好的環境中，為企業發揮更大的作用。[75]

自企業文化觀之，一個企業的成敗繫於員工與客戶的忠誠度的比例極高，因此，如何具體衡量報社員工及客戶的忠誠度，以建構組織的願景與價值觀自然十分重要。新聞事業講求堅持、奉獻、正義與真理，從業人員須有高度專業熱情方能持久，故其本質在某種程度上相當類似非營利性組織（non-profit organization），但是新聞事業也同時追求廣告發行利潤與其行業中的聲譽，與一般商業性組織無太大差異。正因如此，新聞事業應當如何堅守有所為與有所不為的義利之辨，常常造成勞資之間、學與術之間的抗衡、辯論。

德國學者休‧戴維森（Hugh Davidson）有感於二〇〇一年九月十一日震驚全球的「九一一恐怖攻擊事件」中迸發出對各式救援服務的英勇價值觀的讚美，而著手針對英、美兩國一百廿五個商業組織和非營利性組織的一百三十六位領導者進行相關調查訪談，俾有效指導組織領導者如何以其引以自豪的態度和行為，來贏取未來的成功；結果發現織領導者新的挑戰，應是如何在所有利益相關者之間達成一致承諾。

戴維森預言，未來的社會將需要更多承諾型的組織（committed organization）與承諾型的企業（committed enterprise），其關鍵即在於：一、客戶的因素：未來客戶有了更廣泛的選擇，客戶討價還價的能

---

[75] 左江：〈最聽話的與最能幹的〉，收錄於錢津主編：《企業文化沙龍》叢書（一），北京，中國經濟出版社，2005 年 3 月，頁 54-58。

力呈指數式增長，幾乎每種類型的客戶的忠誠度都處於下降中；二、員工選擇的因素：爭取人才的競爭更形激烈，有才能的人會選擇與他們自身渴望一致的組織裡；三、更有經驗的出資者：股東和分析家愈來愈不重視原始的財務數據，而注重實現這些結果的驅動因素，例如客戶忠誠度、未來的創新和可盈利性等。四、強大的外部因素：包括消費者、壓力集團、媒體、監管者、立法者和普通公眾經常地考察著組織的行為，徵詢著組織的價值觀。採用承諾型組織的特色和原則，將有助於成功地面對這些未來的趨勢。

戴維森指出，前述利益相關者一詞，過去廣泛包括了員工、股東、供應商、分銷商、合夥人、商業協會、客戶、壓力集團、監管者、立法者、共同體及媒體等等，但在最近幾十年裡，利益相關者發生了三大變化：類型增多、權力得到了極大的加強及客戶的重要性不斷上升，為使這種複雜形勢得以明析化，組織領導者須對下面三個問題尋求具有信服力的答案：一、誰是我們的利益相關者？二、他們的相對優先次序為何？三、如何將他們的利益統一聯結起來？因此，要成功地管理相互衝突的利益相關者的需求，組織領導者須借助強有力的願景和價值觀來團結並聯合他們，並要掌握他們的動態變化。

雖然商業性組織和非營利性組織追求的目的大相逕庭，但是，對以下三個問題均有廣泛的認同，它們也是人生的基本問題：

一、我們在此是為了什麼？

二、我們將走向那裡？

三、指引我們信念的是什麼？

其實，目的（purpose）就是針對「我們在此是為了什麼？」的問題；願景（vision）就是用長遠的目光來回答：「我們將走向那裡？」的問題；價值觀（value）就是對「指引我們信念的是什麼？」進行回答。

戴維森認為，承諾型組織的組成規則是：忠誠的客戶加上高度激發的員工，等於滿意的出資者。他以古羅馬時代馬恩島人（the Isle of Man）的民族象徵：「三條腿的人」（The Three Legs of Mann）來說明其理念，它的格言是：「無論你將扔向那邊，它都站著。」（Wherever you throw, it will stand.）這三條腿是相互聯結並且是平衡的；位居三腿相聯的樞紐位置的就是願景與價值，由願景與價值引領這三條腿朝同一方向前進。[76] 其結構如圖 5 所示。

張作錦於民國七十一年旅居美國期間，在社刊上建議社方考慮職務輪調的實驗，但畢竟理想色彩太高而未被採納。

他認為，做策劃工作的人不宜久任，總編輯一職如果只要出報就行，可以垂拱而治，如果嚴格要求，就是一個無限責任的工作。他要面對國際風雲，要掌握國內政情；要注意經濟的困境，要了解社會的危機；要在自由和人權的基礎上，兼顧國家的安全和利益；學者專家的期許不能不顧，升斗小民的要求不能不理；對外要肆應，對內要協調；再加上同業競爭的心理壓力，長期熬夜消耗的體力；這個工作如果做久了，包袱愈背愈重，在創新方面往往會力不從心。

---

[76] 廉曉紅等譯：《承諾：企業願景與價值觀管理》，北京，中信出版社，2004年8月，頁 4-34。

圖 5：推動承諾型組織願景和價值觀的三條腿構圖

（轉引自：廉曉紅等譯（2004）：《承諾：企業願景與價值觀管理》，第 8 頁）

　　因此，張作錦曾向報社建議改變總編輯任期制度和工作形態，名之為「總編輯輪任制」：編輯部找幾位適合做總編輯的人，譬如甲、乙、丙三人，甲做總編輯的時候，乙、丙兩人做他助手。甲做一段時間(如二或三年)，腦力用得差不多了，累了，換乙來做，甲、丙做他的助手。乙做一段時間，換丙總編輯，甲、乙做丙的助手。這個辦法至少有三點好處：一、每個人分工做一段時間，可以長期保持活力，接棒衝刺，不斷求新、求進步。二、依一般慣例，總編輯如有調動，一定調離編輯部，在其他單位多一新人，在編輯部則少一熟手；如照「輪任制」，

做過總編輯的人卸任後還在編輯部工作,則經驗可以積累,人力不致外流。三、如果總編輯輪任行之有效,則編輯、採訪、通訊等各組主任,也可施行,使同仁都有發揮所長、貢獻報館的機會。

張作錦表示,報館是文化機關,只有職務的不同,沒有階級的高低。報館如果是學校,編輯記者是教授,主任編輯是系主任和院長,系主任和院長人人可以兼任,教授才是本職。但他最後承認,如此「說盡管說,真正有這種信仰的人有多少?真正願意身體力行的人有多少?」[77]

根據于衡所撰《聯合報二十年》一書所述,前述張作錦提及「記者的本職最大」的概念,實係始自王惕吾本人。于衡於書中提及:民國六十年七月十九日報社遷進新廈後打算實踐幾項新構想,包括:著手成立一個設計研究發展委員會,定位為報社的智囊團,兼有業務檢查部門的功能;其次,各級重要負責人都設置助理人員,例如發行人助理、總編輯助理、採訪主任助理等等,功能是提供智慧,從事參謀作業。其三,恢復工作滿十年以上的編輯部人員,有特殊才能及突出表現時可晉支「同副總編輯待遇」;其四、是建立報社的「專欄作家」制度。

于衡並提及王惕吾過去有一個構想,即編採人員具有記者資格者一律冠以記者頭銜,他所兼的職務,則放在記者之下,如同各大學的教授一樣,教授兼文學院長,教授兼政治系主任,待《聯合報》制度化後,可以使用記者兼採訪主任、記者兼副總編輯等,以提高記者的地位。[78]

---

[77] 張作錦:〈旅美書簡之三:工作與職銜之間〉,《聯合報社務月刊》第 211 期,民國 71 年 10 月,頁 6,7。

[78] 于衡:《聯合報二十年》,臺北,聯合報社,民國 60 年 9 月,頁 292,293。

　　對於編輯部記者請辭跳槽至同業，報系重要幹部從無好臉色；但對於記者決定轉行，王惕吾的態度則是寬大而予祝福的。例如，民國七十一年一月他與三報編採幹部座談時欣然表示：「今年，我們報紙手氣很好，年初二就有重要的獨得報導。其實，這種事在我們《聯合報》相當平常。只是在新春期間能有這種反應，才顯得不尋常。另一樁讓我高興的事，是習賢德考取外交官特考，這個月底就要離開本報，到外交部工作。他今天來跟我辭行，流露出依依不捨之情，我很感動。我跟他說，依照我一貫的作法，我不留他。我說了兩句話：『一、我從來不限制任何人行動，過去如此，現在、未來也如此。像採訪組副主任顏文閂到《自立晚報》當總編輯，我就沒留他。二、我不自私，國家的人才要為國家用，在那一方面能有貢獻都是一樣。只要他認為合於他的興趣，能為國家做點事，就行了。』話說回來，過去大家合作得很愉快，一旦離開，大家都有點依依不捨。習賢德到外交部，將來外放出去，我們三報同仁還是有機會幫他的忙；我想，他若有機會幫助我們報社，他也會這樣做。我們沒有時間為他舉行惜別宴，今天就借這個機會，我代表所有同仁為他送行。」[79]

　　民國八十七年九月《聯合報系月刊》第一八九期刊載了張作錦與離職同仁接觸後的一些綜合感想。他寫道：「報禁開放之後，新報紙迅速增加，編採人員一供應不上，有訓練、有經驗如《聯合報》同仁，就成了各方挖角的對象。民國七十九年我從紐約回國，和一些離職的

---

[79] 顏文閂於民國 70 年 12 月 16 日以資遣方式離職，副主任遺缺由高惠宇於同年 12 月 1 日升任。參見：（1）劉復興記錄：〈董事長在一月廿九日向三報編採幹部講話：今年我們手氣好〉，《聯合報社務月刊》第 206 期，民國 71 年 2 月，頁 2。（2）編委會：〈人事室通知〉，《聯合報社務月刊》第 206 期，民國 71 年 2 月，頁 94。

老同事見了面。他們有人可以適應新單位的工作，有人則並不喜歡新
的環境，並透露出想『回家』的意思。當時我覺得，這些老朋友在外
面巡遊了一番，還想到《聯合報》的好處，如果回來，一定會長期安
心工作，總比增加新人好。但報館中也另有不同意見：如果同仁出去
另創事業，成則留，不成還可回來，那不是鼓勵同仁都出去試試嗎？
而且，若請他們回來，也不好向那些忠心耿耿、堅守崗位的同事交代。
正反兩方理由都說得通，自然也就沒有試驗的機會。以後有線電視興
起，再加上一個開放的社會日漸成形，就業的選擇多了，人員的流動
就更不可免──雖然在平面媒體中，《聯合報》的情形還是比較好的。
同仁要離職，我會找他們聊聊，了解他們要走的原因，希望能解決他
們的困難，把他們留下來。至少他們的意見，可以作為報館改善工作
環境的參考。我常告訴那些同仁，不要企盼找一個十全十美的單位去
工作，……《聯合報》自然有不如人意的地方，但它的優點不少。除
了大家常提到的有制度、福利好、有大家庭的溫暖。……只緣身在此
山中，人往往忽略了此山風景的秀麗。今後如有人想到別的山上去，
在起步之前，應該回頭多看看自己立足的地方。」[80]

　　張作錦筆下，雖展現了較寬容、體恤的度量，但畢竟還是未能從
去職者的心境，找出更為圓滿的、不必全以「從《聯合報》看天下」
的單向角度詮釋離職者的處境；更重要的是，當再好的工作環境和同
業無從追趕的待遇福利也留不住某些人時，究竟《聯合報》的用人制
度，和表裡均與其緊密扣合的企業文化出了什麼差錯？似未見《聯合
報》相關單位務實而有系統的，有憑有據兼有情有義的深度解析。

---

[80]　張作錦：〈從三個說起：說起報館的一些事〉，《聯合報系月刊》第 189
　　期，民國 87 年 9 月，頁 7,8。

　　經筆者分析歷年社刊、系刊後發現，對於資深員工，王家多會將其最後擔任的職務以「先升後退」的方式處理，在退休金數額方面給予特殊照顧，有些個案甚至在年資方面從寬認定，但是退休時的禮遇，僅限依規定退休者適用，且位居副主管以上者方享有致贈禮物的歡送場面；至於再獲聘為顧問，則須曾任總編輯以上職務。

　　絕大多數自動離職者在人事通告發布後，即告永遠除名，不再往來，亦不知所終。此種「非友即敵」的防禦心態，一方面或許只是基於「競業禁止」的心理有以致之，但亦暴露了企業文化中最自大、也最脆弱的一環。究其成因，或係王氏祖訓過於沉重有以致之，但反觀各種制度和福利遠不如《聯合報》的《中國時報》，卻能正視出走員工之後續發展，為其開枝散葉的延伸力量，頗值得標榜自身企業文化以寬厚、仁道為特色的王氏家族省思。

　　周天瑞於民國九十一年四月九日《中國時報》創辦人余紀忠病逝後，曾撰專文追憶往事：「從離開《時報》到與余先生『復交』，到他大去這十七年裡，我雖已無法追隨他於工作中，但每逢個人事業上的轉折都會向他老人家報告和請益，久之已成為一種慣性，幾與家父同樣看待。……約莫七年前，我邀約一批《時報》的『退除役官兵』與余先生、余伯母餐敘，那一天，這幫各自瞎忙、很難兜齊的人竟無一缺席，無一遲到，他們滿懷興奮地願意向余先生伉儷表達感念之情，……余先生那天顯得特別高興，談興很濃，一切恍如我們環繞在余先生身邊當年。看得出來，從那天起，余先生對這些部屬離去的遺憾與尷尬也一掃而空了。」[81]

---

[81]　周天瑞：〈負疚與感念：敬悼亦師亦父的余先生〉，載於：中國時報創辦人余紀忠先生紀念集編輯委員會編：《余紀忠先生紀念集》，臺北，中國

　　放下昔日勞資成見，賓主重聚一堂的溫馨鏡頭，即便讓局外人覺得多多少少有些勉強和做作，但肯做至少要比從來不做要坦蕩得多。何年何月，王家子孫和深受愓老重用的眾長官才肯跳出固執的成見，真正實踐新聞事業最基本的行業精神與特色：「路要愈走愈寬，朋友要愈交愈多」？

　　但是，無論是中時還是聯合，都對離職者沒有好臉色，兩大報系慶祝自己創刊幾十年的出版品中，從來不敢面對歷年均有大量員工離去的事實，亦不曾向離職的員工表達謝意。這樣的器度，適足以反映臺灣新聞界主事者長期自命為文化人，但卻從來不知深刻自我反省的冷峻面貌。

　　看看常遭臺灣奚落的大陸新聞界，在紀念文集中對待離職者的方式吧。由北京三聯書店發行的《三聯生活周刊》於二〇〇五年三月，編印了一本紀念發行十週年的書籍《三聯生活周刊十年》，共收錄了七十四篇憶往之作，記錄個人參與各項工作的所見所思；另以附錄刊出所有曾任職該刊的全部員工名單。

　　經筆者向該刊前編輯主任、現任戰略發展部主任閆琦逐篇唱名查證的結果，其中廿一篇由在職人員撰稿，九篇由編制外人員撰寫，由離職者撰寫的則多達四十四篇。[82]

　　據閆主任表示，大家能夠好聚好散，也許是因為大陸方面商業氣息還不夠興盛的關係；絕大多數同仁離職都是主動轉往其他報刊發展，如今該刊至少培育了廿多位其他著名刊物的主編，但《三聯生活周刊》對

時報社，民國 92 年 4 月，頁 264。

[82] 閆琦主編：《三聯生活周刊十年》，北京，三聯書店，2005 年 3 月，頁 426-429。

離職者從未敵視，上級更會和顏悅色、懇切地表達希望能再度共事的誠意，所以，確實有不少走了又再回來的。

誓言要「辦中國最好的報紙」，並強調「一切剛剛開始」和「成熟源自責任」的廣州市《南方都市報》同樣十分珍惜同仁的情緣。

二○○四年十二月為紀念創刊八週年，該報編印了一本圖文並茂的精印專輯，書名為《八年》，在專輯的中間位置，特以別冊形式為在職者製作了「所有文字都和你有關」的〈你們〉專題，另以「我們這些卑微而狂妄的沙子」為題設計了〈我們〉專頁，不厭其詳地按羅馬拼音順序列印一九九七年至二○○四年所有在職和已離職者的名單。由謝海濤執筆的短文深情地寫道：

「多年以前，我們這些初出象牙塔的人，身無分文卻心憂天下的人，大河上漂泊的人，被岸上的好風景所吸引，紛紛穿州過府，從四面八方，來拜這個叫南方都市報的碼頭。這些人留了下來，有些人來了又走，有的人走了又來。來來往往，留下幾千個名字，如河裡一粒粒沙子。你在這份黑名單上看到的，就是我們。那些夢想著聚沙成塔，把名字印在紙上，想不朽的傢伙。

總是有人要問，闖蕩江湖的好女子、好兒郎，你們為什麼來到這裡？我們總是忍不住惡毒地自我吹捧：這是一個離新聞理想最近的地方，我就在一個筷子插在地上都能開花的時候，來到這裡；我就在一個新聞像暴雨一樣狂野的時候，來到這裡。青春是我背上唯一的行囊，我是暴風雨帶來的一粒沙子。

總是有人要問，闖蕩江湖的好女子、好兒郎，你們為什麼來到這裡？我們總是忍不住惡毒地自我吹捧：這裡的工作痛苦中有美麗，梅妻鶴子，談一場與漢語言文字的傾城之戀。人生在世，做版二字；以

「熱愛」的名義，我們無限搾取身體的剩餘價值：雞飛狗跳地上夜班，沒心沒肺地睡眠，空山無人，水流花開，像是回到爹娘生我時的境地。多少往事——擲在虛空裡。

總是有人要問，闖蕩江湖的好女子、好兒郎，你們為什麼來到這裡？這裡有雜花生樹的熱鬧，有兄弟情深。落落寡合的小說家隱在阡陌一樣的版紙間，放浪形骸的詩人住在城中村，娛樂之王張開詞語雙臂：讓美女來得更猛烈些吧……。在怒放的才子面前，我們似乎無須動腦，就能像植物接收陽光一樣，茁壯成長。我們這些人，住在楊箕村的，住在麗江花園的，遠在天涯的；開著私家車的，打摩的的，暴走成性的，一樣嬉笑怒罵，有著相投的脾性：不要無冕之王的嘴臉，不「以道德名義殺人」，不學岳不群，不當大尾巴狼，不做被馴服改良的植物人，人生最大的敵人就是無趣，我們憂道不憂貧，謀道也謀食。雖然，總有一天我們要分離，像沙子一樣飛向四面八方，但我們希望相聚的日子盡可能長。

總是有人要問，闖蕩江湖的好女子、好兒郎，你們為什麼來到這裡？我們總是忍不住惡毒地自我吹捧：高山為什麼寂寞？白雲為什麼漂泊？如果你也回答不出，你就會明白我：一粒卑微的沙子，在江湖上的命運。」

經筆者統計，八年來《南方都市報》離職員工共計二千八百七十五人，他們毫無愧色地夾雜在現職人員姓名中，每一筆姓名的字體均等，無分官階大小，沒有恩怨情仇，全憑筆畫排序。[83]

何年何月，像中時、聯合這樣自命為大報的報社，會器度寬宏地

---

[83] 南方都市報編：《八年》，廣州，南方日報出版社，2004年12月，頁105-113。

比照大陸傳媒，編一本邀請離職者發揮感言，而在職者寫的只用來陪襯的社慶專輯？又得到何年何月，聯合、中時這樣動輒批判別人的社會公器，敢編出一本向《南方都市報》看齊的同仁名單？

西方國家某些企業或學校對員工離職採取的態度顯得較為寬容。例如：美國聖路易市愛默生電氣公司（Emerson Electric Co.）董事會主席兼執行官查爾斯·奈特（Charles Knight）對人員流動的觀點是：「在我們的八百位高層人員中，每年的流動率是 3%到 5%，其中大多數是被外面更好的工作崗位招聘走的。如果有些人的績效達不到要求，那我們就會嘗試著給他另外一個工作，或者協助他到公司外面尋找工作。我們是苛刻而公正的。『苛刻』指的是嚴格要求，而非殘酷。我們不會把任何人趕到大街上。」

英國牛津龍校（Dragon School）校長羅杰·特拉福特（Roger Trafford）表示：「我們有八十二位教師，平均年齡三十六歲，一些系主任才三十歲。我們的目標是每年為其他學校培養一位校長。在學校裡有三種方式的流動：得到外面更高的職務、內部晉升或者離開。如果人員不適合這裡，我們會勸說他們離開並幫助他。」[84]通用電氣公司（GE）每年都要裁掉 10%的員工，並不是那些被裁的員工有些什麼很大的錯誤或者工作沒有完成，而是做得不夠好。該公司如此執行的理念是：「我們就是要最好的，這樣我們才可以在強烈的競爭下存活。」[85]

值得玩味的是，當專業經理人的概念逐漸盛行之後，必須重視專

---

[84]　廉曉紅等譯：《承諾：企業願景與價值觀管理》，北京，中信出版社，2004年 8 月，頁 212。

[85]　張雲紅編著：《完美執行之最佳企業文化》，北京，中國時代經濟出版社，2005 年 1 月，頁 205。

才的新聞事業是否也會走向業務掛帥而藐視編採專業呢？西方國家企業界近年出現了「跳槽」已非年輕白領階級「專利」的浪潮。依據二〇〇四年不完全統計，全球二千五百強企業中，有 12.2%的首席執行長（CEO）竟然都是新近「跳槽」的。

　　根據史賓沙公司（Spencer Stuart Ltd.）的數據，在美國前三百名的公司中，有19%的首席執行長在當前公司工作不足五年，遠遠高於一九八〇年的 5%。面臨困境的董事會總結說：挑選有經驗的首席執行長，是企業鹹魚翻身的捷徑；正在贏利的董事會總結說：擁有豐富管理經驗的首席執行長，比某個對特定行業有了解的專才更重要。有許多公司的董事會都認為，有經驗的首席執行長比對某個特定行業了解的首席執行長更重要；由此培養了一批不熟悉任職公司，也不熟悉所處行業的游走不定的企業高級主管。[86]其實，這正說明了「外來者」視野開闊，能夠不受成規束縛，不顧情面，本於實事求是的態度出發，全力追求改造績效的可貴之處。

　　無論外界如何為聯合報系把脈，總會陷入父子騎馬，路人批評搞得父子無所適從的寓言般窘況。求變，當然是企業生存的唯一機會，正如韓國三星集團會長李健熙當年為追上世界第一流品牌時所表達的徹底決心：「除了妻兒，一切都要變。」強調其企業文化是在前進中尋找變化，在變化中尋求發展，在變中取勝。

　　但是企業組織功成名就時往往急於歌頌自身企業文化，但面臨危機和衰敗時卻無勇氣檢討自己在何時、何處違背了當初自立的種種導向成功壯大的規範。

---

[86] 小楓：〈頂級 CEO 也愛「跳槽」〉，《看天下》半月刊總第 14 期，2005 年 10 月 22 日，頁 62,63。

令人感慨的是，全球成功的企業無論其行業種類為何，在其企業文化內涵方面均有極高的相似度，但何以有些企業就無法守成呢？顯然步向失敗者並未信守起初創業時的諸多承諾。三星集團雖非新聞文化事業，但其標榜的四項企業文化重點與王惕吾揭示的諸多要義顯然相去不遠：一、培養優秀人才，讓他充份發揮自己的能力；二、主張成為世界第一，不論事業，還是專業技術方面；三、保持組織的清潔度，杜絕經營發展過程中出現影響公司利益的不良行為；四、非常重視人才的聘用，聘用時不看他的學緣（同一個學校）、地緣（同一個地方）、血緣（同一個血統），而是客觀地評價其能力與業績。[87]

平心而論，在前述四項指標中，聯合報系第二代的領導人似乎只勉強固守了一、二兩項，仍在人才吸納培訓方面著力，仍不放棄追求第一的競爭力。但是造成當前困境的主因，有很高的成份是源自管理階層對三、四兩項的輕忽和漠視，致長期壟斷報業人才造成嚴重的人事包袱，卻又因閒置人力過多、勞逸不均而工作效率大減；兼以家族企業長期注重並偏愛個人忠誠度的積習未改，寧可坐視近親繁殖、地盤意識作祟、內部紀律與風氣惡化等狀況，均在在加重了體質逐年弱化和應變機制遲緩的企業病癥。

第三節：刺穿國王新衣：《聯工月刊》不平則鳴

古今中外新聞事業所標榜和追求的核心理念，卑之無甚高論，就是必須憑良心、講真話、全力追求事實真相而已。但是，燈檯腳下往

---

[87] 姜亞麗等編著：《三星：第一主義》，北京，中信出版社，2004 年 11 月，頁 158,159。

往最暗的道理最適用於新聞界本身。聯合報系有無拍馬風氣？有無送禮文化？答案十分清楚，不是單憑標竿型人物歌功頌德一番就算數，何況，某些標竿型人物自身遷調、崛起、奪權過程亦有不少令人嘆息的紀錄。

再如《聯合報》有無派系的老問題，第九任總編輯胡立臺接任第二週接受《聯工月刊》記者丁藝芳專訪被詢及：外傳編輯部已漸漸有形成派系的傾向，是否企業文化變調了？胡老總就頗務實地答以：「我剛來還不太了解狀況，應該是不會有；但若是個人求工作表現而競爭，在所難免。」他更表達異於過去唯恐家醜外揚悶鍋式的溝通方式：「同仁有意見可向單位主管反映，若無法溝通，也可再向上級單位反映，我並不反對『越級上報』，有意見就可表達。」[88]

類似這種社刊、系刊視為禁忌，絕對不碰、不登的日常社務陰暗面，極少被公開討論，更極少被清理解決，積少成多之後，第一個受傷的便是強調勞資一家的「聯合報精神」及其反射而成的企業文化。一個家族企業想要生存下去，公司的所有者必須把失敗當做是通往成功的墊腳石；不但不能懲罰那些提出不可行建議的員工，而且必須告訴他們：不但歡迎創意，且允許學習曲線的存在，首創精神始終會得到獎勵。[89]

國王的新衣，是再普通不過的童話和寓言了。它標示的意義正是憑良心講真話、全力追求事實真相。遺憾的是，《聯合報》編輯部高學

---

[88] 丁藝芳：〈開明理性，穩健權威：新任總編輯胡立臺：分層負責也歡迎越級上報〉，《聯工月刊》第 29 期，民國 79 年 9 月，第 5 版。

[89] 郭武文、馬風濤、王慶華譯：《打造新一代繼承人》，北京，中國財政經濟出版社，2004 年 4 月，頁 83。

歷的白領階級講真話的勇氣，反倒不如全由黑手階級組成的印務部員工的敢言了。

民國八十二年六月《聯工月刊》第五十九期刊出的社慶系列建言中，一篇體檢印務部研發股的長文，沉痛地揭舉了用人唯私，處事不公的陰暗面：「約兩年前當新工廠遷廠時，印務部自各單位調來一批『青年才俊』組織成新單位，這一批同仁在原單位錄用時以二百元第四級敘薪起用，這個薪級對印務部一般同仁而言，大概慢者八年，快者二至四年之後才可以領到同一薪級。以這麼一個印務部，普通同仁，可望不可及的薪等優容一批還在某某私立大學尚未畢業或剛畢業的研究生而言，絕對是一件十分優待的事情。畢竟，這個待遇用以聘請臺大理工科系的畢業生，也不至於委屈他們的。主事者這麼『傷眾』的大手筆，其用心殷切，原本是可以理解的。

兩年來研發股出國不計其數（相對於服務幾十年的同仁卻都沒有資格出國受訓），但研發成果者何？又有誰知道呢！研發股成員似乎都集中在某大某科系，某大在歷年大學評鑑中排名如何？社會自有公道。……在研發股印務部各單位工作負荷評估草案中，竟有每週工作七十小時一項。伊拉克是一個國民所得不高的國家，然其實施勞動基準法業已卅六年；想不到縱橫世界的中文超級報團內部竟有如此鴨霸作風，嚴重違反工時保護原理的主張。

再說到發報組，所謂精密的報紙輸送導軌，當年說是如何的好用，如今已不能瞞騙同仁，幾乎每一天都有塞報、卡報的現象。當初建廠時，多少基層同仁建議，應採用工廠布置學理作為建廠參考，不幸的是，言者諄諄，聽者藐藐，人微言輕，誰來理你？這種不重視員工建言的自大病，終於爆發後遺症。為什麼建廠時非把印報機擺設在地下室，造成密閉而不通風，迫使如今非要用大型的通風設備，……

再講到那彎彎曲曲、交錯複雜的輸送軌道，為什麼不截彎取直呢？只要由印報機的摺報機直接垂直接出，直達印報房上頭的發報組即可，不僅施工容易，節省材料，更可減少轉彎掉報現象。僅僅本項輸報導軌工程就花了報社二億一千萬元。……截至目前為止，我們未曾聽聞有什麼相當其學歷和薪水的研發成果，這麼一來固然是「投資再投資」，可是卻沒有「進步再進步」，違反了企業體的大目標。

某廠的印刷組在遷廠時期，閒置一部電腦，價值千萬元，目前始終不曾動用，放著吹冷氣以免故障，當初何以規劃要購買？造成無謂浪費，也不見有人挺身為其負責。反而是個個『建廠有功』、『加官晉爵』；……報社目前有人高唱『功過制』入雲，不知道對這些事情有何感想？

報社有不少頗有開創性的人才，只不過彼等『內無援引』、『朝中無人』以及缺乏制度性的拔擢而已。好發議論的結果，不是不被重視，無疾而終，就是答覆時機不宜、時機不成熟。有趣的是，有建設性、有創意的意見，畢竟有其價值存在和市場，一些被方面主管否定的、藉故不採的成果『繞著地球跑』之後，積壓多年以後，不是搖身一變從中、南廠、總廠觀摩學習來的新發現，就是從友報的工廠『傳說』傳來的。

希臘時期，有一君王欲從幾何大師歐基里德為師，歐基里德告訴君王：『幾何之內，無君王之路也。』仿乎此，我們要正告印務部主事者和方面主管：『研發之內，無少爺小姐之路也。』一個可以天天、年年省錢的小小發明，毫不起眼的小小設計，整年度所省下的材料、人工、時間，絕對比一則新聞大獨家（新臺幣四十萬元獎金）有價值。

任令流失，或任令在其位者不謀其政，都是非常不合理和不可思議的一件事。」[90]

至於這類炮火有無效用，外界不得而知，但至少打破了過去只能說報社好話的勞資默契，至少讓肯看工會刊物者知道：已經不是每個員工都願當睜眼瞎子，不敢直言國王的新衣，有時根本就是神話、假話、笑話了。

資方初期還頗能接納《聯工月刊》的意見，例如第十四期第一版頭條是「王發行人必成來函鼓勵本刊，『實話直說』獲得重視」，王必成並希望「貴刊能多針對此類建設性問題，提出具體事實與建議，以供各有關單位改進參考，使本報能進步再進步。」[91]不過，王必成對另一期的「真話實說」：〈收回酬勞股感歎話當年：老芋仔請老家長勿忘諾言〉就視若無睹了。[92]

聯合報產業工會幹部及其領導的《聯工月刊》最可貴之處，在於以印務部骨幹的陣容，從不因報社一向只重視編輯部而自我矮化，相反的，他們以全體勞方和全體員工的代言者自居，只要言之成理，理應當做，他們就憑藉「自反不縮」的信念勇往直前，比起編採人員坐享高薪不思改進的自保心態要真誠百倍。

民國八十二年三月廿七日工會成立五週年慶時，《聯工月刊》的刊

---

[90] 包陰天：〈體檢印務部「研發股」〉，《聯工月刊》第 59 期，民國 82 年 6 月，第 7 版。

[91] 編委會：〈王發行人必成來函鼓勵本刊，「實話直說」獲得重視〉，《聯工月刊》第 14 期，民國 78 年 7 月，第 1 版。

[92] 真話實說：〈收回酬勞股感歎話當年：老芋仔請老家長勿忘諾言〉，《聯工月刊》第 11 期，民國 78 年 4 月，第 2 版。

論以〈愛之深，責之切〉為題，相當平實地檢討了為反擊外界「退報運動」而由工會發起的「我愛《聯合報》活動」的成效和不得不發的感言。文中指出：[93]

回首工會成立五年以來，會員從創辦時的六百零七名會員，到今天的二千六百多名會員，佔有《聯合報》從業員工的絕大多數，產業工會的各種主張不復是「少數人」的聲音，而是絕大多數沉默的大眾的代言人。值此五週年慶前數月，本報面臨著可謂是創辦以來見所未見的大逆流——退報運動。

事件伊始，工會許多會員即主張立即予以多層面、實質性的反擊。因此，工會義正詞嚴地發布了本會創立以來第一份對外聲明；更繼報社訴諸司法行動，挽回聲譽之同時，於春節前透過勞資會議發起「我愛《聯合報》」活動。……所獲得的迴響與支持，超過原先所預期，在在證明工會已由當初被質疑到今天的被肯定。

然而，從「我愛《聯合報》」活動迴響可以感受到各部門的反映「冷熱不一」，而其實質成果也顯示了各部門對《聯合報》的向心力。工會基於命運共同體的危機感，呼籲社方及早作出奮勉自強的重大改變，以導正可能危及企業生存命脈的缺失，以下指述一、二事例，供作社方及有識者指教，還請被提到的部門多加省思。

總管理處不僅應是《聯合報》所有管理的核心，也是聯合報系整體運作的龍頭。然則從退報活動之始以至於今，總管理處除發表一篇「告全體同仁聲明」外，幾不見其他實質性的措施，以示其救亡圖存的危機管理之能力，儘管總管理處可謂組織龐大，人才濟濟，然其是

---

[93] 編委會：〈刊論：愛之深，責之切〉，《聯工月刊》第 56 期，民國 82 年 3 月，第 2 版。

否能夠充份發揮其構想之機能？抑或大而無當，身分有所呆滯，為了報社的可久可大，還請多所檢討。

與其說退報運動針對本報，毋寧說是矛頭直指編採部門少數新聞處理角度的不為異議人士接受。然則從本次編採同仁參與「我愛《聯合報》」活動似乎不太踴躍，實質成果也未臻理想，與編採同仁平日的人脈豐沛，乘堅策肥的優厚報酬形象似乎不盡相稱。天下事之禍福安危，罔非自致，而其轉弱圖強，必資自力明矣，但願工會的逆耳忠言，編採同仁可以採納是幸。

再則，本次活動中也發現不少業務作業上的缺失，極有可能影響報社的營運。譬如全年訂費已收，但卻逾期配送，且時日相當長久。發行配送區域究應何種規模？行銷企劃究應採何種活動？或未付款而開立收據，或因代收款人手不足而不收訂單。種種現象若以今日商業競爭之眼光衡諸判斷，則有專案性、全盤性研究其策略之必要。令人欣慰的是，印務部同仁薪級雖低，推報與愛報成果均極為耀眼。美中不足的是在執行技術和講解活動時，少數幹部未能放下身段，而致某些偏差和引來怨言，當非工會本意，希冀該部門同仁見諒。

前述工會的檢討和建言，已經直指報系總管理處的平庸被動，居危境竟毫無應變的危機意識，顯見此種虛胖而欠缺能力的單位，是何等的徒有其表的悲哀了。

連黑手員工為主體的工會都能察覺的危機，難道別人都見不到嗎？答案當然是否定的，大多數人都看見國王新衣是一場騙局，但是指鹿為馬的成語更深入人心，為了吃一口太平飯，每天安安靜靜的來去，自可無憂無慮，能熬到退休金到手才是正辦。

有人說，新入行的記者只有兩種選擇：一是和高手一同跑新聞，

跑不過他們至少還可觀摩高手出招，有機會學習成長；二是找一家小報社當做起點，因為小報比較有磨練和表現的機會。《聯合報》編制膨脹之後，好鬥者的行徑愈來愈像宮廷小說的情節，也愈來愈像皇家廚房御膳房，燒開水的不懂得燒飯，負責包餃子的不會做麵條，看似陣容龐大，人力卻從未充份開發運用；新官上任不好意思指揮舊友，就恭請舊友分文不減另調更舒適的單位，自己再另外簽請上級同意招用新人。

「不幸的是」，工會這批人心智結構太正常了，見貪官就是貪官，是汙吏就是汙吏，路見不平，更是隨時拔劍而起，比唸過新聞科系的編採人員還要求真。

民國八十五年一月和八十七年四月《聯工月刊》針對考績不公的問題一再提出批判。鄭端文寫道：「不繞圈子，回歸正題，一月中旬，各單位考績發下來了，《聯合報》大樓頂上立刻多了朵蕈狀雲，那是幾千員工的怨氣凝成，至今十來天了，蕈狀雲非但沒有散去，反而氣色愈來愈深；一年下來的辛勞，竟然遭到考績近乎『誣陷』式的評等，心情之鬱卒，幾乎是難以排解，很自然的發酵作用，可能會產生什麼後果，恐怕設計這套考績辦法的先生們得提高警覺了。……這套考績評核制衝擊之大，可從幾個面來談；新考績辦法最大的特點，是留下太多的主觀運作空間；在工會致社方的十二問中，關於評定考績的新設計『加權指數』是怎麼一回事，從王文杉副總經理的回答，可以直覺感受到這是一套主觀的制度，雖然運用了財務、發行、廣告等數字來比較，但是這些數字其實在主觀的『貢獻評比』一項中即可打平，甚至於不利於評分者之主觀的數字也予略去，這正是假制度之名，行少數人行黑箱之實，……再擴大些來談，報社內該有多少百分比的特優，多少比例的甲上，應該是可以定出個標準的，社方有意從去年的

考績開始建立制度，那麼每個等第的比例也應該是以前年的考評為基礎，而非興之所至的隨意規定一番；⋯⋯以甫發下來的考績看來，考績等第普遍往下降，同仁難免不去聯想，這套考績制度訂出目的，無非只是報社要縮減考績獎金支出。但是，稍有勞資相處認知的現代人都瞭解，雇主以剋扣員工所得變為報社的盈餘，這是殺雞取卵，貽害極巨的行為。⋯⋯數字會說話，請社方公布考績獎金去年發放總額，以及前年的發放總額，兩個數字一比，就能知道新的考績辦法在玩什麼花樣。⋯⋯『數字』反應出資方和勞方今後將是『零和』關係、分餅關係，而不是共同打拼開創新局的關係，這無疑是可悲的，也宣告『《聯合報》照顧員工的傳統』已丟進焚化爐了。」[94]

繼兩年前痛批考績辦法主觀色彩太濃的的重大缺失之後，鄭端文砲火依舊：「其實主管對打出來的考績被質疑或不敢接受檢驗的情形相當普遍，過去有某一單位的主管曾有過不派任務在先，年終即以全年沒有表現再下一刀的例子，不必責備主官的可能無能、壞心眼的懷疑，難道老闆用這樣的幹部其實就是為了這個省些錢？考績對行政單位則是另一種痛苦，全報系一起來做績效評比，永遠不能和第一線的編輯部單位比，報老闆及領導階層說了一大堆公平、加權的話，但是再怎麼加，領導階層既定的評分架構，行政單位做到死也不可能會得個優或甲等，說是宿命的同時，也累積了更多的不滿，這如果不是有失公平，那又是什麼？

再說，年終獎金與考績掛鈎，營收好的時候，同仁能不能夠多些收入固然有疑問，事實上，因為財務不公開也無從查起；不過營收不

---

[94] 鄭端文：〈省了年終獎金，毀了過年心情：考績搞得天怒人怨〉，《聯工月刊》第 90 期，民國 85 年 1 月，第 3 版。

好時少發，立即就縮減對同仁一年辛勞的回饋，卻是有例可循。其實
這幾年的年終獎金發放的『恆定性』，對照這幾年營收的起起伏伏，怎
麼可能年終獎金沒有什麼變化？這不就反映出經營者的想法嗎？……
想對策，變把戲，受雇者勞工絕對不是資方的對手，僅僅是因為一個
是經濟、社會的強勢，另一方則什麼都不是，終日只為一家老小的溫
飽打拼猶未能滿足，有什麼條件、時間與資方對抗？……再怎麼理直
氣壯，但顧及未可知的炒魷魚風險，這個仗幾乎是未開打即勝負已
定。……及早自這麼一套考績制度中覺醒，恐怕是資方必須正視的課
題，既然不能在考績的源頭去除同仁心中的不平，只拼命在下游設計
表格，絕對是徒勞無功的。尤其是搞出一套大餅理論，讓各單位在大
餅上鬥爭殺伐，這個鼓勵內鬥的考績制度，對整個報紙團隊的和諧有
多大的損傷，難道資方完全未能察覺？受雇者默默地承受考績，雖然
無力抗衡這套制度，怨懟是會累積的，累積到一個引爆點，將會發生
難以預料的結果。

　　只有以民主的法則來全盤思考考績制度，以過去創辦人善待同仁
的誠意灌注考績制度，重建一套新的、人性化的考績制度，再輔以一
套申訴制度的補救、制衡機制，才能去蕪存菁，挽回流失同仁的向心
力，才能把《聯合報》這個報業王國永續經營下去，迎向跨世紀的廿
一世紀。」[95]

　　鄭端文算是《聯工月刊》編輯委員中筆下較勤快的一位，但他坦
認，多年來對資方的苦口婆心，多數時候就像蚊子想吸牛角的血一樣
白忙。

---

[95] 鄭端文：〈放縱主管情緒化打考績，那來的公平？〉，《聯工月刊》第 117
　　期，民國 87 年 4 月，第 3 版。

　　工會尚有其他寫手，例如：羅彩菱至少撰發了筆者特予注意的九篇大作：〈勞資會議談廣告，生存命脈望問切：流程有玄機，油行慎勿漏〉（《聯工月刊》第 26 期，民國 79 年 6 月，第 1 版）、〈廣告開發高收入，年輕尖兵步步險：呆帳自理，獎少懲多〉（《聯工月刊》第 27 期，民國 79 年 7 月，第 1 版）、〈福利餐廳何來福利：社方未補助現金，近四年虧廿萬元〉（《聯工月刊》第 28 期，民國 79 年 8 月，第 4 版）、〈傳聞裁員純屬虛構：勞方代表憂心忡忡，人事室主任鄭重闢謠〉（《聯工月刊》第 29 期，民國 79 年 9 月，第 1 版）、〈報系一家待遇不同，你有我無人心難服：「母報」罩不住，理事們群情激動紛紛表不滿，要求社方三思〉（《聯工月刊》第 32 期，民國 79 年 12 月，第 1 版）、〈下腳料，學問大：勞資會議建請職福會成立變價監督小組並列明種類和明細〉（《聯工月刊》第 33 期，民國 80 年 1 月，第 2 版）、〈談「徐瑞希事件」始末〉（《聯工月刊》第 36,37 期，民國 80 年 5 月，第 2 版）、〈親愛的，誰把粽子縮小了！〉，（《聯工月刊》第 38 期，民國 80 年 6 月，第 1 版）、〈推廣里鄰長報的真相，在勝利之後他們有話要說：林基德：「恐怖」競爭只得聯袂出擊；黃政吉：他們喊救命，我們怎能袖手?〉（《聯工月刊》第 38 期，民國 80 年 7 月，第 3 版）。

　　另如：丁藝芳亦對員工權利緊盯不放，較重要的報導有：〈開明理性穩健權威，新任總編輯胡立臺：分層負責也歡迎越級上報〉（《聯工月刊》第 29 期，民國 79 年 9 月，第 5 版）、〈開源節流人人有責：勞資雙方代表獲共識，歡迎同仁踴躍發言〉（《聯工月刊》第 30 期，民國 79 年 10 月，第 1 版）、〈年終獎金大幅縮水，勞資會議呼籲同仁共體時艱，但要求比照兩子報發績效獎金和紅利〉（《聯工月刊》第 32 期，民國 79 年 12 月，第 1 版）。

　　全盛時期《聯合報》員工多達五千多人，他們究竟在乎什麼呢？

一九八八年大陸學者程文文、徐紀良借鑒一九八七年美國學者申卡爾
教授（Oded Shenkar）針對中國大陸經理的價值觀進行問卷調查的基
礎發現，再以比較文化分析方法轉化出上海、中國全境、香港、臺灣、
新加坡等五個地區對挑出的廿項代表工作目標重要性排序的不同評
價；臺灣地區最受重視的前十一項是：培訓機會、提升、技能運用、
合作的同事、挑戰、與經理的工作關係、賞識、收入、地區、非工作
活動時間、福利。[96]這十一項指標未必就是《聯合報》員工及工會刊物
所重視的最優先內容，但頗有可能是因白領階級收入較高、工作較安
定且較易跳槽的前提下，藍領工人最重視的收入和福利，反而不是那
麼重要了。不過，這項過時的資料還是可供臺灣新聞媒體工作者參考
的，特別是因這項問卷所得資料，是在臺灣解嚴後第一年完成的，臺
灣的勞工運動和多元化思潮都在那一年澎湃地展開，故在時間方面尚
有相對的參考價值。

　　再以考績制度的改變為例，在《聯合報》資方看來，像工會這樣
凡事挑剔的有組織化的力量當然有點頭疼，唯若以德國學者休・戴維
森（Hugh Davidson）提出的「員工三色論」之觀點予以分析，便會感
到釋然，甚至為之欣然。

　　戴維森認為，企業所提出的願景和價值觀常常會失敗的原因頗
多，但大致可歸納為必須避免的十二個陷阱，它們包括：1. 願景、價
值觀與客戶、員工和資源提供者這三個要素之間發生矛盾。2.錯誤的
時機。3.有缺陷的願景。4.價值觀未形成競爭優勢。5.缺少與基層員工
磋商。6.相互矛盾的訊息。7.單向的溝通。8.願景與價值觀沒有轉化為

---

[96] 參見：余凱成、程文文、陳維政：《人力資源管理》，大連，大連理工大
　　學出版社，2005 年 2 月，頁 262-265。

具體行動。9.高層管理者不能以身作則。10.不充分的衡量。11.沒有獎勵和處罰。12.太多紅色的人。

　　戴維森指出，員工可分為三色：綠色的人（變革的支持者和驅動者）、白色的人（對變革持猶豫態度，隨變革而發生轉變並最終緊隨綠色的人）、紅色的人（頑固者、否定者、懷疑者）。

　　太多紅色的人意味著組織內對變革存在著太多阻礙，達到一定數量的願景與價值觀的阻礙者，必須被轉變或開除，這樣才能有大量的支持者。然而，保持一定數量的粉紅色的人也是有用的——他們是對願景與價值觀進行有建設性質問的批評家，並能夠防範組織中的自滿情緒。占很小比例的紅色的人和粉紅色的人能夠提供真知灼見，並挑戰通常的觀念。

　　許多組織領導者評論道：為了使願景與價值觀在實踐中起作用，你需要30%綠色的人，其中包括所有高層管理者，他們最終能轉變絕大部份白色的人，使他們站到自己這邊。許多紅色的人將自願離開，有些可能是被迫的，其他的將變成粉紅色的人。綠色的人需要快速地採取行動，如同羅梅爾將軍（General Rommel）在《步兵手冊》中說的話：「不要忘記，在最早的一個小時裡一個分隊就可以做的事，到了黃昏就需要一個連，第二天需要一個營，而到這星期結束時就要一個軍隊了。」而當一個組織裡百分之百都是綠色的人，在其中工作可能是不愉快的，並且容易趨向於傲慢自大或自滿。[97]

　　前述「員工三色論」無論對王氏家族企業的管理階層，還是死盯著芋頭數量的工會幹部，都深具啟發意義。當異議提出對組織的淨化

---

[97] 參見：廉曉紅等譯：《承諾：企業願景與價值觀管理》，北京，中信出版社，2004年8月，頁232-240。

有益時，身為紅色的人又何須氣憤填膺，因為他是具有真知灼見、將有重大貢獻的人；即使不願站到第一線罵街抗爭，當個快樂而有成就感的紛紅色的人，也是十分自豪的。

由此觀之，傳統童話和民間觀念中常遭唾棄的烏鴉嘴和專門找碴、咄咄逼人的啄木鳥，該是紅色或粉紅色的；而鸚鵡、喜鵲之屬，就是綠色的了。企業領導人要懂得欣賞三色員工的各自特性和優劣，方能體認有容乃大的樂趣；但若再從勞方立場出發，何年何月，普天之下的資方也能讓勞方區分為綠、白、紅三色，彼此顏色相近時，觀念、步調可望趨於一致，勞資關係必能長久和諧。

國家圖書館出版品預行編目

聯合報企業文化的形成與傳承（1963-2005）/
習賢德著. -- 一版.
臺北市：秀威資訊科技, 2006 [民 95]
面 ；　　公分. -- 參考書目：面
ISBN 978-986-7080-10-3（上冊：平裝）.
ISBN 978-986-7080-11-0（下冊：平裝）
1. 聯合報 － 歷史
2. 報業 － 臺灣
898.32　　　　　　　　　　　　　　95001474

學術著作類　　AF0036

《聯合報》企業文化的形成與傳承(1963-2005)
上冊

作　　者 / 習賢德
發 行 人 / 宋政坤
執行編輯 / 李坤城
圖文排版 / 張慧雯
封面設計 / 羅季芬
數位轉譯 / 徐真玉　沈裕閔
圖書銷售 / 林怡君
網路服務 / 徐國晉
出版印製 / 秀威資訊科技股份有限公司
　　　　　　台北市內湖區瑞光路 583 巷 25 號 1 樓
　　　　　　電話：02-2657-9211　　　傳真：02-2657-9106
　　　　　　E-mail：service@showwe.com.tw
經 銷 商 / 紅螞蟻圖書有限公司
　　　　　　台北市內湖區舊宗路二段 121 巷 28、32 號 4 樓
　　　　　　電話：02-2795-3656　　　傳真：02-2795-4100
　　　　　　http://www.e-redant.com

2006 年 7 月 BOD 再刷
定價：400 元

讀 者 回 函 卡

感謝您購買本書，為提升服務品質，煩請填寫以下問卷，收到您的寶貴意見後，我們會仔細收藏記錄並回贈紀念品，謝謝！

1. 您購買的書名：＿＿＿＿＿＿＿＿＿＿＿＿＿＿＿＿＿＿＿

2. 您從何得知本書的消息？

　　□網路書店　　□部落格　　□資料庫搜尋　　□書訊　　□電子報　　□書店

　　□平面媒體　　□ 朋友推薦　　□網站推薦　□其他＿＿＿＿＿＿

3. 您對本書的評價：(請填代號　1.非常滿意 2.滿意 3.尚可 4.再改進)

　　封面設計＿＿＿　　版面編排＿＿＿　　內容＿＿＿　　文/譯筆＿＿＿　　價格＿＿＿

4. 讀完書後您覺得：

　　□很有收獲　　□有收獲　　□收獲不多　　□沒收獲

5. 您會推薦本書給朋友嗎？

　　□會　□不會，為什麼？＿＿＿＿＿＿＿＿＿＿＿＿＿＿＿＿＿

6. 其他寶貴的意見：＿＿＿＿＿＿＿＿＿＿＿＿＿＿＿＿＿＿＿

＿＿＿＿＿＿＿＿＿＿＿＿＿＿＿＿＿＿＿＿＿＿＿＿＿＿＿＿＿

＿＿＿＿＿＿＿＿＿＿＿＿＿＿＿＿＿＿＿＿＿＿＿＿＿＿＿＿＿

＿＿＿＿＿＿＿＿＿＿＿＿＿＿＿＿＿＿＿＿＿＿＿＿＿＿＿＿＿

讀者基本資料

姓名：＿＿＿＿＿＿＿＿＿＿＿　年齡：＿＿＿＿　性別：□女 □男

聯絡電話：＿＿＿＿＿＿＿＿＿　E-mail：＿＿＿＿＿＿＿＿＿＿

地址：＿＿＿＿＿＿＿＿＿＿＿＿＿＿＿＿＿＿＿＿＿＿＿＿＿＿

學歷：□高中(含)以下　　□高中　　□專科學校　　□大學

　　　□研究所(含)以上 □其他＿＿＿＿＿＿＿＿＿

職業：□製造業 □金融業 □資訊業 □軍警 □傳播業 □自由業

　　　□服務業 □公務員 □教職　　□學生 □其他＿＿＿＿＿＿

To：114

台北市內湖區瑞光路 583 巷 25 號 1 樓

秀威資訊科技股份有限公司　　　收

寄件人姓名：

寄件人地址：□□□

(請沿線對摺寄回,謝謝!)

秀威與 BOD

BOD（Books On Demand）是數位出版的大趨勢，秀威資訊率先運用 POD 數位印刷設備來生產書籍，並提供作者全程數位出版服務，致使書籍產銷零庫存，知識傳承不絕版，目前已開闢以下書系：

一、BOD 學術著作—專業論述的閱讀延伸
二、BOD 個人著作—分享生命的心路歷程
三、BOD 旅遊著作—個人深度旅遊文學創作
四、BOD 大陸學者—大陸專業學者學術出版
五、POD 獨家經銷—數位產製的代發行書籍

BOD 秀威網路書店：www.showwe.com.tw
政府出版品網路書店：www.govbooks.com.tw

永不絕版的故事・自己寫・永不休止的音符・自己唱